そんなに嫌いなら、私は消えることを選びます。2

登場人物紹介
ヴィンセント・ウォルテア
エリザベスの義理の従兄妹である
第三王子。魔法にのめりこんでいたが
エリザベスとの交流を経て
他の分野でも努力し始める。
アルフレッド・アンダーソン
エリザベスの義兄で
ヴィンセントとは従兄弟であり親友。
次男だがとある事情で
公爵家の次期当主。
エリザベス・アンダーソン
公爵家の養女。かつては
「ジェリー・ファロン」という名の
子爵家の娘として
生家で冷遇されていた。

クラウディア・レーベルク
エリザベスの友人。友好国である
王国の第十四王女。
歴史に強い興味関心があり、
他国のことも詳しい。
イヴォン
エリザベスの友人。元は
伯爵令嬢だが現在は平民。
世話焼きだが自分の境遇に
引け目を感じている。
ジーン・マクラグレン
エリザベスの友人。
侯爵令嬢。凛とした淑女だが
流行りそうなものに目がない。
マザー・シャドウ
エリザベスが冷遇される
状況を作った黒幕。
数百年生きているとされ、
直接相対した人間も
顔を覚えられない謎の存在。
ジェリー・ブライト
エリザベスと同学年の女子学生。
エリザベスの異母妹「ジュリー」と
瓜二つの顔をしているが……

——今日も、自室の鏡の前で身だしなみをチェックする。

肩甲骨まで真っ直《す》ぐ伸びている銀色の髪を、ハーフアップにして赤いリボンで結んでもらい、黄金色の宝石眼で鏡の中の私を見つめる。顔の火傷《やけど》の痕《あと》はすっかりと消え、ガリガリだった体は少しだけ肉付きがよくなった。

幼い頃、妹のジュリー・ファロンを庇《かば》い火傷《やけど》を負った私は、『火傷痕《やけどあと》がある令嬢に価値はない』と家族から冷遇されて育った。三歳から十三歳までの十年間、ずっと。

ある日、ジュリーがアンダーソン公爵家の次男、後《のち》にアル兄様と呼ぶことになるアルフレッド・アンダーソンをファロン家のお茶会に招待した。彼は家から逃げ出そうとした私と出会い、高熱を出していたことに気付いてくれた上に、アンダーソン家に連れ出し、助けてくれた。

アンダーソン家には代々、『巫子の力』というものが継がれていて、彼はその力で私——ジェリー・ファロンを助けに来てくれたみたい。

そして、アンダーソン家の手厚い看病のおかげで体調も良くなり、顔に負《お》った火傷痕《やけどあと》も治った。

アンダーソン家の方々は、私にこの家の養女になるよう提案してくれた。本当に、何度感謝しても足りないくらい。きちんと手続きをしてジェリーからエリザベスに改名し、アンダーソン家の養女になり……アンダーソン家の長男、シー兄様ことシリル・アンダーソンの誕生日パーティーで正式に公表され、晴れてアンダーソン家の一員になった。

そんな私のもとには、様々なところからお茶会の招待状が届くようになり、マリアお母様と話し合いながら、少しずつお茶会に出席する回数を増やしていった。そこでジーン・マクラグレンという侯爵令嬢と仲が良くなり、今では文通をする仲になったわ。

彼女は艶のある長い黒髪に、新緑を思わせる緑色の瞳を持つ令嬢で、お茶会の時にアンダーソン公爵家ではなく、私自身に興味を持ってくれた。そのことが、とても嬉しかったの。アンダーソン家のことではなく、私のことをいろいろと聞いてくれて……仲良くなるのに時間はかからなかった。

そんなある日、ジーンから一通の手紙が届いた。手紙に目を通して、エドこと弟のエドワード・アンダーソンの部屋に足を運ぶ。

彼の部屋の扉を叩くと、「どうしたの？」と中に入れてくれた。

「ジーンから手紙の返事が届いたの。エドも良いって」

エドは、私の言葉を聞くとアンダーソン家の特徴である赤い瞳をきらきらと輝かせて「本当？」と近付いてきた。小さく頷《うなず》いて、ジーンからの手紙の内容を口にすると、気分が高揚したように飛び跳ね、私の手を握ってぶんぶんと振る。

この子の嬉しさが私にまで伝わってきた。ジーンに相談していて、良かった。――彼女には、今度の慈善活動に私とエドも参加させてほしいと相談していたの。彼女は、快《こころよ》く承諾してくれた。

「慈善活動は一週間後だから、しっかり体調を整えないとね」

「うん！」

元気よく返事をするエドの柔らかい金色の髪を撫でた。こんなに喜んでくれるなんて……誘ってみて正解だったみたいね。


「マクラグレンが支援している孤児院の一つよ」

一週間後、アンダーソン邸にジーンが迎えに来てくれた。

彼女はお母様とお父様に挨拶をしてから、私たちを馬車に乗せてマクラグレン侯爵が支援している孤児院へ案内し、馬車を降りる。

私とジーンは顔を合わせていたけれど、エドは初めて会うから緊張していたみたい。でも、きちんと自己紹介を済ませて、馬車の中でお喋りしているうちにすっかりジーンに懐いていた。

「ジーン様、お待ちしておりました」

紺色のワンピースを着た女性がジーンを出迎えた。その女性は私たちに気付くとにこっと微笑んでくれたので、私たちも笑みを返す。

「ご紹介しますわ、院長。私の友人のエリザベス・アンダーソンと、彼女の弟のエドワード・アンダーソンです」

「ごきげんよう、ジーン様からお手紙を頂き、お会い出来るのを楽しみにしていました」

「ごきげんよう、エリザベス・アンダーソンと申します。エド、ご挨拶を」

「えっと、エドワード・アンダーソンです……」

エドはちょっとだけ恥ずかしそうにもじもじとして、私の後ろに隠れてしまう。そんな彼を、二人が微笑ましそうに見ていた。

「院長、いらっしゃったのですか？」

「ええ。イヴォン、こちらに」

イヴォンと呼ばれた少女が顔を出す。赤茶の髪は腰までの長さで、一つに結《ゆ》っている。風になびいて綺麗だ。深緑色の瞳でこちらを見る彼女は、すっとスカートの裾を掴みカーテシーをした。

「本日の案内役を務める、イヴォンと申します。どうぞ、よろしくお願いいたします」

とても綺麗なカーテシーで見惚れてしまった。そのことに気付いたのか、不安げに瞳を揺らす彼女に慌てて声をかける。

「こちらこそよろしくお願いいたします、イヴォンさん」

「呼び捨てで構いませんよ。それでは、まずはこちらからご案内しますね」

最初に案内されたのは、礼拝堂だった。中に入りお祈りをしてから、孤児院で暮らす子どもたちと対面する。孤児院の裏庭で駆け回る子どもたちの声が耳に届き、イヴォンが「みんなー！」と呼ぶと、子どもたちがこちらに注目した。

ジーンのことは見慣れているのだろう。子どもたちは「ジーン様だ！」と嬉しそうに駆け寄り、私たちの存在に気付いてピタリと足を止める。そわそわと体を揺らし、チラチラとこちらの様子をうかがう。そんな様子の子どもたちに、ジーンが声をかけた。

「今日はね、私の友人も連れてきたのよ。みんな、仲良くしてくれると嬉しいわ」

ぽん、と彼女に背中を押された。子どもたちは目をぱちくりとさせてから、「ジーン様のご友人なんですか？」と尋《たず》ねてきたので、小さく頷《うなず》きを返してから、自己紹介をした。エドも同じように自己紹介をする。自分と同じくらいの年齢の子どもたちを見て、少し緊張が解《と》けたのだろう。にこにこと笑うのを見て、子どもたちは興味を惹かれたように近付いてきた。

そこから、子どもたちと一緒に遊んだわ。駆けっこをしたり、おままごとをしたり、こういうふうに遊ぶことはなかったから、とても新鮮な気持ちで遊べたの。……ただ、問題があるとすれば私の体力ね。走り回ったことで疲れてしまって、木陰で休憩することに。

エドは剣術を習っているのもあるのか、まだ元気に子どもたちと遊んでいる。無邪気に遊んでいる姿を見るのは、なんだかとても心が落ち着くものね。

「……大丈夫、ですか？」

「イヴォン。ええ、大丈夫よ。……と、言いたいところだけど、こんなに駆け回ったのは初めてで、ちょっと疲れちゃった」

「ふふ、貴族の方なら当然ですわ」

隣に失礼しても？　と聞かれたので「どうぞ」と答えた。すとんと私の隣に座り子どもたちを眺めている姿は、とても絵になっているように見えて、思わず目が奪われる。

「どうしました？」

「イヴォンの横顔がとても綺麗で、見惚れちゃったの」

「まぁ。ありがとう存じます」

「ねえ、イヴォン。あなた……貴族？」

出会った時のカーテシーや言葉遣いから、そうとしか思えなかった。イヴォンは眉を下げて、「元、ですよ」とまぶたを伏せて微笑む。

「私はもう、貴族ではないのです」

「……そう、なのね」

「あ、そんな顔をなさらないで。私はもう立ち直っていますから」

今どんな顔をしているかしら？　彼女がそっと私の手に自分の手を重ねて、凛とした声を発する。

「両親が事故で亡くなったのです。財産はみんな親族に奪われてしまいましたわ。でも、こうして生きているのですから、前を向いていかないとね」

「ごめんなさい、つらい話を……」

「いいえ。あの頃の私はまだなにも出来ない、幼い子どもでしたから。親族たちは私をこの孤児院に置いていきました。みんなが親切で助かりましたわ。だからこそ、私はこの孤児院に迷惑をかけることなく去りたいのです」

イヴォンは視線を遊んでいる子どもたちに移す。細められたその瞳から、慈愛を感じられた。気になったのは、孤児院を去るという言葉。私が疑問を抱いていることに気付いたのか、彼女は補足するように教えてくれた。

「実は今度、アカデミーに入学するのです。あそこはいろいろ学べる場なので、しっかり学んで自分の力にする予定です。十八歳になれば孤児院から出て行かなくてはならないので、ギリギリでしたけど」

子どもたちから視線を外し、今度は空を見上げて言葉を紡ぐイヴォンに、この人はとても心が強い人なのだと感じた。こんなに自分を慕う子の多い孤児院を去るのは後ろ髪を引かれるだろうから。

「そうだったのですね。では、きっとアル兄様やヴィンセント殿下と同期ですわ」

「まぁ、お二人がついにアカデミーに？　それはきっと、大変な盛り上がりになるでしょうね」

二人がいろんな人に囲まれる姿を想像して、くすくすと笑ってしまった。ヴィンセント殿下もアル兄様も大変な思いをすることになるだろうけれど、王族と高位貴族の宿命なのかもしれない。

「あの、イヴォン。今日会っていきなりなのですけど、私と友人になってくださらない？」

私の言葉があまりにも意外だったのか、空を見上げていたイヴォンがこちらを見て、ぽかんと口を開けた。

「私は平民ですよ？」

「それって重要かしら？　私はあなたと話して、お友達になりたいと思ったのだけど……迷惑だった？」

「そんなことは！　……えっと、じゃあ、よろしくお願いします」

「こちらこそ！　私のことは『リザ』って呼んで。あと、敬語はやめてくれると嬉しいわ」

「でも……ううん、そうするわね、リザ」

手を差し出すと、ぎゅっと握ってくれた。二人目の友人ができたことに心の中が温かくなる。その温かさを満喫していると、エドがこちらに近付いてきた。どうやら今度は花冠を作っていたようで、彼の頭にも乗っている。

「はい、これリザ姉様とイヴォンにあげる！」

「ありがとう、エド。とても綺麗ね」

「ありがとうございます、エドワード様」

エドからもらった花冠を頭に乗せていると、ジーンが近付いてきた。

「たくさん遊んだから、子どもたちもう限界みたい。レモン水を飲ませて休ませるわ」

「レモン水？」

「ええ、レモン水。……という名のレモネードよ。私が訪問する時にはいつも、用意しているの。ここの子たちはあまり甘いものを口にする機会がないから、こういう時くらいはね」

子どもたちは孤児院の中へ入っていく。その姿を眺めるジーンのまなざしはとても優しく柔らかかった。きっと子どもたちは、そういうジーンだから好きなのね。

私たちも立ち上がり、四人で歩き出す。孤児院の中に入ると、子どもたちが美味しそうにレモネードを飲んでいた。遊び疲れたのか、眠そうに目を擦《こす》っている子もいて、院長自ら抱っこをして寝かしつけていた。

「エドは眠くない？」

「帰りの馬車で寝るからへーき！」

眠いには眠いみたいね。眠気に抗っているのか、口数が少なくなってきた。

「イヴォン、私ね、アカデミーには再来年入学する予定なの。アカデミーで会ったらよろしくね」

「え、でも学部が違うんじゃ……？」

「……私、これでも十三歳よ」

「そ、そうだったの。八歳くらいに見えていたわ、ごめんなさい」

レモネードを飲みながらそんな他愛のない話をして、幼い子たちが全員お昼寝をしたのを確認してから、ジーンは「院長と話してくるね」と席を外した。

うとうととしていたエドは、ついに限界が来たみたいで、ぐらりと体が大きく揺れ、椅子から落ちる前に護衛として同行していたカインに抱っこされる。

「カイン、ありがとう」

「いえ」

彼も子どもたちに揉まれて大変そうだったけれど、心なしか雰囲気が柔らかかった気がする。寝ているエドを起こさないように歩いていく姿は、彼も父親なのだと感じさせた。

「イヴォン、手紙を書いても良いかしら？」

「もちろんよ。たくさん文通しましょう」

「ええ、楽しみにしているわ」

イヴォンが賛成してくれてよかった。それからすぐにジーンが戻ってきて、そろそろ帰ることになった。馬車の見送りにはイヴォンと院長が来てくれて、それぞれ挨拶をしてから馬車に乗り込む。

馬車が走り出して、二人の姿がどんどんと小さくなっていくのを眺めながら、ゆっくりと息を吐く。そんな私を見たジーンが話しかけてきた。

「どうだった？　初めての慈善活動は」

「そうね……思っていたよりも、疲れたわ。これは私の体力が足りないせいね」

すやすやと寝息を立てているエドを起こさないように、小声で話す。アンダーソン邸に帰ったら、体力作りもしなくてはね。

「今日はこんな感じだったけれど、本格的に始めるのなら一つだけ、注意事項があるわ」

「注意事項？」

ジーンはじっと私の目を見つめて、真剣な表情を浮かべる。

「人を見る目を、養《やしな》いなさい」

「人を……見る目？」

「そうよ。あの孤児院はきちんとしているけれど、中には腐った孤児院もあるからね」

それはいったいどんな孤児院なのかしら、と目を瞬《またた》かせるとジーンが淡々とした口調で教えてくれた。

「建物だけ綺麗なところや、院長や孤児院で働いている大人が高そうな服やアクセサリーを身にまとっていたら、腐っているサインよ。あと、子どもの服装もチェックが必要ね。そういう孤児院は子どもたちに無関心で、着ている服が汚れていたりするの。ろくに食事をさせずに、子どもたちがやせ細っていたりもするわ」

ジーンの説明を聞いて、以前の自分の体を思い浮かべた。骨と皮に近い状態。今はそんなことないのだけど、アル兄様に助けてもらった時はかなり痩《や》せていたから。以前の私のような子がいたら、そこはもしかしたら……ということね。

「わかったわ。自分の目でしっかりと見極めることが大事なのね」

「ええ。きっと、あなたなら大丈夫だとは思うのだけど」

「過大評価じゃないかしら、それは」

ジーンはふふっと微笑みを浮かべる。信じているわ、と言われている気がして、なんだか心がくすぐったい。

初めての慈善活動を終えて、窓の外を見る。温かな夕日を眺めながら、今日のことをたくさん両親に話そうと考える。アカデミーに入学するまでにアンダーソン家でたくさんのことをしようと心に決めて、眠っているエドの頭を優しく撫でた。

◆◆◆

そして、それから約二年の月日が流れた。

今日はアカデミーの入学式だ。アカデミーの制服は深緑色のセーラーワンピースに桃色のリボンスカーフ。同じ制服に身を包んだジーンとイヴォンが私に近付いて、声をかける。

なんと、アカデミーの寮では彼女たちと一緒の部屋になったのだ。久しぶりの再会に嬉しくなっていろいろと話そうとしたけれど、その前に入学式に参加しなくてはいけない。

それぞれ椅子に座り、入学式が始まる。厳《おごそ》かな雰囲気の中、私は自分の目と耳を疑った。

「新入生代表、ジェリー・ブライト」

――それは白銀の髪と、黄金の瞳を持つ少女だった。

彼女は私の存在に気付くと、フッと笑みを浮かべる。ジュリーにとてもよく似ている彼女に、鼓動がドクンドクンと大きく早鐘を打つ。

ジュリーがここにいるわけない。でも、あまりにもそっくりすぎて言葉を失う。彼女はいったい、何者なの……？

アカデミーに入学して初日。

――私は再び、自分の運命と向き合うことになる。

入学式が終わり、教室まで行き席につくと先生たちの挨拶を受ける。私は先程の少女のことを思い出して、ゆっくりと息を吐いた。あまりにも、ジュリーに似ている。いったい彼女は何者なのだろうと考えるあいだにも、クラスメイトたちの挨拶が始まり、どんどんと自己紹介をしていく。ほとんどが貴族の令嬢なのだろう。穏やかな話し方だ。

私の番が回ってきて、椅子から立ち上がりカーテシーをする。すっと顔を上げて姿勢を正し、にこりと微笑みを浮かべてから、言葉を紡ぐ。

「皆様、ごきげんよう。エリザベス・アンダーソンと申します。以後お見知りおきを。……ソル、ルーナ」

名前を呼ぶと、ポンっと音を立てて姿を現す白い鳥のソルと、白銀の毛皮を持つうさぎのルーナ。

机に着地した精霊たちに、クラスメイトは黄色い声を上げた。

「この子たちは私の護衛――精霊です。どうか、よろしくお願いいたします」

最初にソルとルーナを見せたのは、この子たちがクラスメイトたちに害をなす存在でないとアピールしたかったから。精霊たちは私が頭を下げるのと同時に、ぺこりとお辞儀をする。

「ソルはソル」

「ルーナはルーナ！」

「どうぞ、よろしく！」

翼を広げて私の周りを一周してみせるソルと、机の上でぴょんぴょんと跳ねるルーナ。私が椅子に座るとパッと姿を消した。パチパチと拍手の音がどんどんと大きくなる。もしかしたら、みんな小動物が好きなのかもしれないわね。

クラスメイト全員の自己紹介が終わり、辺りを見渡す。どうやら例の少女は別のクラスらしい。

そしてなによりも嬉しかったのは、ジーンとクラスが一緒だったこと。どうやら彼女は私と同じ年に入学したいと合わせてくれたみたい。

彼女をじっと見つめると、視線に気付いてひらひらと手を振ってくれたので、私も振り返す。

「本日は入学祝いパーティーをします。ドレスに着替えてパーティー会場へ移動してください」

入学祝いのパーティー？　アル兄様もヴィンセント殿下も、そういうパーティーがあるとは教えてくれなかった。まさか、こんなにすぐにアカデミーのパーティーがあるとは思わなかった。お母様たちが嬉々としてドレスを荷物に入れていたのは、そんな理由があったからなのね。

「パーティーは二時間後に始まりますので、それまでに支度をお願いします」

先生の言葉を聞いて、クラスメイトたちは「急がなくては！」と言いながらも、ゆっくりと教室から出ていく。私も支度をしなくては、と椅子から立ち上がる。扉の前に移動するとジーンが待っていてくれたみたいで、こちらに気付くと「行きましょう」と微笑んだ。

教室から出て廊下を歩いていると、目の前から例の少女が歩いてくる。私たちの前で立ち止まり、

「あら、ごきげんよう」

そう、声をかけてきた。少女――ジェリー・ブライト。賑わっていた廊下が、しんと静まり返った。にこやかに微笑みを浮かべる彼女に、私はきゅっと唇を結ぶ。

周りの人たちは、時間が止まったかのように動きを止めて、私たちを見ている。彼女はすっとカーテシーをした。

「アンダーソン公爵令嬢、エリザベス様にご挨拶を申し上げます」

「……ごきげんよう。私たちは同じ学び舎で勉学を学ぶ同士ですわ。そのような仰々《ぎょうぎょう》しい挨拶はおやめください」

「そうですか？　では、お言葉に甘えまして」

彼女はカーテシーをやめるとにこりと微笑む。その姿がどうしても、ジュリーに重なった。

「ねえねえ、パーティーの準備は？　ルーナもキラキラ！」

「あら、可愛らしい精霊ですね。パーティー前にご挨拶できて光栄でした。それでは、また」

にこりと笑う彼女に「ごきげんよう」と返して思わずルーナを抱きしめる。ルーナが出てきてくれて良かった。きっと、不安な気持ちを読み取って出てきてくれたのね。「大丈夫？」と小声で問われて、頷《うなず》く。ジーンも気遣って声をかけてくれた。

「パーティーの準備に行きましょう。みんなで可愛くしちゃいましょうか！」

「そうね、せっかくの入学祝いパーティーですもの。楽しまないと！」

ジーンの明るい声色を聞いて、笑みを浮かべる。胸の中はまだざわざわと落ち着かないけれど、私から彼女に近付くことはないだろうし、アカデミーは広いからあまり会うこともないでしょう。

私たちのことを見ていた人たちも、時間を取り戻したかのように動き出す。

寮では、先に戻っていたイヴォンに「なにかあったの？」と首を傾《かし》げられた。そんなに変な顔をしていたかしら？　隠すことでもないので先程のことを告げると、口元に手を当て、なにかを考えるように目を伏せた。深刻に考えさせすぎてはいけないと慌てて言い添える。

「まぁ、でもほら、世の中には自分に似ている人が三人はいるっていうわよ？」

「そうね。ねえリザ、その人は、リザよりもジュリーに似ているのよね？」

「え、ええ。そっくりよ」

「でも、ジュリーは塔の中でしょう？」

親殺しの罪は重い。捕らえられたジュリーは自分の罪を罪と認めていないようで、未成年といえども死罪にすべきという声もあったらしい。陛下は彼女の年齢を考えて、高い塔へ閉じ込めた。日々なにもせず、生きているらしい。これはヴィンセント殿下から伝えられたことなので、『らしい』としかいえない。

「確か、ブライトって苗字だったわよね。ブライト商会の一人娘って、病弱で表に出ることがなかったと聞いたことがあるわ。それにしては、リザのほうが背が低いし、言ってしまえば子ども体型だし」

「……これでも多少は身長、伸びたのよ？」

「十二歳くらいに見えるわ」

身長も低ければ胸もないから、男装しても違和感がないかもしれないわね。なんて現実逃避をしつつ、私たちはパーティーのドレスをどうしようかと話し合った。持ち寄ったドレスを眺めて、どの色が似合うかと相談し合い、精霊たちには私のドレスと同じ色のリボンを巻いた。今日はパステルイエローのドレスにした。明るい色は、気持ちも明るくしてくれる気がするから。

ジーンは上から下へ濃くなるグラデーションのドレスを選んだ。緑色で、彼女の瞳と相まってとても似合っている。そして、見たことのないもので髪をまとめている。なんだろう、あれ？

「気になる？」

問われて、素直に頷《うなず》く。すると、彼女はにっこりと微笑んで近くに置いてあるケースを私たちに見せる。ケースを開けると、同じようなものがずらりと並んでいた。

「これはね、かんざしというの。便利なのよ」

色とりどりのかんざしを見せてくれた。球体の飾りや、揺れるような飾りがとても綺麗で……私とイヴォンは真剣にそのかんざしを眺めてうっとりと息を吐く。

「ねえ、二人とも。使ってみない？」

「え、でも……」

ジーンはにこにこと、とてもよい笑顔を浮かべながらかんざしを手に取る。

「実はこれ、輸入品なの。うちで取り扱っている商品なんだけど、この国ではあまり知名度がないのよね」

「……あ、なるほど。それなら、そうね……ルビーの付いている揺れるかんざしは、リザにとても似合うんじゃないかしら？　アンダーソン家だし」

「え？」

かんざしを眺めていたイヴォンが、すっとルビーの装飾がついたものを指《さ》す。彼女は私を鏡の前に座らせると、結んでいたリボンを解《ほど》いて髪を梳《と》かし、ちらっとジーンを見た。

彼女は小さく頷《うなず》いてからイヴォンと場所を交換し、私の髪をかんざしでまとめ上げた。あまりにもあっという間で、どうやってまとめたのかがわからないくらい。

「どうかしら、きつくない？」

「平気よ。……でも、一瞬過ぎてわからなかったわ」

「ふふ。似合っているわね。種類はたくさんあるから、気に入ってくれたら嬉しいわ」

鏡を見て、あのかんざし一本でこんなにしっかりと髪をまとめられるのかと感心してしまう。

「せっかくだから、イヴォンもやってもらおうよ！」

「え？　わ、私も？」

「それはいいわね！　じゃあイヴォンの瞳に合わせて緑……エメラルドのかんざしはどうかしら？」

「あ、それ良い！　今度は私が後ろから見るね」

椅子から立ち上がってイヴォンを座らせる。彼女は慌てていたけど、ジーンがエメラルドの装飾のかんざしを手にして、髪をいじり始めると大人しくなった。ポニーテールをする時のように一つにまとめて、そこから時計回りにくるくると巻いていく。髪の下にかんざしを当てて、これまたくるくると巻いていく。……まるで魔法みたい。

「はい、できた」

「うーん、素早すぎてなにがなんだか……」

「本当にね」

「慣れよ、慣れ」

くすくすと笑うジーンに、私たちも笑みを浮かべる。そして、多少化粧をしてからパーティー会場へ向かう。化粧はイヴォンにしてもらった。ヴィンセント殿下から頂いた、パープルスピネルとパールのペンダントも身につけている。

「ねぇ、ジーン。赤い宝石が使われているかんざしって、まだあるかしら？」

会場に足を進めながら、ジーンに尋《たず》ねた。

「気に入った？」

「うん。だから、買わせてもらおうと思って」

「良かったら、それを差し上げるわ。そのかんざしを見た瞬間、あなたに一番似合いそうだと思ったの」

「え、でも……」

「良いの良いの。友人からのプレゼントだと思って、受け取って？」

彼女はにこりと微笑んだ。私はなにも言えなくなってしまい、本当にもらっていいのかしら……？と少し不安になってジーンを見つめる。すると、くすりとイヴォンが笑い声を上げ、ぽんと肩に手を置く。

「もらっておきなさいな、アンダーソン家の令嬢が使っているのを見れば、きっと誰も彼もが興味を持つわ。宣伝料みたいなものよ」

「そういうこと！」

「……そういうことなら、遠慮なく」

公爵令嬢として過ごした時間はまだたったの二年。だけど、その二年のあいだにいろいろなことを経験したわ。

お茶会で仲良くなろうと近付いてくる人は多かったけど、ほとんどの令嬢に下心を感じ、なかにはあからさまに私を利用しようとする人たちもいたから、そういう令嬢主催のお茶会は二度と行かないという選択をした。逆に自分がお茶会に招待する場合の人選にも悩んで、最終的に家族に助言を求めた。マリアお母様もアル兄様も、快《こころよ》く相談に乗ってくれてとても助かったわ。

アル兄様といえば、兄様がアカデミーに入学してから直接お会いする機会はめっきりなくなってしまった。だけど、代わりに始めた文通は、私が入学するまで一度も途切れたことがない。手紙にはいつも、アカデミーの生活を楽しんでいる様子と、家族を恋しく思う気持ちが綴《つづ》られていた。

アル兄様と同期でアカデミーに入学したヴィンセント殿下とも文通をしていた。彼からの手紙にはアカデミーの生活とアル兄様の様子、魔術のことなどが綴《つづ》られていた。殿下から見るアル兄様の様子が、とても新鮮で楽しかったことを思い出し、小さく笑みを浮かべる。

「リザ、どうかした？」

「ううん、ちょっと思い出しちゃって」

パーティー会場前につくと、階段の前で女性に囲まれている人たちが見えた。……なんだか、見覚えがあるような……と思ったら、囲まれていたのはアル兄様とヴィンセント殿下のようだ。私たちに気付くと、大きく手を振った。……心なしか、助けてくれといわれているような気がする。

私たちは顔を見合わせ、それから彼らに近付いた。

「リザ！　入学おめでとう！」

わざとらしく大きな声で声をかけてきたアル兄様に、彼を囲んでいた女性たちがピタリと動きを止めて、みんな一斉にこちらを見た。ぎらぎらとした視線を受けて、迫力があるなぁと感じたけれど、大丈夫。私はもう、誰かに怯《おび》えることはしない。

「ありがとうございます、アル兄様。今、お時間よろしいですか？　私の友人を紹介いたしますわ」

「ああ、手紙で読んで知っていたけど、直接紹介してくれるなんてリザは優しいな！　それじゃあ、レディたち、僕らはこれで！」

にこやかな微笑みを浮かべて軽く手を上げるアル兄様に、女性たちは「えー！」と不満そうに声を合唱させる。アル兄様、とても人気者なのねぇ。そして、それはヴィンセント殿下もそうみたい。だけど、なんだか……私と会っている時とは全然、表情が違うわ。にこりともしていない。そう考えていると、彼は私に近付いてきた。どうしたんだろう？

「久しぶりだね、エリザベス嬢。ぼくの贈ったペンダント、使ってくれてありがとう」

――あ、わかりやすい牽制だ。さっきまで無表情だったのに、私に対しては笑顔だし、声も甘く感じる。少しだけ考えて、彼の言葉に乗ることにした。

「ごきげんよう、ヴィンセント殿下。ええ、肌身離さず。殿下も私が贈ったプレゼントを身につけてくださっているのですね、ありがとうございます」

にこやかに彼の首元に視線を向ける。きらりときらめくゴールデンベリルのペンダント。間違いなく、私が贈ったアミュレットだ。

「ぼくも肌身離さず。このペンダントをしていると調子が良いんだ」

それは良かった。女性たちがなにかをいいたそうだったけど、公爵家の一員である私と、王族のヴィンセント殿下との会話に割り込むことはできないみたい。……養女ということは広く知られているだろうけどね。

「こんなところに人が集まっていては、迷惑だね。エリザベス嬢、ぼくにもきみの友人を紹介してくれる？」

「もちろんですわ」

ヴィンセント殿下はすっと手を差し出す。どうやら、エスコートをしてくれるみたい。私はその手を取って階段を上がった。ここで彼の誘いを断るのは不自然だろうし、いやではなかったから。

パーティー会場に入る前に、私たちは足を止める。ジーンはアル兄様、イヴォンは……見覚えのある人にエスコートされてきた。誰だったかしら？　記憶を巡らせたけれど思い出せない。

私の視線に気付いたのか、イヴォンをエスコートした男性はにこりと微笑んだ。やっぱり、どこかで見たことがある。

「お久しぶりです、エリザベス嬢」

やっぱり知り合いだった！　私が「ごきげんよう」と挨拶をすると、アル兄様が教えてくれた。

「覚えてる？　ハリスンだよ」

思わず目を丸くしてしまった。だって、あまりにも背が伸びていたから！

「ハリスンと知り合いだったの？」

「え、ええ。二年前に神殿でお会いしましたよね」

「そのあと、シリル様の誕生日パーティーで本当に『紹介』だけされたね」

どこか遠い目をするハリスンさんに、私は眉を下げた。二年前のシー兄様の誕生日パーティー。

私が正式にアンダーソン家の養女として公表された日。次から次へと紹介された貴族の中に、確かに彼もいた。ただ、あの時は緊張していて、あまり覚えていないのよね。ソフィアさんとの会話は、マザー・シャドウや彼女の母国であるカナリーン王国に関する話につながったから、覚えているのだけど。

マザー・シャドウについて思い出すと、どうしても気分が沈む。結局私も、ファロン家の人たちも、マザー・シャドウの毒牙にかかっていたのよね。私が顔に火傷《やけど》を負《お》ったことも、宝石眼になったことも、彼女の策略だ。知らなかったとはいえ、彼女に逃げ道を作ってしまったことが、悔しい。

――でも、今はそれよりも大切なことがある。

「ええと、アル兄様、ヴィンセント殿下。こちら、私の友人のジーン・マクラグレンとイヴォンです」

「お噂はかねがね。会えて光栄だよ、マクラグレン侯爵令嬢」

「私もですわ、アルフレッド卿。エリザベス様とは親しくさせて頂いています」

「私は？」

「きみとは何度も顔を合わせているだろう」

イヴォンが「だよねー」と明るく笑った。……そっか、イヴォンとアル兄様たちは同期生だから、親しくもなるのね。そう考えていると、ハリスンさんがイヴォンの腰に手を回した。

彼女たちの様子を見ると、イヴォンが愛しそうにハリスンさんへ微笑みを浮かべていた。彼もまた、同様に。え、もしかして……もしかするの!?

「改めて……ハリスン・フロスト。伯爵家の次男」

「そして、私の騎士」

想像していた言葉ではなかったけれど、騎士？　と首を傾《かし》げる。するとイヴォンが口元を隠しながらくすくすと笑う。

「ごっこ遊びのようなものよ。淑女崇拝的な、ね」

「……きみは立派なレディだよ、イヴォン」

「ありがとう、ハリスン」

まるで物語のお姫様と騎士を見ているような気持ちになり、幸せそうに微笑み合う二人を眺めた。

「アカデミーではこんなごっこ遊びをしている人たちも多いよ」

「そうなんですか？」

ヴィンセント殿下が首をこくりと動かした。ごっこ遊び、にしてはハリスンさんのイヴォンに対する視線は熱烈だと思うし、彼女も彼のことを愛しそうに見ているし……よくわからない。

私はジーンに視線を向けた。彼女は羨ましそうにイヴォンを見ている。やっぱり騎士に守られることに憧れるのかしら……？

そう思考を巡らせていたら、鐘の音が響いた。

「……あ、そろそろ始まるね。それじゃあ、会場に入ろうか」

「はい」

ヴィンセント殿下が私の隣に立つ。どうやら会場に入る時もエスコートをしてくれるみたい。ハリスンさんとイヴォン、アル兄様とジーン、そして私たちの順で会場の中に足を進める。入学祝いのパーティーだから、パートナーがいなくても入っていいみたいだけど、私たちのように男女の組み合わせで入場する人たちが多く、みんな期待に胸をふくらませた表情で歩いている。

——だけど、一人で会場に入り、その場にいる全員の目を奪う人がいた。

真っ赤なドレスに身を包み、真っ赤な口紅をつけた銀髪黄金目の少女——そう、ジェリー・ブライトだ。

その血のように赤い唇とドレスを見た時、ついヴィンセント殿下と繋いだ手を強めてしまい、彼に小声で問われる。

「……大丈夫？」

ヴィンセント殿下を見上げ、そして、こくりと首肯した。

「……はい、大丈夫です。すみません」

「謝らないで。いつだって頼って構わないのだから」

「……ありがとうございます」

安心させるように微笑む姿に、胸の奥が熱くなった。二年前の私を知っている彼の存在が、こんなにも心強いものだったのかと一度深呼吸をしてから、明るい笑顔を見せる。彼女が私になにかしたわけではないのだし、気にしないようにしないとね。

今は、この入学祝いパーティーを楽しもう！

パーティー会場はとてもきらびやかだった。教師たちも正装をしていて、会話を楽しんでいるように見える。アカデミーの学園長の挨拶から始まり（入学式で長々と話したからと短めだった）、学生自治会の会長の挨拶や、なぜかシー兄様が挨拶をしていて……待って、どうしてシー兄様がここに？　びっくりして目を丸くしていると、「驚いた？」とヴィンセント殿下が悪戯《いたずら》に成功したように口角を上げていた。

挨拶が終わり、本格的にパーティーが始まる。立食式のパーティーなので、いろいろな料理がずらりと並んでいた。シー兄様が私に軽く手を振りながら近付いてくる。

「リザ、入学おめでとう！」

「ありがとうございます、シー兄様。……あの、なぜシー兄様がアカデミーに？」

「アカデミー周辺の警備を任されているんだ。というか、リザが入学する前から異動願いを出していてね、今年ようやく受理されたんだ！　うちの可愛い弟と妹が通うアカデミーだからさ！　本当はアルの入学と合わせたかったんだけどね」

「アル兄様の入学と？」

シー兄様はアル兄様の肩をガシッと掴んで、にこやかにこう言った。――ただし、小声で。

「アンダーソン家の跡取りだからね、アルは」

「シリル兄様っ！」

「……え？　アル兄様が跡取り……？」

てっきり長男であるシー兄様が、アンダーソン公爵家の跡取りだと思っていた。アル兄様はバツが悪そうに私から顔を逸《そ》らしてしまう。

「正式な発表はまだだけどね。アルが卒業する頃かな？　……巫子の血を濃く継いでいるのはアルだから、そんなに不思議なことではないだろう？」

ぽんぽんとアル兄様の肩を叩くシー兄様に、ぱちくりと目を瞬《また》かせることしかできなかった。少ししてハッとした私は、顔をアル兄様に向けて、彼の手をガシッと握る。

「リザ？」

驚いたように私を見るアル兄様に、自分の思いを紡ぐ。

「応援します！　私にできることは微力なことでしょうけれども……！」

「ありがとう……？」

なぜ疑問系なのでしょうか、アル兄様。

そうして会話を交《か》わすうちに音楽が変わり、ダンスの時間になったようだ。ヴィンセント殿下が私にすっと手を差し出す。

「レディ、一曲お相手願えますか？」

「喜んで」

シー兄様はもう一度ぽんっとアル兄様の肩を叩き、私とヴィンセント殿下に近付いた。

「今日の髪型、とてもよく似合っているよ」

「ありがとうございます、シー兄様」

会場に入った時と同じパートナーで、ダンスを踊る。ワルツは体に叩きこむくらい、何度も踊った。二年でだいぶ上達したと思いたい。

「……本当に、よく似合っているよ、その髪型」

「ふふっ、ありがとうございます。ところで、この身長差、踊りにくくありませんか……？」

「平気だよ」

ヴィンセント殿下にも髪型を褒めてもらった。そして、結構な身長差があることに気付いて問いかける。もっと伸びないかしら、私の身長。ヴィンセント殿下は笑顔で踊ってくれているけれど、きっと踊りにくいと思うの。アル兄様もヴィンセント殿下もハリスンさんも……身長がぐんと伸びて羨ましい。

「またきみと踊れて嬉しいよ」

「お世辞でも嬉しいですわ」

「……お世辞じゃないよ」

ふわっと私の体が浮き上がる。ドレスがふわりと揺れて、それを意識するようにヴィンセント殿下がターンした。一瞬、全員の動きが止まったような錯覚を覚える。とん、と床に私を下ろす。ふふっと思わず笑みがこぼれた。だって、このダンス……シー兄様の誕生日パーティーと同じなのだもの。

「緊張は解《ほぐ》れたようだね」

「ええ。まだまだ踊り足りないくらいですわ」

「うん、良い笑顔」

ヴィンセント殿下は不思議な人だなって、いつも思う。こんなにも私に見せてくれる笑顔はまぶしいのに、魔術に夢中になると目を輝かせてまるで幼い子のように見える。でも、その姿を見るのはいやじゃなかった。

「ヴィー、交代」

「そうだね」

「リザ、僕とも踊ってくれる？」

アル兄様と踊るのは久しぶりだったので「もちろん！」と元気よく答えた。互いに視線を交《か》わして、小さく笑い合う。穏やかな時間だ。

「アル兄様が、跡継ぎだったのですね」

「巫子の血の関係でね。シリル兄様より、僕のほうが巫子の血が濃いから」

「シー兄様は、その……」

「元々、自分が跡継ぎになるつもりはなかったみたい。ただ、エドが生まれたあとに、三人の中で一番僕が巫子の血を濃く継いでいるってことで、自分からアンダーソン家のサポートに回るって言っていたらしいよ」

もしかしたら、アル兄様が生まれた時に、どのくらいの差があるのかを感じ取ったのかもしれない。だからこそ、自分のできることをやろうと考え、強くなろうと……？

「お母様も、僕が跡継ぎだと思っていたみたいだし」

「お母様も？」

「うん。だからこそ、絶対にアカデミーに入れたかったんだと思うよ」

「えっと、それはなぜ……？」

アル兄様がくすりと口角を上げて、それからボソッと呟いた。

「友達とお嫁さん探し」

「えっ？」

それはあまりにも意外な言葉で、思わず聞き返してしまった。そんな私に、アル兄様は楽しそうにターンをしながら、言葉を続ける。

「こういう学園で出会えた友達は、かけがえのないものなんだって。それと、婚約者も探さないといけないからね。在学中に結婚する人たちもいるらしいよ」

「そうなんですか？」

「結婚した令嬢は家に入るから、単位を取って早急に卒業しないといけないんだって。だから、在学中に結婚すると忙しいみたい」

アカデミーで出会った人と婚約、そのあと結婚……？　在学中にそんなことが可能だとは思わなかった。

「もちろん家の方針でも違うらしいよ。じっくりと何年もかけていいって家もあるみたいだし」

「様々なんですね……」

感心したように呟くと、アル兄様が小さく頷《うなず》く。……それにしても、こんなふうに話しながら踊れるようになるとは。ダンスの腕が上達したのだと実感できて、とても嬉しいわ。その後、シー兄様とハリスンさんにも誘われたので一緒に踊った。護衛として一緒にアカデミーに来たカインは、その姿を見守ってくれていたみたい。

さすがに連続で四曲も踊ったから、疲れちゃった。喉が渇いたから飲み物を頂こうとウエイターに近付こうとすると、すぐにグラスを用意してくれた。ひょこりとソルとルーナが現れ、飲み物を調べ「大丈夫」と教えてくれたので、そのグラスを受け取る。

「ありがとう」

「ごゆっくりお楽しみください」

お礼を伝えると、ウエイターは軽く頭を下げて戻る。飲み物を求める令嬢や令息を見つけて、すぐに持って来てくれたみたい。……あれ、でも考えてみれば、アンダーソン家に住んでからウエイターやウエイトレスに声をかける前に、さっと来てくれることがほとんどだ。待たされるのは、お忍びで遊びにいった時くらい。

とりあえず喉が渇いたから受け取った飲み物を口にする。甘酸っぱいレモネードは、ダンス後にぴったりな飲み物だと思う。

「どこに行く？」

「バルコニー。風に当たりたくて」

私が歩き出すと、ソルとルーナもついてきた。バルコニーの扉を開けて、外の空気を思い切り吸い込む。四曲も連続で踊れるようになったなんて、二年前には考えられなかったことよね。

「キラキラ～」

「そうね。会場はとってもきらびやか。反対に、バルコニーは静かね」

「落ち着きやすい場所だから良いのでは？」

「ふふ、確かに」

バルコニーからパーティー会場を見つめる。いろんな人たちが踊っている姿を見るのは好きだ。踊っている人たちの身長差を眺めて、やはりあまり身長差がないほうが踊りやすそうだな、と感じる。

さっきまであの中に自分がいたことが不思議なくらい、きらびやかな世界。そんな世界の中に私がいるなんて……と考えていると、ソルとルーナが私を見ていることに気付いて「どうしたの？」

と声をかける。

「エリザベスは楽しんでる？」

「ええ、もちろん。アカデミーってどんなところなのかよく知らなかったけれど、先に入学したみんなと文通をして、想像を膨らませていたの。想像の何倍も素敵なところだなぁって、入学初日から思っているわ」

キラキラと輝く世界。色が見えるようになった時も世界が広がったと思った。……二年前まで、私の世界は暗くて狭い場所だと思い込んでいた。それが今ではこんなにも明るく、輝かしい場所に立てる。そのことがとても嬉しい。

今の私なら、いろいろなことに向き合えそうだと思った。

「家族にも友人にも恵まれて、私は果報者だとしみじみ感じるもの……」

「まだまだ」

「これから」

「もっともっと」

「幸せにならなくちゃ」

精霊たちが交互に喋る。精霊たちと一緒に眠るようになってから、私の体はすこぶる健康だ。今までは体内に魔力をぎゅうぎゅうと詰め込んでいたみたいで、アカデミーに入る前に二年分の魔力がどのくらい溜まったのかを聞いたら、アンダーソン邸が三つは入るくらいと教えてくれた。とても広いお屋敷だから、そのくらいの魔力がソルとルーナに食べられていると思うと、なんだか不思議な気がしたわ。

「……お邪魔だったかな？」

一通り踊り終えたのか、ヴィンセント殿下も飲み物を手にしてバルコニーに足を運んだ。私は
「一緒に休憩しましょう」と彼を招く。殿下はほっとしたような笑みを見せ、バルコニーの扉を閉めてからこちらに近付き隣に立つ。

「改めて、入学おめでとう」

「ありがとうございます」

乾杯、と目元までグラスを持ち上げる。一口飲んで、それからゆっくりと息を吐いた。

「運動後のレモネードって美味しいよね」

「本当に。……殿下はレモネードがお好きなのですか？」

「こういう運動後ならね。すっぱすぎるのは苦手なんだ」

内緒だよ、と口元で人差し指を立てる彼を見て、扇子で口元を隠してくすくすと笑い声を上げた。

ヴィンセント殿下はすっと目元を細めると、会場に視線を移す。つられるように会場に視線を向けると、真っ赤なドレスを着た女性……ジェリーが誰かと踊っているのが見える。

「……そっくりだね」

「え？」

「ジュリー・ファロンによく似ている。ただ、なんとなく違和感があるんだ」

「……違和感、ですか？」

「うん。なんだろう、混ざり合わないような、なにかが。……言葉って難しいな、うまく説明できなくてごめん」

眉を下げて頬を人差し指でかく姿を見て、「いえ、そんな」と慌てて手を横に振った。

会場に視線を戻すと、彼女の真っ赤なドレスに目を奪われる。やはり目立つなぁ。でも、彼女よりも気になることがある。

「あの、ヴィンセント殿下は、アカデミーでどんなことを学んでいますか？」

「魔術がほとんどかな。クリフ様のおかげで、魔力と巫子の力はそれなりにコントロールできるようになったし、自分の力がどのくらい通用するのか試してみたい。あ、あと剣術も磨いているよ」

「剣術も？」

「うん。もっと言えば体術も。最終的には剣よりも拳のほうが頼りになるかもしれないし」

片目を閉じ茶目っ気たっぷりに笑う彼を見て、この二年間でいろいろなことがあったと感じた。

「——ぼくはね、この手でいろいろなことを掴み取りたいと思っているんだ。ぼくにできることを掴み取るつもり。アカデミー在学中に様々なことをやってみたいんだ」

「素敵ですわ、ヴィンセント殿下」

「ありがとう。前向きな気持ちになれたのは、きみたちアンダーソン一家のおかげだよ」

……お礼を伝えられるとは思わなくて、思わず目を瞬《またた》かせた。彼はすっと私の手を取ると手の甲に唇を落とす。その仕草があまりにも自然で、見惚れてしまった。

そっと、静かな動きで唇が離れる。こういうことが自然にできるのは、ヴィンセント殿下が王族

だから？　アル兄様やシー兄様が令嬢に対してこういうことをしている場面はあまり見たことがないから、心が落ち着かない。

「どうかした？」

「あ、いえ。なんでもありませんわ」

手袋をしているから直接触れたわけじゃない。触れたわけじゃないのに――どうして、こんなにも心臓の鼓動が早鐘を打つのかしら……？

「あと数ヶ月もすれば、今度は夜会をイメージした舞踏会があるよ」

「え、そうなのですか？」

「うん。アカデミーで練習できると思うと、ちょっと気が楽にならない？」

アンダーソン公爵家の養女になったことで、お茶会に招待されることが多くなったが、夜会には参加したことがない。そもそも、まだ参加できない。この国の法律では、成人した男女しか参加できないから。

「なるほど、社交界デビューの準備期間ともいえるのですね」

「アカデミーが主催だからお酒はないけどね。その代わり、ノンアルコールカクテルが多かったよ」

「ノンアルコールカクテル……？　そういえば、殿下は誰をエスコートしたのですか？」

「誰も。二年間ウエイターをやっていたよ」

王族が、ウエイター？　目を瞬《またた》かせると、彼はこてんと小首を傾《かし》げて「そんなに驚くこと？」と聞いてきたので、何度も頷《うなず》いた。だって、王族がウエイターって！

「それじゃあ、もう一つ教えてあげる。アルもウエイターをしていたよ」

「アル兄様も⁉」

ウエイター姿のアル兄様とヴィンセント殿下を想像して、思わず顔を赤らめた。絶対に似合う。

いや、アル兄様たちなら、どんな格好でも格好良く着こなすでしょうけど……ああ、この目で見てみたかった。

「ちなみに今年は……？」

「エリザベス嬢がいるから、エスコート役を申し込もうと思って」

「わ、私に？」

「そう。気が早いけど、ぼくにレディのエスコートをさせて頂けませんか？」

「よ、喜んでお受けします……」

やった、と小さく笑うヴィンセント殿下を見て、眉を下げて微笑んだ。

「あの、本当に私で良いのでしょうか？」

「もちろん。きみと一緒にいられるのが、一番楽しい」

優しい表情に、柔らかい口調でそう言われて、胸が熱くなる。私もヴィンセント殿下と魔術を通していろいろな話をしていたのが楽しかったから、そう言われてとても……とても、嬉しかったの。

「それと、ぼくの呼び方なんだけど……」

「ヴィンセント殿下？」

「うん、できれば愛称で呼んでくれない？」

アル兄様のように『ヴィー』って？　と目を丸くすると、彼は顎に手をかけて考えるように空を見上げる。

「そうだなぁ、……うん、ヴィニーって呼んでくれない？」

「ヴィニー殿下？」

「殿下は要《い》らないって言いたいところだけど、エリザベス嬢には負担かな？」

肯定の頷《うなず》きを返した。さすがに、敬称なしでは恐れ多い。ヴィンセント殿下のことは友人だと思っているけれど、それとこれとはまた別の問題なのよね。

「じゃあ、さっきの呼び方でお願い。『ヴィー』だとアルと被っちゃうし」

「わかりました」

「それと、その敬語もできればやめてほしい」

「え？」

「アカデミーではみんな対等な『学生』なんだし、ね」

にっと白い歯を見せるヴィンセント殿下……いいえ、ヴィニー殿下は、なんだかとても嬉しそうだ。

私とヴィニー殿下がそんな会話をしていると、アル兄様とシー兄様、ジーンがバルコニーに来た。

みんな少し疲れた顔をしていて、「だ、大丈夫？」と思わず声を震わせる。

「……さすがにちょっと、踊り疲れて……」

「すごいよ、あの赤いドレスの子。ノンストップで踊り続けている……」

「こっちに来たから逃げてきた」

会場へと視線を移すと、確かにまだ踊っている。シー兄様がバルコニーの柵に寄りかかるように背中を預け、「ふー」と息を吐いた。

「シー兄様もお疲れのようですね」

「疲れた……というよりも、緊張した。オレ、こういう華やかな場所にあんまり行かないし」

「……そうなのですか？」

あ、でも確かにシー兄様が舞踏会や貴族の集まりに行ったなんて聞いたことがない。騎士団に所属しているから、そういう集まりにはあまり参加しないようにしていると耳にしたことがある。……騎士団、関係あるのかしら？

「シリル兄様より、僕のほうがよっぽどお茶会に参加しているよ」

「そこはほら、アルはアンダーソン家の次期当主だし。顔を売っておかないと」

シー兄様に近付いて、アル兄様が不服そうに唇を尖らせ小声で呟く。それに対して、ヴィニー殿下が肩を震わせて笑い、ジーンはおろおろとしていた。バルコニーに私たちが集まっているからか、ちらちらとこちらをうかがうような視線を感じる。

「私はそろそろ戻りますね」

「では、私も」

「ジーンは来たばかりじゃない」

もう少し休憩したほうが良いのでは？　と声をかけると、ジーンは緩やかに微笑んで、耳元でささやく。

「男性三人と残るのは気恥ずかしいわ」

「……なるほど」

アル兄様とシー兄様は私にとって家族だし、ヴィニー殿下と義理とはいえ従兄妹《いとこ》で何度も話したことがあるから、気にしたことがなかったけれど……そうよね、あまり話したことがない異性と一緒にいるのは、気まずいわよね。

「それじゃあ、私たちは先に戻るね」

彼女と腕を組んで、三人に笑顔を見せてから会場に戻る。……やっぱり、会場はとてもきらびやかだわ。

「ねえ、お腹は空かない？」

「そうね、お腹空いたかも。美味《おい》しそうな料理が並んでいるし……、それに、エリザベスはたくさん食べないとね」

「……さっきもイヴォンに言ったけど、これでも身長は伸びたのよ？」

「もっともっと、伸ばさないとね」

からかうように笑うジーンに、口元を隠して微笑む。和《なご》やかな気持ちのまま、料理が並んでいる場所に足を進め、美味《おい》しい料理を頂いた。料理人が一生懸命に作っているのだ、選んだ料理は全部美味《おい》しかった。彼女も目を輝かせながら食べている。

そんな中で、不意にか細い声で話しかけられた。

「あ、あの、ごきげんよう」

「ごきげんよう、クラウディア様」

「わ、わたくしの名前をご存知で……？」

「同じクラスですもの」

自己紹介で留学生だと言っていたから、一番印象に残っている。クラウディア様はここから離れた国の王族らしい。末の王女だから、できればこの国に留まりたいと話していた。

「嬉しいですわ、わたくし……国では印象が薄いようで……」

印象が、薄い？　改めて不躾にならない程度に彼女をよく見る。

ストロベリーブロンドの髪は背中まで伸び、アル兄様と同じように天然パーマのようだ。でも、そのくるくるとしたくせが愛らしさを感じさせる。視力が悪いのか、眼鏡をかけているけれど、眼鏡の奥に見えるアクアマリンのような水色の瞳は澄んでいた。それに、なによりも……身長がとても高いわ。胸を張って堂々と歩けば、むしろいろんな人の目を引くでしょうね。

そんな彼女がしょんぼりと肩と声のトーンを落としているのを見て、きっと、なにか私には知りえない理由で、自分に自信がないのだと思った。

うつむいてばかりいた以前の自分を思い出して、私は彼女の手を取る。

「クラウディア様、並んでいる料理は食べまして？　私が食べた中では、こちらの料理がお勧めですわ。ジーンはお気に入り、ある？」

「私はこの料理かしら」

私とジーンでクラウディア様に料理を勧めると、彼女は少し戸惑ったように瞳を揺らして私たちを見たあと、「で、では……そちらを頂いても？」と料理を受け取り、ぱくりと食べた。

「美味《おい》しい……！」

「良かった！」

口に合ったのだろう、彼女の表情が緩む。

……ところで、どうして私たちに声をかけてきたのだろう？　料理が並んでいるここには、私たち以外の学生も多くいる。ちらちらとこちらをうかがうように見ているのに気付いて、「クラウディア様？」と名前を呼ぶと、彼女の頬がぽうっと赤くなった。

「や、やだわ、わたくしったら……こんなにたくさん食べて」

「あら、たくさん召し上がるのは悪いことではありませんわよ。ねえ、エリザベス？」

「そうですよ。クラウディア様、背が高いですし……栄養を摂《と》らないと！」

肩を落として猫背にしている彼女を見上げて、顔を覗き込む。すると、慌てたように一歩後ろに下がった。その瞬間、トンっと誰かにぶつかってしまったみたい。その人は手にグラスを持っていて、パシャンと彼女のドレスにかかってしまった。私たちが顔を青ざめると、ドレスのシミに気付き、「シミが……」と呆然としたように呟く。

「申し訳ありません！」

クラウディア様がぶつかったのはシー兄様だった。騎士団で鍛えられた声量が会場に広がり、みんなが一斉にこちらを見る。彼女はますますうつむいてしまい、ぎゅっとドレスを握って肩を震わせた。

「あ、あの、……お気になさらず」

「まぁ！　なんということですの！　純白のドレスに赤いシミが！」

大袈裟なくらいの声量で、真っ赤なドレスを着たジェリー・ブライトが近付いてきた。そして、クラウディア様のドレスについたシミを見て、目を大きく見開き、そして悲しそうに眉を下げて頬に手を添える。

「お可哀想に！　入学祝いのパーティーでドレスにシミを作るなんて。いくらなんでもあんまりではありませんか？　……もしかして、エリザベス様にそうしろと……？」

ん？　と首を捻《ひね》る。ジーンも、シー兄様も、なにを言い出しているんだとばかりに彼女に視線を送る。その言葉に最初に反応したのは、クラウディア様だった。

「ち、違いますっ！　エリザベス様は悪くありませんわ。わ、わたくしの不注意ですもの……！」

「あら、王族であるクラウディア様が不注意だなんて。そんなことありえませんでしょう……？」

彼女の口角が上がる。なぜかわからないけれど、背筋がゾッとした。言葉に魔力でも乗っているのだろうか。優しく、甘く、自分の言い分が正しいのだと自信を持っているような口調。クラウディア様が緩やかに首を横に振り、それを見た彼女の眉が跳ねる。

「いいえ、わたくしの不注意です。この方とぶつかってしまいました。申し訳ございません」

シー兄様に謝るクラウディア様。シー兄様は「あ、いえ……」とおどおどしていた。……あんなふうにおどおどしている姿を、初めて見たかもしれ得ない。

「まぁ、まぁ、まぁ。そうでしたの。私ったらすっかり勘違いしてしまったみたいですね。てっきり、エリザベス様が意地悪をなさったのかと」

「私が、なぜそんなことをしなくてはいけないのでしょうか？」

「あらぁ？　だって、彼女を見ていると昔の自分を思い出すでしょう？　それって、かなりイヤな気持ちになりません？」

扇を取り出して口元を隠し、挑発的に目元を細める彼女に、私はゆっくりと息を吐く。

「なぜ？」

「なぜ、とは？」

「あなたが以前の私を知っているとして、なぜそのことをここで持ちだすのでしょうか。ハッキリ言いますが、あなたには関係のない話ですよね」

「……面白いことをおっしゃるのですね。ここにいる全員、あなたがアンダーソン家の養女であることを知っていますわよ。新聞にも大々的に取り上げられましたね。ああ、そちらのジーン様も、新聞に載っていましたわよね。二人一緒に、孤児院での活動なんて、同情を誘うような記事で」

ざわざわと会場内が騒がしくなる。入学して初日。ジュリーによく似たこの人が、私のことを嫌っているのがひしひしと伝わってきた。私は肩をすくめて、呆れたような表情を浮かべてから、クラウディア様に声をかける。

「シミを落としに行きましょう」

「そ、そんなことが可能なのですか？」

「ええ、精霊たちにお任せです」

「魔法で」

「落とすよ！」

ぴょこんと姿を現すソルとルーナ。私とジーンはクラウディア様の手を取って、休憩室に急いだ。残してしまったシー兄様には申し訳ないけれど、アル兄様とヴィニー殿下がフォローしに向かっているのが見えたし、たぶん大丈夫だろう。

ちらりと横目で見た彼女の表情は、恐ろしいほどに感情が表に出ていなかった。

「……ものすごく、悪意を感じる方でしたね」

休憩室に急ぎながら、クラウディア様が呟く。やっぱり傍《はた》から見ても悪意を感じ取れるのね。

休憩室に入り、シミ抜きをしようとすると、私たちの後を追ってきたイヴォンが入ってきた。

「なに、あの女！」

どうやらとても憤慨《ふんがい》しているらしい。怒りで顔を真っ赤にしていて、休憩室に置いてある水の入ったピッチャーを持ち、グラスに水を入れて一気に飲み干すと、ダンッと叩きつけるようにグラスを置いた。

それだけで、彼女の心が怒りに満ちているのがわかる。

先程のやり取りを思い返す。どう考えても、私に対しての悪意だった。……ただ、私は悪意に慣れていた。三歳の頃から十三歳までの十年間ずっと、両親や妹、さらには使用人たちでさえ、悪意を注いできたのだから。

　そこから二年間、ほぼ悪意のない場所で暮らしてきたけれど、やはり公爵家ということで、いろいろ言われたりもした。私自身のことを言われるのはいいのだけど、アンダーソン家の人たちが悪く言われるのはいやだった。同情を誘っているとか、容姿が良かったから引き取ったとか……そんな噂話を面白おかしく吹聴する人たちがいるのに、衝撃を受けたわ。

　アンダーソン家の人たちは、そんな噂話なんて気にするだけ無駄とばかりに明るく振る舞っていた。けれど、お母様がたまに私を抱きしめて、『負けないで』と伝えてくることがあった。つまり、まったく気にならないのではなく、傷ついた上で乗り越えて来た人たちなのだ、私の家族は。

「……ありがとう、イヴォン。でも、私は大丈夫よ。こういう悪意ある態度を取られることには、慣れているの」

「慣れちゃダメでしょ、それは！」

「そうよ、エリザベスは悪いことをしていないじゃない！」

「悪意に慣れないでください、心が死んでしまいます！」

　イヴォン、ジーン、クラウディア様の勢いに押されながらも、小さく頷いた。こんな風に親身になって怒ってくれるなんて、私は本当に恵まれているなぁと……。クラウディア様に関しては、今日初めてお会いする方なのに、こんなに優しい言葉を紡いでくれるなんて。みんなの優しさに目頭が熱くなった。

「嬉しいです、クラウディア様にもそう言って頂けて」

「あ……ええと、あの、よ、余計なことだったらごめんなさい」

両手を左右に振った。だって、彼女の心がとても嬉しかったから。

それはそれとして、クラウディア様こそ悪意に慣れているような言動が気になった。言葉を選んで尋《たず》ねてみれば、お気遣いなくと前置いて答えてくれる。

「え、と……先ほどお話しした通り、わ、わたくし……国ではあまり存在感のない王族でして。十四番目の王女なので、父である国王陛下にもほとんどお会いしたことがなく……、この国に留学するために勉学だけはがんばったのです。陛下に留学を認めてもらう時、とても緊張しました」

段々と流暢な言葉遣いになるクラウディア様。それにしても、十四番目の王女とは……。たくさんいるであろう彼女の血縁関係について考えると、少し頭が痛くなった。彼女の言い方だと、家族との仲はあまりよろしくなく、国にいたくないから留学を決めたような気がする。

「わたくし、側室の子ですの。なので、王位継承権もないに等しいもの。それにこれからの時代、女性も自分の足で立ち、手に職を持っていたほうが……！　あ、す、すみません。つい、熱くなってしまいましたわ……」

ぐっと拳を握り熱く語るクラウディア様。未来のことをそこまで考えて行動しているなんて、とても素晴らしい方だわ。語っている途中で我に返ったようで、恥ずかしそうに縮こまってしまった。

私は彼女の手を取って、にこりと微笑んだ。

「クラウディア様、ぜひとも私と友人になってください！」

元気よく言葉を発すると、彼女は一瞬動きを止めた。それからぎぎぎ、と音がするくらいぎこちなく私に顔を向ける。信じられないとばかりに大きく目を見開いているクラウディア様に、満面の笑みを浮かべて、彼女を見つめる。

クラウディア様は視線をあたふたとあちこちに飛ばして、それから顔を真っ赤にさせてうつむいてしまったが、すぐにそっと私の手に自身の手を重ねてくれた。

「よ、よろしくお願いします……！」

小さな声で呟く彼女の手に、ジーンとイヴォンも手を重ねた。驚いたように顔を上げたクラウディア様に二人は「私たちも友人ということで！」と微笑む。彼女は感極まったように瞳を潤《うる》ませて、それでも嬉しそうにこくりと首を動かす。

「さて、友情が芽生えたところで、早速シミを落としましょう！」

「お、お願いします。……それから、あの、わたくしのことはどうか『ディア』とお呼びください。敬称も敬語も要《い》りませんわ」

「……わかったわ。私のことも、敬称、敬語なしでお願いね。エリザベスやリザって呼ばれているから、好きな呼び方をしてちょうだい？　ソル、ルーナ、出番だよ！」

私の呼びかけに、精霊たちがぽんっと現れて、やっと出番かとばかりにこちらを見た。

「お願いできる？」

「ああ」

「任せて！」

張り切り顔のソルとルーナに、私はディアから手を離した。ジーンとイヴォンもだ。ごくり、と唾を飲んで精霊たちを見つめる。

「ご迷惑をおかけしますが、よろしくお願いいたします」

深々と頭を下げる彼女に対し、精霊たちはじぃっとドレスのシミを見てから笑顔を浮かべ、ディアにソルは翼を、ルーナは手を上げた。

「それでは」

「始めるね！」

精霊たちがドレスのシミを分解していく姿を見て、これはどんな魔法なのだろうかと一瞬真剣に悩んでしまう。

この世界で、魔力を持つ人の大半は生活魔法が使える。生活魔法は親が子どもに教えるものらしいけど、髪を乾かしたり水を出したりと生活が便利になる魔法だ。

私が生活魔法を知ったのは二年前。アンダーソン家の使用人であるリタに使ってもらった時。思えば、あの頃の私の世界は本当に狭かった。今では広がりすぎている気もするけれど、狭いよりはずっと良い。

二年間のことを思い返していると、シミ抜きが終わったようだ。早い。さすがソルとルーナ。

「これで」

「終わり！」

真っ白なドレスは元の輝きを取り戻した。そのことに、ディアはうるうると涙を浮かべる。

「ど、どうしたの？」

「……う、嬉しくて……！　このドレス、大好きなおばあ様に入学祝いとして頂いたの……っ、本当に、ありがとう……！」

——そんなに大事なドレスだったのね……！

この時、私とジーン、イヴォンは顔を見合わせて、おそらく同じことを思った。留学生でこの国に頼れる相手なんていないだろう彼女のことを、私たちが支えていこう。顔を見合わせたままこくりと頷《うなず》き合い、そっとディアの肩に手を置く。

「おばあ様からのドレス、とても似合っているわ」

「本当に。ねえ、ディア。私のことはジーンと呼んでね」

「……私は平民だから、敬称と敬語のままのほうが良いかしら……？」

「いっ、いえ、アカデミーで学ぶ者同士、敬称、敬語なしで……！」

「ふふ、ありがとう。じゃあ、そうさせてもらうわね」

そんな会話をしていると、ルーナが痺《しび》れを切らしたかのように私に突進してきた。抱きとめると、「褒めて！　褒めて！」とばかりに赤い瞳を輝かせている。愛らしいその姿に、ルーナの体を撫でながら感謝の言葉を伝えた。もちろん、ソルにも。

「ソル、ルーナ、ありがとう。とても助かったわ」

「お役立ち！　お役立ち！」

「それなら良かった」

本当に可愛くて頼りになる精霊たち。こうやって撫でているだけでも癒されるわ。

……さて、シミ抜きも終わったし、そろそろ戻らないとね。

重い足取りで会場まで戻ると、私たちが休憩室に移動する前までの賑やかさがなく、しんと静まり返っていた。なにがあったのかしら？　と様子をうかがっていると、ハリスンさんが私たちに気付いて近付く。ものすごく、申し訳なさそうに眉を下げていて、どうしたのだろうと不思議に思っていると、なにがあったのかを小声で教えてくれた。

「……きみのことを、ジェリー嬢が口にした」

「私のことを？」

「うん、きみがなぜ、アンダーソン家の養女になったのかを……」

ああ、なるほど。それでアル兄様がジェリー・ブライトを睨んでいるのか。

アル兄様が怒りを隠せない様子で彼女を見据えている。睨まれている彼女は、しくしくと泣くように両手を覆っていた。

「きみにリザのことをとやかく言う資格があるのか!?」

「う、噂に聞いただけですわ。エリザベス様は……ファロン子爵を殺したジュリー・ファロンの姉だって……。そんなに怒るということは、本当のことなのですね……！」

しんと静まり返っているから、言葉がよく聞こえる。私はゆっくりと深呼吸を一度してから、アル兄様に近付いた。背中から彼に抱きつくと、驚いたように彼の動きが止まる。それは、彼女も同じだった。背中に額をついて、それから意識して柔らかな声を出す。

「ありがとうございます、アル兄様。私のために怒ってくださって……」

心の底から、嬉しかったの。私のために怒ってくれる存在が、傍《そば》にいてくれる。それがどれだけ幸せなことなのか……。その幸せを噛み締めてから、抱きしめていた腕を緩めて、アル兄様の隣に立つ。真っ向から、彼女と向かい合う。彼女は私のことを無表情で見ていた。先に動いたのは、私。にこり、と微笑みを浮かべると、周りの人たちが驚いたように言葉を呑《の》んだ。

「皆様も気になるでしょうから、先に答えておきましょう。確かに私はジュリー・ファロンと……姉妹です」

一気に会場が騒がしくなった。私はもう一歩、前に出る。

「調べればわかることですわ。ファロン家には二人の子どもがいました。一人は私、一人はジュリー。私は三歳の頃、不慮の事故で顔に火傷《やけど》を負《お》ったため、ファロン家の家族から冷遇されていました。私はファロン家の人間ではないと――そんな扱いを受けていました。それを助けてくださったのは、ここにいらっしゃるアルフレッドお兄様。アル兄様がファロン家を訪れなければ、私はきっと今、存在していなかったでしょう」

疲れ果てていた二年前。あのままの生活を続けていたら、『私』はいなかっただろう。命があっても、自分ではなにも考えることができずに、ただただ言われるがままに動く操り人形のようになっていただろうから。

「私の過去がどうであろうと、今の私は『エリザベス・アンダーソン』、アンダーソン家の長女。どうか、噂話に惑わされることなく、私と話して『私』という存在がどういう人物なのかを理解してください。……私はこのアカデミーで、様々なことを学びたいと思っております。その中にはもちろん人間関係も含まれていますわ。……さぁ、せっかくの入学祝いのパーティー、最後まで盛り上げていきましょう！」

パンっと両手を頬の横で叩く。周りにいた人たちは困惑の表情を浮かべながらも、「そうだよな、せっかくのパーティーだし」とか、「楽しまないといけないよね」とか、そんな言葉を紡ぎ始めた。

そこで、ぞくり、と背筋に悪寒が走る。ジェリー・ブライトが私を睨んでいた。……だけど、私は気にせずにアル兄様に手を差し伸べる。

「アル兄様は料理を食べまして？　どれも絶品でしたわ！」

「……じゃあ、リザのおすすめを食べようかな」

「うん！」

最後の返事が幼くなってしまったのは目をつむってほしい。アル兄様の手を引いて、料理の置いてある場所へ足を進める。みんなが私のところに集まってくれた。最初に声をかけてくれたのはヴィニー殿下だ。

「――二年前とは比べ物にならないくらい、凛として格好良かったよ」

「……さすがに緊張しましたけどね。ありがとうございます、ヴィニー殿下」

「……え？　なに、その呼び方……！」

アル兄様がちょっとショックを受けたような顔をした。私とヴィニー殿下は顔を見合わせて、ぷっと噴《ふ》き出す。

パーティーはその後、概《おおむ》ね順調に進んだと思う。ダンスを踊る人たち、食事をする人たち、飲み物を片手に語り合う人たち。先程までの緊迫した空気は、あっという間にメロディーに呑《の》み込まれていった。良かった、せっかくの入学祝いパーティーだもの。あんなに暗い雰囲気のまま終わってしまったら、思い出が台無しになるところだったわ。

パーティーが終わり、女子寮の前までアル兄様たちが送ってくれた。

「――くれぐれも、あのジュリー嬢には気をつけて」

ヴィニー殿下が小声でそうささやいた。真剣な表情で頷《うなず》く。彼女と同じクラスじゃなくて、本当に良かった。クラスで会ったら、なにを言っていいかわからないもの。そう思考を巡らせながら、私たちは寮の部屋に足を踏み入れた。ドレスからネグリジェに着替え、眠る準備を整えてパンパンになったふくらはぎをマッサージしてから眠る。……友人も増えたし、自分の言葉で周りに伝えられた。うん、満足！

二年前の私なら、絶対に無理だったと思う。ベッドに潜り目を閉じる。……明日からは授業が待っている。しっかり眠っておかないとね。

翌朝、スッキリと目覚められた。ベッドから起き上がり、ぐっと背筋を伸ばす。どうやら私が一番に起きたみたいで、ジーンとイヴォンはまだすやすやと寝息を立てている。彼女たちを起こさないようにお風呂に入り、髪を乾かし、制服に袖を通して身支度を整える。

深緑色のセーラーワンピース。リボンスカーフを結んで完成だ。スカートの丈は膝下まである。……でもね、この制服、下手に丈が長いドレスよりもずっと楽なのよ。なんせ、コルセットを使わないから。

今日の髪型はどうしようかしら。ハーフアップにでもしようかな。ドレッサーの前に座り、櫛《くし》を取り出す。毛先から梳《と》いていき、ハーフアップにするために髪をまとめようとして、リボンを取り出すことを忘れていた。アンダーソン家の瞳の色を思わせる真っ赤なリボン。

昨日のジュリー・ブライトが真っ赤なドレスを着ていたことを思い出して、動きを止める。

「……ん、……？　はやいのね、エリザベス……」

「おはよう、ジーン。起こしちゃった？」

「いいえ、そろそろ起きる時間だったから……。髪型が決まらないの？」

「ハーフアップにしようとは思っているのだけど」

「そう、ちょっと待って」

ジーンがベッドから抜け出して、私のもとに来てくれた。櫛《くし》を取り、慣れた手つきで髪をハーフアップにまとめ上げる。引き出しから赤いリボンを取り出して、きゅっと結んでくれた。

「似合うわね、深緑色の制服に赤いリボン。エリザベスの銀色の髪に良く映えているわ」

「そう？」

「ええ。……昨日のことを気にしているの？」

私が好んで赤いリボンを使っているのは、アンダーソン家の色だと思うから。昨日のジェリーのように、ドレスで着たいとまでは思わない。真っ赤なドレスは存在感があるから、印象付けるのにはピッタリかもしれないけれど。

「……気にしなくてもいいのよね、きっと」

「そうよ。だってエリザベスが赤を使いたいのは、家族の色だからでしょう？　アンダーソン家の人たちは、赤い瞳だから」

「……うん、そうなの」

「なら、堂々としていればいいのよ。それに、エリザベスはお茶会でもよく赤いリボンで髪をまとめていたから、気付いている人は気付いているわよ」

そうよね、私が赤を身につける理由なんて、きっといろいろな人にバレバレだ。私はジーンに笑顔を見せて、「ありがとう」と柔らかい口調で伝える。彼女はそれを見て、「どういたしまして」と私の肩に手を置いた。

「……もう起きたの？　早いのね……」

私たちの話し声で起こしちゃったのか、イヴォンがむくりと起きて私たちに視線を向ける。ふわぁ、と大きな欠伸をしてから声をかけてきた。

「今日から授業だと思うと、ドキドキして早起きしちゃったの」

「そっか、初授業だものね。……そりゃあ、気合も入るわよね」

納得したように頷《うなず》いて、イヴォンはベッドから抜け出した。そして、私たちに近付きぽんっとジーンの肩に手を置く。

「お風呂、先に入ってきて？」

「あ、そうね。そうさせてもらうわ」

ジーンはパタパタと浴室に向かう。イヴォンはそれを見送って、代わりに椅子を持って来て私の隣に座った。ドレッサーの上にはソルとルーナがちょこんと座っていて、ちらっと視線を送る。ルーナが「撫でて！」とばかりに目を輝かせているのを見て、私はふわふわの毛皮を撫でた。

そんな私にイヴォンが改まって声をかけてくる。

「昨日のことなんだけど……ごめんね、感情的になって」

「私のために怒ってくれたのでしょう？　むしろ嬉しかったわ」

自分のことのように怒ってくれたことに、感謝しているの。そう伝えると、イヴォンはどこかほっと安堵したように表情を緩めて、それから私をぎゅっと抱きしめた。まさか抱きしめられるとは思わなくて、目を大きく見開くと、こつんと額が重なる。

「覚えておいて、リザ。あなたは私にとって、とても大好きな友人なの」

「イヴォン……？」

「悪意に慣れないで。私たちがあなたを支えるから」

「……うん、ありがとう」

目頭が熱くなった。私のことを大切に思ってくれる友人がいること、それがとても幸せだと思った。大切なものが増えていく。それがとても嬉しくて、同時になんだかくすぐったい。

「……私もイヴォンのこと、大好きよ」

「ふふっ、なんだか照れちゃうわね」

こくりと頷《うなず》く。私たちが笑い合っていると、お風呂から上がったジーンが「なんの話をしていたの？」と興味津々に尋《たず》ねてきた。私たちは顔を見合わせて、それから「内緒」と人差し指を口元に立てた。

「それじゃ、私もお風呂に入ろっと」

イヴォンはひらりと手を振って浴室に足を進めた。ジーンは首を傾《かし》げながらも、制服に着替え始める。

「一人でお風呂に入るって不思議な感じね」

「アカデミーでは自分のことは自分で、がモットーみたいだしね」

とはいえ、毎食の食事の準備はしてくれるみたい。昨日のパーティーの料理、美味《おい》しかったから期待しちゃう。美味《おい》しいものを食べるのは好きだもの。

イヴォンも入浴が終わり（とっても早かった）、全員の身支度を整えてから食堂に彼女が案内してくれた。すでに食堂は賑わっていて、みんなトレーに朝食を乗せていた。

「私たちも頂きましょう」

「う、うん」

並んで、トレーを受け取って、好きな席に座る……らしいのだけど、空いている席を探すのって結構難しい。きょろきょろと辺りを見渡していると、こちらに大きく手を振っている人が見えた。昨日、友人になったディアだ。

彼女のもとに行くと、ちょうど三人座れるくらいの席が空いていた。私たちはその席に座ることにして、ディアと朝の挨拶を交《か》わす。

「おはよう、ディア。早いね」

「おはよう。それが……今日から授業だと思うと緊張しちゃって。あまり眠れなかったの」

「そうだったの、大丈夫？」

寝不足でつらくないのか心配になり尋《たず》ねると、彼女はこくりと頷《うなず》いた。

「たぶん大丈夫よ。その分、今日は早めに休むつもりだしね」

「そっか。あまり無理しないでね」

「うん、ありがとう」

一度会話をそこで締めて、朝食を頂く。オムレツ、サラダ、スープ、パン。どれもとても美味《おい》しかった。朝食と夕食は寮で、昼食は学園内の学食を利用するようだ。ただ、外で食べたいとか、食事を摂《と》る暇がない、という人にはお弁当のサービスもしてくれるらしい。そういう時は、冷めても美味《おい》しい料理がお弁当に詰め込まれるみたい。……全部、イヴォンが教えてくれたこと。

「今日の授業は？」

「えっと、魔法基礎、刺繍、料理……かな。初日に詰め込むのもどうかと思って、軽めにしたの」

「料理？　料理も取ったんだ。私も一年目に取ってたのよ。えーと、じゃあ料理が終わったら自由時間になるのね。私は午後の授業、遅めに取ってあるから、アカデミーの案内をしようか？」

「いいの？　お願いするわ！」

ぱぁっと表情を明るくしてお願いすると、「了解」と彼女が優しく微笑んだ。ジーンとディアも今日はあまり詰め込んでいないようで、今日の授業が終わったら彼女にアカデミー内を案内してもらうことになった。

朝食を食べ終わり、トレーを返却する。ふと視線を感じて顔を上げると、料理人と視線が交《まじ》わった。微笑んで「美味《おい》しかったです」と伝えると、料理人が目元を細めて微笑み返してくれる。

勉強に使う道具はすでに持って来ていたから、そのまま教室へ向かう。ほぼすべての授業が選択制らしく、単位が取れたら良いみたい。このあたりの仕組みはまだよくわかっていないのよね、私。

ちなみに魔法基礎は希望する人が多いから、何クラスかに分かれているみたい。掲示板にクラスが貼られているので、私たちも掲示板に近付き、貼られた紙をじぃっと読む。魔法基礎の授業のクラス分けの中に、見覚えのある名前があった。

「あら、アルフレッド様もヴィンセント殿下も、魔法基礎を取っていなかったのね？」

「ね、まさか一緒の教室になるとは思わなかったなぁ」

「お、王族の方と一緒なんて、わたくし大丈夫かしら……？」

不安そうなディアの背中に手を伸ばして、ぽんぽんと軽く叩く。そして「大丈夫よ」と声をかけた。アル兄様もヴィニー殿下も、どうして取っていなかったのかはわからないけれど……今年、私が入学すると知っていたから、一緒に受けようと思ってくれたのかな？　……なんて、自意識過剰かしら？

イヴォンは別の教室なので、ここで別れた。私たちは魔法基礎の教室へ足を進める。歩いている途中でアル兄様たちを見つけて、私たちは少しだけ早足になり彼らに声をかけた。

「おはようございます、アル兄様、ヴィニー殿下」

「あ、おはよう、リザ。ジーン嬢にクラウディア殿下も」

「お、おはようございます……」

私たちに気付くと、こちらにふわりと優しく微笑む。ヴィニー殿下も。ディアはぴくっと体を震わせながらも頭を下げる。そこまで緊張しなくても……と思いつつ、やっぱり慣れていない国だし、緊張するのが当然なのかもしれない。

「昨日は大変だったね」

「い、いえ……、皆様にご迷惑をおかけしまして、申し訳ありません……」

「いや、きみのせいじゃないでしょ、昨日の騒ぎは」

しゅんと肩を落とすディアに対して、アル兄様が彼女を見上げて片手を振り、その言葉に同意するように私たちは頷《うなず》いた。ディアは少し安堵したかのように胸元に手を置いて息を吐く。

魔法基礎を教わる教室に足を踏み入れると、この授業を取った人たちがすでに座っていた。カタン、と誰かが立ち上がった音がした。そして、こちらへ近付いてくる。……ジェリーだ。

彼女は私のもとに来ると、ばっと頭を下げてきた。びっくりして体を硬直させると、ジェリーは頭を下げたまま言葉を紡ぐ。

「昨日は本当にごめんなさい。変な言いがかりをつけてしまったようで……！　同室の子に聞いて、絶対に謝ろうと思って……！」

「……？　覚えてないの？」

「うっすらと記憶はあるんですけど……私が私じゃない感覚で。本当にごめんなさい、気をつけます」

謝罪の言葉を口にする彼女をじっと見つめる。――魔力の流れを視《み》て、二つ、動いていることに気付いた。私が息を呑《の》むと、ヴィニー殿下がきゅっと手を握ってくれた。弾かれるように彼を見ると、目元を細めて彼女を見ている。こほん、とアル兄様がわざとらしく咳払いをして、パンパンと手を叩いた。

「リザ、昨日のこと、気にしている？」

「……いいえ、アル兄様。『エリザベス・アンダーソン』を知ってもらうのに良いチャンスだったと思います。なので、気になさらないで」

「ありがとうございます、エリザベス様が心優しい方で良かった！」

顔を上げて微笑む姿はジュリーにそっくりだ。彼女より、邪気はないけどね。それよりも気になるのは、彼女が二つの魔力を宿していることだ。私のように二つの属性を持っているのかもしれない。

私に宿る太陽と月の属性。契約した精霊も太陽属性のソルと、月属性のルーナだ。

「あ、友人が呼んでいるので、これで。それでは！」

「あ、はい」

ジェリーは自分が呼ばれていることに気付くと、ぺこりと頭を下げて座っていた席に戻った。こんなふうにドキドキするのって、良いのか悪いのか……。とりあえず、謝罪は受け取ったし、これで良いのよね、きっと。

空いている席に座り、教科書とノートを取り出す。筆記用具も準備してきた。どんな授業なのだろうとドキドキとワクワクが混じった胸を高鳴らせていると、誰かが入ってきた。どうやら、魔法基礎を教える教師のようだ。

背の高い男性で、肩まである赤茶の髪はくるくると巻かれている。少し緊張した面持ちで私たちを見渡すと、ガサガサと音を立ててなにかを取り出し、それからスーハーと深呼吸を繰り返し教壇の上に手を置いて声を発する。

「魔法基礎を教える、イーデン・ウィロビーだ。この授業では、それこそ魔法の基礎を教える。出欠を確認するので、名前を呼ばれたら返事をすること。……ちなみにこの髪はただの癖毛だから気にするな」

きっと今まで、いろんな人たちに聞かれていたのだろう。名簿順に名前を呼ばれていく。別クラスの人たちが集まっているし、アル兄様やヴィニー殿下もいるから、呼ばれた時にちょっとだけ黄色い悲鳴が聞こえた。二人とも目を引く容姿だものね。

「エリザベス・アンダーソン」

「はい」

名前を呼ばれて答えると、イーデン先生と目が合った。私とアル兄様、ヴィニー殿下のことをじっと見つめてから、ジーンとディアの名も呼んだ。

「……アルフレッド、ヴィンセント、エリザベス。お前ら三人、この授業を受けなくても良いくらいの知識を身につけているだろう。クリフ様から聞いているぞ」

「やだなぁ、先生。復習は必要ですよ？」

「そうそう。初心に返るのが大事とも言いますし？」

魔法基礎の知識を、すでに身につけている……？　私はぽかんとしてしまったけれど、アル兄様もヴィニー殿下もそのことを承知のうえでここにいるのだと言外に伝える。諦めたように肩をすくめるイーデン先生に、してやったりとばかりに口角を上げるアル兄様とヴィニー殿下。

「あの、先生はクリフ様とお知り合いなのですか？」

「魔塔の者ですー」

「……なるほど」

クリフ様が魔術師長をしている魔塔。そこから派遣されているわけね。……基礎は大事だというし、私も復習をする気持ちで授業を受けようっと。

「あー、それではこれから、魔法基礎の授業を始めます。まずは自分がどんな属性なのかを調べるぞー。簡単にわかるように、この水晶を使う！」

じゃんっ！　と取り出されたのは綺麗な丸い大きな水晶。それを教壇の上に置いてぺたりと触れるイーデン先生。

「この魔道具は優《すぐ》れものでな。魔力を込めると文字が浮かび上がり、自身の属性を教えてくれる。おれの属性は風だ。わかるか？　魔力のコントロールができない者だと、この文字が歪むから気をつけろよー。では、名簿順にこっちにこい」

イーデン先生が水晶に魔力を込めると、確かに『風』の文字が浮かび上がった。とても綺麗な字だった。こんなに便利なものがあるとは知らなかったわ。私が使ったものは別の物だったから。

一人ずつ呼ばれて、水晶に手を置き魔力を込め、自分の属性と現在のコントロール力を調べる。力強い文字が浮かび上がる人、崩れている人、弱々しい人……魔力のコントロールを教わってこなかったのだろう。……魔力がそんなに高くない人はアカデミーに入ってから習うのが一般的なのかもしれない。生活魔法はそんなに魔力を使わないもの。

「アルフレッド・アンダーソン」

「はい」

アル兄様が呼ばれて水晶に手を置く。星と綺麗な文字が浮かび上がった。ヴィニー殿下も同様に。男子全員が終わり、今度は女子の番になった。私の名が呼ばれたから椅子から立ち上がり教壇に向かう。水晶に手を置き、魔力を込めると太陽と月、二つの属性がきちんと文字として浮かび上がる。

教室がざわついた。私のように二つの属性を持つ人は少ないらしいので、珍しかったのだろう。

「ああ、やっぱり綺麗な字だな。うまくコントロールもできている」

ぽつりとイーデン先生が呟く。……褒められちゃった。ちょっと……ううん、とても嬉しい。魔力のコントロール、がんばって覚えた甲斐があった。

その後、ディアが水の属性（コントロールは少し不安定）であることと、ジーンが風の属性（コントロールバッチリ）だと知った。そして——個人的に気になっていたジェリーの属性は太陽一つのみ。太陽属性自体も珍しい属性だから、一瞬教室がざわつく。

「一つだけなんだ……」

「太陽も珍しいけどね」

アル兄様とヴィニー殿下の会話が耳に届く。ちらりと彼らに視線を移すと、アル兄様がひらりと手を振った。気にするなってことかな？

最後の人が水晶玉に触れて、この日の授業はそれで終わり……かと思ったら、パンッとイーデン先生が両手を叩き、自身に視線を集めた。

「魔法基礎を教える前に、これだけは伝えなくてはならない。それは――禁忌魔法についてだ」

イーデン先生の真剣な表情に、私たちはごくりと唾を飲み込む。……禁忌魔法。まさか、アカデミーでこの名を聞くとは……。いいえ、魔法を勉強する場としては、むしろ当然なのかもしれない。

「禁忌魔法を行うことは許されない。禁忌魔法は使うとその身を滅ぼすと言われている。実際禁忌魔法を使った人物を見たことはないが……、昔からの言い伝えだからな。魔法は便利だが、頼りすぎると身を滅ぼすことになると理解すること」

ジュリーのことを、思い浮かべた。あの子が禁忌魔法を使ったのかはわからない。ただ、精神を操作する魔法も禁忌魔法にあることを思い出して目を伏せる。どうしてジュリーにばかり、ファロン家の人たちが優しかったのか……今となってはわからないけれど、仮に禁忌魔法のせいだったとしても、過去のことだと受け入れないといけないよね。今、私に優しくしてくれている人たちのためにも。

「そんな禁忌魔法だが、授業では絶対に教えないので割愛する。身を滅ぼしたくなかったら、禁忌魔法に興味を持つなよ、という先生からのとっても・ありがたい・アドバイス、だ！」

「先生は調べたことないんですかー？」

「種類が豊富過ぎて諦めた。あと、単純に自分の研究に忙しい」

問われてそう答えるのを聞き、忙しい人でよかった、と思うのは……ダメなことかしら？

魔法基礎の授業が終わり、イーデン先生が荷物を持って教室を出ていく。学生たちもぞろぞろと教室を出ていくのを眺めた。

「わたくし、コントロール出来ていませんのね……」

「きみの国では習わないの？」

次の授業までまだ時間があるから、私たちは教室に残り談笑をしていた。ディアが頬に手を添えてほう、と息を吐いてから眉を下げる。

「十四番目の王女に構う人はいませんわ」

おばあ様くらいしか、と小声で付け足す。私とジーンは顔を見合わせて、ジーンがぽんと彼女の肩に手を置き、慰めるように声をかける。

「今からでも充分、コントロールを覚えられるわ。きっとディアの魔力は高いのよ」

「魔力が高いのと、不安定なのにはなにか関係が……？」

アル兄様がディアの疑問に答えた。

「あるよ。魔力は低いほどコントロールしやすいんだ。まぁ、きみの場合はちょっと高いくらいだから、コツさえ掴めばすぐに良くなると思うよ。そして、コントロールを覚えたらマジックバリアを常に展開しておくことをお勧めするよ」

「だね、身の安全、大事」

ヴィニー殿下が同意した。そして、教室に私たち以外の人がいなくなったのを見計《みはか》らって、言葉を続ける。

「……ジュリー・ブライトのことなんだけど」

みんなが彼に注目する。彼は、私を安心させるように微笑み、それから手を組んで机に肘をつく。

「ちょっと調べてみようかなって思うんだ」

「調べる……ですか？」

ジーンが少しだけ不安そうに私たちを見渡す。ヴィニー殿下はこくっと頷《うなず》き、目元を細めると、微笑みから一転、真剣な表情を浮かべた。

「魔力の流れが二つ見えるのに、属性は太陽の一つだけ。それだけでも充分に怪しいと思うし、『ブライト』ってブライト商会だと思う。その商会、今とても変な動きをしているんだ」

「変な動き？」

「……そう。以前はとても活気のある商会だったんだけど、今は隠れてなにかをやっているみたい。杞憂《きゆう》なら良いんだけどさ。それで、だ。アル、エリザベス嬢、……きみたちにとってあまり気乗りしないかもしれないけれど、『ファロン家』について調べてくれない？」

私は思わず目を大きく見開き、アル兄様はピクリと眉を動かす。

「ファロン家のなにを調べるのさ？」

訝しむようにアル兄様がヴィニー殿下を見る。彼は小さく息を吐いて、それから目を閉じた。

「――ファロン家の家系図を」

「家系図、ですか？」

「二年前に一度探してはみたんだけど、三代目からくらいしか見つからなくて。まるで意図的に隠されているかのように。……なにを隠しているのか、気にならない？」

目を開けて口角を上げ、ゆったりとした動きで首を傾《かし》げて問いかける彼に、私とアル兄様は顔を見合わせて——同時に頷《うなず》く。

「それじゃあ、またあとで計画を練ろう。そろそろ教室に向かわないと」

「そうだね」

「はい。では、またあとで」

次の授業は刺繍だ。未《いま》だに苦手意識はあるけれど、こればかりは必修だから仕方ない。そういえば、ディアは得意なのかな？　と彼女を見ると、ちょっと不安そうだった。

椅子から立ち上がり、教室に向かう。必修科目はクラスの教室で受けることになっている。刺繍の他に音楽も必修だ。ピアノ、ヴァイオリン、声楽……その他諸々。どれかを選ばないといけない。私は声楽を選んだ。……なぜなら、楽器が弾けないから……。あ、とても簡単なものはアンダーソン邸で習って、それだけはピアノで弾けるようになったわ。

「……どうしましょう」

「ディア？」

「わたくし、とても不器用なのよ。指に針を刺す確率、八割以上……」

想像しただけで痛いわ、ディア。

「落ち着いてやれば大丈夫よ、きっと。落ち着いてやれば……」

「針を持つと緊張して震えてしまうの……」

まさか、ディアにそんな弱点があったとは。そして、ちょっとの親近感。苦手なものが一緒だと思うと、なんだか安心できる……なんて、ディアに失礼かしら？

「ジーンは得意よね」

「得意……というわけではないけど、細かい作業は好きよ」

「羨ましいわ」

ディアの言葉に、同意の頷《うなず》きを返す。ジーンの『細かい作業』は本当に細かいから、見ていて魔法のように見えるのよね。彼女の刺繍を思い返しながら歩いていると、教室についた。自分の席に座り、刺繍道具を取り出す。彩り豊かな刺繍糸は、お父様から入学祝いに頂いたもの。

教室に担任の先生でもあるセルマ先生が入ってきた。刺繍は彼女の受け持ちみたい。

「それでは、テーマは『蝶々』。まずは自分で好きなように刺繍をしてみてください」

教壇の前に立ち、私たちを見渡しながらそう言った。自分で、好きなように……？

「刺繍は得意な方も苦手な方もいるでしょうから。まずは、好きなようにしてみてください。刺繍のやり方を教わっていない方は挙手を。私が教えます」

ふと、アンダーソン邸でセリーナ先生に教わったことを思い出す。まずは下絵を考えた。簡単な下絵にしよう。どんな色が良いかしら？　刺繍は苦手だけど、こうやっていろいろ考えるのは楽しい。色がはっきりとわかるようになったおかげね。

よし、がんばろう！　苦手な刺繍をがんばろうと思えるようになったのは、みんなのおかげ。私にできることで恩を返していきたいな。

ディアが挙手をして、セルマ先生にいろいろと聞いていた。そして、どこか納得したように頷《うなず》いたり、質問したり……そんな姿を見て、おずおずと他の人たちも挙手してセルマ先生に尋《たず》ねていた。そんな中、黙々と刺繍を始めるジーン。その表情はとても楽しそうだ。

他の人たちの様子を見ると、四苦八苦している人たちもいたし、すらすらとスムーズに針を進めている人もいて、本当に人それぞれなんだなぁと感じた。おっと、人の様子を見ている場合じゃないわね。下絵を終えて、今度は使う糸の色を考える。蝶々の色はなににしようかしら。黄色で鮮やかに？　青色で爽やかに？　うーん、色を選ぶのってやっぱり楽しいわ。

みんなで黙々と刺繍をしているのは、なかなか見ない光景だから新鮮。アカデミーを卒業する頃には、それなりの腕になっていると良いのだけど。

ジーンのような素晴らしい刺繍をできるようになるのを夢見ながら、黙々と刺繍をする。授業が終わるとセルマ先生は、「針の扱いには気をつけるように」と伝えて教室から出て行った。今日の授業はあと一つ、料理のみ。

料理ってどうやって作られているのか知らないから、楽しみでもある。

「次の授業、楽しみね」

いつの間にかジーンが私の近くに来ていた。ディアも一緒だ。彼女たちを見上げて「そうね」と答える。料理の授業、今日は初日だから手ぶらでよし、と書かれていたけれど、ディアは次の授業、なにを入れたのかしら。

「ディアは次の授業、なにを入れたの？」

「わたくしは古代語の授業を取ったわ」

……古代語？　思わず目を瞬《またた》かせると、ディアは恥ずかしそうに頬を染めてはにかむ。

「わたくしがこの国を留学先に選んだのは、一番歴史が古い国だからなの。歴史が古いということは、文献もたくさん残っていると思って……。遺跡や石碑《せきひ》に刻まれた古代語を読み解《と》くのが、わたくしの夢」

照れたように笑いながら、両目を伏せるディア。その表情は期待に満ちていて、とても幸せに見えた。

「……綺麗ね」

「えっ？」

「夢を語るディアの表情が、とても綺麗だと思ったの」

幸せそうに夢を語る姿は、とても輝いていた。彼女の夢を応援したいと素直に思えるほどに。

「ほら、調理室に向かわないと」

「あ、そ、そうね」

「それじゃあ、またね！」

椅子から立ち上がりディアに手を振る。彼女も手を振り返してくれた。ジーンと一緒に調理室まで歩く。調理室の場所は校内マップで確認したけれど、マップで見るのと実際にそこへ向かう距離は結構違うような気がした。

正確にいえば、もう少し近い位置にあると思っていた。迷いはしなかったけれど、思ったよりも遠くて最後は早足になり、なんとか授業に間に合った。次回からは気をつけないと。

料理を作るのは初めてだから、ちょっと……いや、かなり緊張する。いったいなにを作るのだろう？　ジーンも落ち着かないようで、ソワソワとしていた。

「希望者全員いるかー？」

ひょこっと現れたのは男性だった。どうやらこの人が担当のようだ。背が高く、がっちりとした体型で、なにかを持って来ていた。この科目の希望者はあまりいないらしく、私とジーンの他に数人程度だった。数人程度だからか、男女共通のようだ。

「今からこれを配るから、名前を呼ばれた人は取りに来るように。俺は担当のグレンだ。以後お見知りおきを」

グレン先生、というのね。次々と名前を呼ばれて荷物を受け取る。なにが入っているのかしら？と荷物をじっと見つめていると、すぐにグレン先生が「開けていいぞ」と口にする。そっと中身を見てみると、あまり見たことのないものが入っていた。

「エプロン、三角巾、それから一番大事なハンドクリームだ。使い方は――」

使い方を教わり、私たちは教わった通りにエプロンと三角巾を身につける。この授業を選んだのは私たちを含めた十人くらい。全員にこのセットを用意してくれていたのね。

グレン先生は調理台にレタスとミニトマトを置いた。採れ立てなのか、瑞々《みずみず》しさがよくわかる。

全員を呼んで食材を持っていくように指示する先生。どれを選べば良いのかわからず、野菜と先生を交互に見ると彼はふっと笑みを浮かべた。

「安心しろ、どれを選んでもうまいから。このアカデミーで採れた野菜だからな！」

自信満々に言い切った。それにしても、アカデミーでは畑もやっていたの？

「ん？　驚いたか？　ちなみに寮や食堂でだしている野菜のほとんどはアカデミーで作られたものだから、新鮮さと味は保証するぞ」

アカデミーの畑って、相当広いのね……？　そんな発見をした料理の授業だった。

レタスとミニトマトを受け取り、元の場所へ。グレン先生の指示に従い、野菜を水で洗う。こんなふうに野菜を触ることがなかったから、なんだか不思議な気持ちだわ。でも、こうして料理を用意してくれる人がいるのだと思うと、もっと料理のことを知りたくなる。

「ところで、水滴ってどうすれば良いのかしら？」

「そうね……魔法で乾かせば良いのかしら？」

「待て待て待て、それだとレタスやミニトマトの水分もなくなるんじゃないか？」

慌てたようにグレン先生に止められる。目を瞬《またた》かせて見上げると、先生は少しだけ黙り込み、私が洗ったレタスを見て、言葉を紡ぐ。

「洗ったレタスの一枚を持ち、表面の水分だけ乾かせるか、やってみよう」

「はい！」

料理、というか魔法の授業みたいだ。魔法実技の授業もあるから、その前の練習と思えば……。

私はじっとレタスを見つめて魔法をかける。表面の水分だけを魔法で動かす。ふよふよと宙に浮かび、一つにまとまる水分。それを見て、グレン先生が目を見開く。

「ほぉ、見事なもんだな」

感心したようにグレン先生が呟く。集まった水分は水場へと。先生にレタスを見せると、小さくちぎってぱくりと食べる。今度は私が目を見開いた。

「うん、中の水分は失われていない。見事なコントロールだ、エリザベス・アンダーソン」

「あ、ありがとうございます」

褒められて頬が熱くなった。ジーンが「さすがね」と穏やかに微笑む。うん、魔力のコントロール、がんばっていて良かった。

「それじゃあ一口サイズにちぎって、さらに盛りつけて……」

グレン先生の言葉に、私たちは料理を再開した。魔法で水分をとって、レタスを一口サイズにちぎりお皿に乗せていく。二、三枚とはいえ、思っていた以上の量になって驚いた。いつも私がアンダーソン邸で食べていた量は、かなり少なかったのね。

ミニトマトを乗せてサラダを完成させた。うーん、見た目もやっぱり、アンダーソンの料理人やアカデミーの料理人が作ったほうが綺麗で、いつも美味《おい》しい料理を用意してくれる料理人に感謝しなくちゃ、と心から思った。

ドレッシングの作り方も教わったけれど、なかなか自分好みの味にはならなかった。そのことにグレン先生は「料理も大変だろ?」と笑っていた。本当にそうだと思う。味見をしながらなんとか及第点のドレッシングを作り上げることができた……けれど、調味料を足しているうちにどんどんとドレッシングが増えてしまったわ。そして、調理室には良い匂いが漂っている。私たちがサラダとドレッシングを作っているあいだに、グレン先生はスープとメインを作ってくれたみたい。鞄の中からバケットを取り出し、白身魚のソテー、スープ、サラダ、バケットと立派な昼食が出来上がった。

先生が私たちに料理を配り、パンっと両手を合わせる。

「それでは手を合わせて――『いただきます』」

「い、いただきます……？」

「俺の故郷では食事の前にこう言うんだ。料理の授業ではこれが普通だから、慣れてもらうぞ、貴族たち」

言葉からして、グレン先生は貴族の出身ではない……？　というか、この授業の参加者全員が貴族だったのね。見覚えがあるような、ないような。人の顔と名前を覚えるのって、まだ苦手だわ。

「いただきます」

全員が両手を合わせてそう呟くと、グレン先生が大きく頷《うなず》いた。サラダを食べてみたけれど、やっぱりアンダーソン邸や寮のほうが美味《おい》しい。でも、ちゃんと食べられる味になっている。

そして――グレン先生の料理は絶品だった。このままずっと習っていたら、このくらい美味《おい》しい料理が作れるようになるのかしら？　そう考えながら食べ進めた。

すべてを食べ終わると、グレン先生が瓶を取り出す。どうやら、使い終わらなかったドレッシングをあの瓶の中に入れるみたい。

「ラベルに自分の名前を書いておけよ。ドレッシングは先生が預かるからな」

「預かる？」

「これは空間収納ができる鞄だ。この中に入れておければ品質が下がることはない。いつでも新鮮そのものだ。とても便利だから、勧めておこう」

空間収納鞄、確かに便利そうだわ。

「ああ、そうだ。畑に興味があるヤツは見に来てくれ、歓迎するぞ」

人手が足りないのかしら？　イヴォンに聞いてみようかな。アカデミーに畑があるとは思わなかった。……私、少し興味があるわ。

「それでは、全員食器を洗い終わり、ハンドクリームを塗ったら解散してよし」

ドレッシングを瓶に注ぎ、ラベルに自分の名前を書き、グレン先生に渡す。食器を洗い終わり、手を拭いてからハンドクリームを手に塗り込んでいると、先生がハッとしたように顔を上げた。

「ああ、大事なことを忘れていた！　食後の最後の挨拶は、手を合わせて『ごちそうさまでした』だ！」

そんなグレン先生の言葉に、私たちは小さく手を笑って手を合わせ、全員で「ごちそうさまでした」と声を出した。

調理室から出て教室に戻る途中、イヴォンにばったり会った。

「料理の授業、どうだった？」

「……難しかった」

「美味しかったけどね、グレン先生の料理」

「あはは、でしょうー？　ってことは、二人はもう昼食要《い》らないわよね。それじゃあ、これからアカデミーを案内するわ」

「え、イヴォン、昼食は？」

「もう食べた。……あ、でもディアは食べていないかもしれないね」

　ディアは古代語の授業だったから……とりあえず、彼女を迎えに行こうと声をかけると、二人とも首を縦に動かす。

　料理の授業でなにを作ったのかを尋《たず》ねられ、サラダとドレッシングと答えると「懐かしー」と目元を細めて微笑んだ。古代語の授業を受けたディアを探していると、彼女がぎゅっと大事そうになにかを抱えながら歩いているのが見えた。

「――ディア？」

「ひゃっ！　あ、みんな……」

「ご、ごめんなさい。そんなに驚くとは思わなくて」

「ううん、わたくしが先程の授業を反芻《はんすう》していたから……」

　声をかけたことでとても驚かせてしまったみたい。彼女は慌てたように首を横に振った。大事そうに抱えていたのは古代語の授業で使った教科書とノートのようだ。

「授業、どうだった？」

「とても素晴らしかったわ……！　今年一年は文字を覚えるのが優先されるのだけど、来年も続けていけば石碑《せきひ》のある場所に連れていってもらえるって……！」

きらきらと目を輝かせる彼女の様子に、私たちは顔を見合わせて笑顔を浮かべる。

「好きなことを追い続けられるって素敵よ」

「石碑《せきひ》、楽しみね？」

「来年その場所から帰ってきたら、どんな内容が書かれていたのか、教えてくれる？」

「もちろんよ。ああ、本当に楽しみだわ……！」

うっとりと恍惚の表情を浮かべるディア。そんなに夢中になれることがあるって、とても良いことよね。私の場合はなんだろう……？

ジーンは刺繍や裁縫、ディアは古代語、イヴォンは……料理、かな？　みんなそれぞれ得意なものがある。対して、私はなにも得意なものがない。

「私にも、得意なものが見つかるかしら……？」

急に不安になって呟くと、三人は視線を交《か》わしてそれからジーンが口を開く。

「魔力コントロールが得意でしょ？」

「魔力コントロール？」

「ええ。自分で気付いていなかったのね。エリザベスの魔力コントロールはかなりレベルが高いものよ」

そうだったの？　と目を丸くすると、ジーンが言葉を続けた。

「生活魔法でレタスの水滴を集める、なんてとても器用なことだと思うわよ？」

「え、レタスの水滴？」

ジーンが先程の授業のことを簡単に教えると、イヴォンもディアも目を大きく見開いた。それからイヴォンはなにかを考えるように顎に指先をかけ、すぐにポンっと手を叩いて私の肩に手を置く。

「リザ、やってみてもらいたいことがあるの！」

「わ、私にできること？」

「ええ、あなたならきっと！　一緒に来て！　ほら、二人も！」

イヴォンが私の手を取り、スタスタと早足で歩き始める。足の長さの差か、彼女は早足なのに私は小走りになった。彼女は目的地まで迷うことなく足を進める。この状況、先生に見つかったら怒られるだろうけど、なんだか楽しくなってきてしまい、目的地がどこかわからないままアカデミー内を進んでいった。

到着したのは、なんと畑だった。グレン先生もいらっしゃる。私たちに気付くと、驚いたように目を数回瞬《またた》かせていた。

「ごきげんよう、グレン先生」

「ああ、っていうか、エリザベスとジーンはさっきの授業ぶりだな」

もう名前を覚えてくれたのか。驚いていると、料理の授業をとっていないディアがうかがうように私たちを見ていることに気付く。

「ディア、こちら料理の授業担当のグレン先生。先生、こちらは――」

「知っている。レーベルク王国の十四番目の王女、クラウディア……だろ？」

もしかして、新入生の顔と名前を全員分覚えているの？　そうだとしたら、とても見事な記憶力だわ……！

「それで、イヴォン。私にやってみてもらいたいことって？」

「ああ、それなんだけど……グレン先生、水やりって終わりましたか？」

「いや、これからだ」

「なら！　リザ、この畑の水やりをやってみてほしいの！」

そっと私の手を両手で包み、目をキラキラと輝かせるイヴォンに、ぽかんと口を開けてしまい、急いで閉じる。

「わ、私が？」

「ええ、ここの畑は広いから、リザならどのくらいの範囲を水やりできるのかしらって」

私は少し悩んで、おそらく畑の責任者であるグレン先生に視線を向けた。考えるように目を伏せていたけれど、すぐに「やってみるか？」と問いかけられる。畑に視線を移し、畑の広さを確かめる。とても広い範囲だから、少し不安もあるけれど……好奇心のほうが勝った。

「やってみたいです！　……でも、広さが広さなので、精霊たちの力を借りても？」

「ああ、それはもちろん構わない。じゃあ、頼んだ」

こくりと頷《うなず》いて、精霊たちを呼びだす。ポンっと現れてくれたソルとルーナに説明しようと口を開くと、どうやら会話を聞いていたらしくすぐにルーナが「お手伝いするー！」と元気良く飛び跳ねた。ソルも同意するように頷《うなず》く。

よーし、それじゃあ、やってみよう！

私は深呼吸を繰り返し、水の球体を何個も作りだす。同じように、ソルとルーナも。球体を上空に向けて畑全体に行き渡るように……そう、雨を降らせる感じで……、土砂降りではなく、小雨。恵みの雨になるようなイメージで――……

「ソル、ルーナ、準備は良い？」

「ああ」

「もちろん」

「行くよ！」

その言葉を合図にして、上空に浮かび上がる水の球体が破裂する。イメージ通り、小雨が降るような感覚――……そして、畑の土が水分を受けて、色が濃くなるのを見て、このくらいかな？　と魔法を止める。すべての球体が小雨へと変わり、球体がなくなると、太陽の光を受けて虹が浮かび上がった。

「……綺麗ね」

うっとりと、ディアが呟く。それと同時にぐぅ、と彼女のお腹の虫が鳴いた。……そうか私たちは食べていたけれど、彼女はまだ昼食を食べていない……！

彼女がお腹を空かしていることに気付くと、グレン先生が「こっちに来い」と私たちを近くにある小屋に案内してくれた。小屋というか、一軒家みたい。遠かったから小屋のように見えていたのかもしれない。

「ほれ、入れ」

玄関の扉を開けて中に入るようにうながされた。中に入ると生活感で溢れていて、グレン先生はここに住んでいるのかしらとぼんやり考えていると、最後に入った先生が扉を閉め、奥へと案内してくれた。

「グレン先生はこちらに住んでいるのですか？」

「あ？　ああ、まぁな。畑の世話もあるし……近くていいんだ、ここ。ま、一つだけ問題点を上げるとしたら――」

バンっと大きな音を立てて扉が開く。私たちがびっくりして振り返ると、グレン先生は大きなため息を吐《っ》く。

「ここはお前らの家ではないんだが？」

「あ、お邪魔します、グレン先生」

「相変わらずここの野菜は美味しいですね」

「アカデミーで野菜嫌いを克服したって子、結構いるんですよー」

ほのぼのとした会話を繰り広げる人たち。大人、のようだけれど……？

「あれ、先生。こんなに可憐なレディたちを連れてどうしたんですか？」

「まだまだガキだろ。ん？　シリルはどうした？」

「トマトに夢中です」

そうだ、騎士の格好をしているんだわ、この人たち！　というか、今、シー兄様の名前を口にした……？

「あの、この方々は……？」

「アカデミーの警備をしている騎士たちだよ。ああ、そうだ。こいつシリルの妹な」

「えっ！　あの噂の！」

う、噂？　どんな噂が流れているのかしら？　そして、シー兄様のこともよく知っているみたいだけど……えっと？

「こらこら、背の高い男どもが少女たちを取り囲むんじゃない！」

「あ、ごめんね。怖かったね」

「俺らシリルと同期の騎士なんだ」

「あ、えっと、エリザベス・アンダーソンと申します。いつもシー兄様がお世話になっております……！」

騎士の方々はわざわざ私の視線に合わせるようにしゃがんでくれたので、慌ててカーテシーをする。

「わー、良いなぁ、妹。こんなに可愛ければ、シリルが可愛がるのもわかるよなぁ」

のんびりとした口調で言われて、頬が熱くなった。そこで聞き慣れた声がする。

「あれ、リザ？」

「シー兄様！」

「え、なにこの状況。なんでお前らがオレの妹、囲んでいるの……？」

シー兄様の低い声に、騎士の方々はビクッと肩を震わせる。……と思ったら、グレン先生がペシンとシー兄様の後頭部を叩いた。

「いって！」

「怖い雰囲気を出すんじゃない、このバカ！」

「……かしこまりました」

忌々しそうに叩かれた場所を擦るシー兄様。彼らのやり取りをおろおろと見ていたら、ディアがシー兄様の前に立った。ディアは制服の胸元をきゅっと握り、顔を上げる。

「き、昨日は本当に申し訳ありませんでした……！　わたくしのせいで、エリザベス様が……っ」

シー兄様はキョトンとした表情を浮かべ、すっと彼女の前に跪《ひざまず》いた。顔を覗き込むように視線を上げて、柔らかく微笑む。

「あなたが気にすることではありません。ですが、妹のことを気遣ってくださり、ありがとうございます」

ディアは緩やかに首を横に振る。昨日のこと、そんなに気にしていたの？　ディアには悪いけれど、彼女の気持ちがとても嬉しい。

「どうか、妹と仲良くしてくださいね、クラウディア王女」

「は、はい……！」

どこかうっとりとしたようなディアの表情を見て、シー兄様は不思議そうにしていたけれど、再び彼女のお腹がぐぅ、と鳴った。ディアは顔を真っ赤に染めて慌ててお腹を両手で押さえる。

「お前ら、こっち来い」

グレン先生がディアたちを呼ぶ。シー兄様の頭を軽く叩いてから姿を消していたと思ったら、見慣れない食べ物をテーブルに並べていた。

「これは……？」

「なんだ、知らんのか。おにぎりって言うんだ。そのままかぶりつけ」

三角や丸い形をした白い塊。これがおにぎり？　グレン先生はひょいと手に取り、そのままかぶりついた。もぐもぐと咀嚼《そしゃく》して、ごくんと飲み込んでからディアに食べるようにうながす。彼女はそっと手を伸ばしておにぎりを持ち、ぱくりと一口齧《かじ》る。

「美味しい……噛んでいるうちに、甘みを感じますわ」

「だろ？　故郷の米で作ったんだ。口に合ったのならなにより。……ほら、お前たちも食え」

騎士の方々に声をかけると、彼らはぱぁっと表情を明るくしておにぎりを掴んで美味しそうに食べる。シー兄様も。幸せそうに食べる姿を見て、小さく口角を上げた。

「今日は大目に見るが、明日からはちゃんと食堂に通えよ」

「あの、たまには来ても良いですか？　畑の水やり、手伝いますよ」

「それは助かるが……こいつらがいるかもしれんぞ？」

「構いませんわ。シー兄様にも会えますし」

シー兄様たちがここにどのくらいの頻度で来ているかはわからないけれど……あの様子だとずい

ぶん馴染んでいるような気がして、口を開く。

「グレン先生は、以前からシー兄様とお知り合いですか？」

「あいつがアカデミーに通っていた頃を知ってるぞー」

ニヤリと口角を上げる先生に、思わず目を丸くした。シー兄様がアカデミーに通っていた頃から？　確か、アカデミーを飛び級していったのよね。もしかして、それもアル兄様が跡継ぎだから？　いろいろと思考を巡らせていると、勢いよくなくなっていくおにぎりを眺めていたジーンが顔を上げた。

「ところでグレン先生、その口調、怒られませんか？」

そう問いかけると、先生は「ないない」と手を横に振る。

「え、どうして？」

「実力があるからさ」

自信満々に胸を張るグレン先生に、私たちは首を傾《かし》げた。アカデミーの先生の実力って、どの方面、どの程度を指《さ》すんだろう？

深く尋《たず》ねる前に、「食べ終わったらさっさと行けよ」と言われてしまった。覚えていたら、あとで聞いてみよう。

ディアのお腹が満ちたところで、グレン先生にお礼を伝えて、騎士の方々にも挨拶をしてその場を去る。そして、イヴォンにアカデミーを案内してもらうことになった。授業を遅めに取ってあるって言っていたけれど、時間は大丈夫かしら？

「まずは必修授業の音楽室に案内するわね」

イヴォンが先頭に立って私たちを導くように歩く。歩いている人たちの邪魔にならないように、縦一列で進む。お昼頃だからか、結構な人たちがいろんなところに居た。男女グループで話している人たち、お弁当を食べている人たち、読書に耽《ふけ》っている人たち……アカデミーの中はとても平和な空気が流れていて、なんだか不思議な気分だわ。

「ここよ、ここが音楽室。必修授業だから、場所は覚えておいてね」

歩いているうちについたみたい。誰かが使っているようで、ピアノの音が聞こえた。それに合わせた歌声も……

「……っ⁉」

「ディア？」

ディアの顔色が悪い。貧血かしら。でも、こんなに突然起こるもの？

「エリザベス、マジックバリアを彼女に」

「え、ええ」

ソルが影からにゅっと現れて、そう伝えた。私は慌ててマジックバリアで彼女を覆う。すると、ホッとしたかのようにディアが胸元に手を置いて、ゆっくりと息を吐く。

「大丈夫？」

「え、ええ……でも、どうして急に……？」

自身の体調がいきなり崩れたことに驚いたのか、ディアが不安を滲《にじ》ませた瞳で私を見た。ジーンとイヴォンに「二人は大丈夫？」と問いかけると、二人はこくりと頷《うなず》いた。どうやら大丈夫みたい。

「この場所から早く離れたほうが良い。歌声に魔力が乗せられている」

「わ、わかったわ。じゃあ、今度は遠い場所に案内する！」

イヴォンが心配そうに眉を下げてディアの手を取り、歩き出した。私たちもイヴォンについていく。いったい誰が、歌声に魔力を乗せていたのだろう？

私はちらりと音楽室に視線を向ける。扉は閉まっているから、誰が歌っていたのかも、ピアノを弾いていたのかもわからない。ただひたすら……不吉な予感を感じ取っていた。

ぴょこんと現れたルーナが、音楽室に向けて魔法を使用する素振りを見せる。

「ルーナ？」

ルーナはそのまま魔法を使った。ピアノの音も、歌声も聞こえなくなる。

「防音って大事だよね！」

ルーナの言葉に、「そうね」と返した。やりきった感をだしているルーナに、精霊の使う魔法っていろんな種類があるんだなって、改めて感心した。精霊たちも一緒に、イヴォンが案内した場所に入る。音楽室とは反対方向にある様々な本を置いている場所――図書室だ。ここまでかなりの距離があったから、もう歌声とピアノの音は聞こえないだろう。

「……本の香り……落ち着くわ……」

「良かった。保健室に行くか悩んだのだけど……」

「ううん、もう平気。なんだったのかしらね？」

頬に手を添えて不思議そうな表情を浮かべるディア。本当になんだったのかしら。

「……エリザベスお嬢様」

みんなで悩んでいるところに、声をかけられてビクッと肩を震わせた。そうっと後ろを振り返ると、そこにいたのはアンダーソン邸で私のことを支えてくれた侍女、リタと同じ髪色の少年——彼女の息子であるエルマーが立っていた。

「ごきげんよう、エルマー。お久しぶり」

「はい、おおよそ半年ぶり……でしょうか。皆様唸《うな》っていたみたいですが、どうしたんですか？」

私たちは顔を見合わせる。エルマーに話すべきか、否か。エルマーのことを、あまり知らない。二年間で顔を合わせた回数は片手で足りる程度だ。……だから、彼のことを見て、手にしている本に視線を移す。

「ちょっとね。エルマーは本を借りに？」

「はい。図書室には面白い本がたくさんあって楽しいです」

「ふふ、それは良かったわ」

会話が途切れてしまった。……どうしよう、と考えていると足音が近付いてきた。私の護衛としてアカデミー内で警備をすることになったカインだ。エルマーは彼に気付くと、ぺこりと頭を下げる。

「お久しぶりです、義父《とう》さん」

「あ、ああ。久しいな。エリザベス様、本をお探しですか？」

「あ、いいえ。あなたを探していたの」

「それでは、ぼくはこれで失礼しますね」

エルマーは頭を下げて、図書室から去っていった。親子の会話にしてはとてもぎこちなさが残っている。……エルマーには、カインはどう見えているのかしら……？

「探していた、とは？」

「ちょっと聞きたいことがあるのだけど、ここでは……」

「でしたら、付いて来てください。空いている教室を使わせてもらいましょう」

どうやらカインはアカデミー内の教室のことを把握しているみたいだ。彼についていき、空き教室に入る。きょろきょろと辺りを見渡し、誰も入ってこられないように施錠すると、精霊たちが防音の魔法をかけてくれた。

椅子に座り、カインを見つめる。彼は立ったままだったから、座るようにうながす。「お言葉に甘えて」と椅子に座ったタイミングで、声をかける。

「カイン、アカデミーは安全、なのよね……？」

声が少し震えた。カインは真剣な表情を浮かべて、そっと手を伸ばし、私の手を握った。伝わる体温は冷たくて、きゅっと唇を噛み締めた。

「不安に思うことが？」

目を伏せて少し考え、小さく頷《うなず》く。歌声に魔力を乗せる人がいることを伝えると、カインは黙り込んでしまった。そして、ちらりと視線をディアに移す。

「具合が悪くなったのは、クラウディア様だけですか？」

「私たちはずっとマジックバリアをまとっているから……」

「では、クラウディア様は今までマジックバリアを使ったことがありませんか？」

ディアがこくりと首を縦に動かした。私がマジックバリアで覆っているから、少しは楽になっているみたい。

「魔力に関することはマジックバリアで防げるでしょう。ですが、一番簡単な方法を、エリザベスお嬢様はご存知のはずです」

一番簡単な方法を知っている……？

戸惑いの視線を向けると、トントン、とカインが自分の首元を指した。……あっ！

「アミュレット！」

「はい。エリザベスお嬢様なら、その方法が一番簡単でしょう。宝石はこちらで用意しますね」

「ありがとう、カイン！　……でも、そこまで用心しないといけないってこと……？」

私の問いに、カインは曖昧に微笑んだ。彼が口を閉ざすということは、そういうことなのだろう。

沈黙は肯定と最初に言ったのは誰なのかしら……？

「とはいえ、さすがに全アカデミー生にってわけにはいかないわよね」

「どのような魔力が乗っていたかは定かではありませんが、歌声に魔力を乗せる時は大体癒しや安心を与えるため、が主です。ですが時折、相手を魅了して金品をだまし取ったり、自分の都合のいいように操ったりといった悪用が起こりますね」

「後者は禁術ではないの……？」

「禁術ですよ。ですが、それを知らないでやっている人たちがいるのも事実です」

悪意なく、人を操ろうとする……？　想像して背筋がゾッとした。そして、同時に心配にもなった。カインはずっと私と一緒にいるわけではない。アカデミーでは、校外授業の時しか護衛を傍《そば》に置けないから。

それはアカデミーが安全な場所であるという証拠。……らしいのだけど、なんだか心がざわつくわ。精霊たちがいてくれるだけ、私は恵まれているのだろうけど。

「しかし、入学して二日目でそんなことをするアカデミー生がいるとは。いえ、新入生とは限りませんが。このことは先生方にも伝えておきます」

「お願いするわ。至急、宝石も」

「かしこまりました。それでは、これで。どうか、お気をつけて」

カインが神妙な面持ちで私たちを見渡し、立ち上がる。鍵を開けて教室から去っていく姿を見送り、ディアに視線を移した。落ち着いたとはいえ、彼女の顔はまだ少し青白い。

「ディア、今日、午後に授業入れている？」

首を左右に振るのを見て、ほっと息を吐く。椅子から立ち上がり、座っている彼女に近付いて、そっと手を重ねる。

「なら、今日はもう寮に戻りましょう」

「でも……」

「案内はいつでもできるわ。今日は戻って休んで？　……ただ、私はそろそろ授業に行かないといけないのよね……」

イヴォンが眉を下げてディアを見つめる。ジーンが立ち上がり、こちらに来てディアの肩に手を置く。そして、イヴォンに視線を向けた。

「私たちがディアを寮まで送っていくわ」

「大丈夫、一人で戻れるわ」

「いいえ、ダメよ。私たちがついていく。ねえ、エリザベス！」

「そうよ、無理しちゃダメ」

ディアを心配する私たち。彼女はちょっとだけ涙を浮かべて、すっと指で涙を拭《ぬぐ》ってから、「ありがとう」と微笑む。

イヴォンとはここで別れ、私たちはディアと手を繋いで寮に戻った。留学生だからか、それとも王女だからか、ディアの部屋は一番上の階だった。

「一人部屋なの？」

「うん。国からはわたくし一人で来たから」

護衛もつけずにこの国まで……？　ディアはどんな思いで、この国まで来たのだろう。とにかく、今はディアを休ませないと！　階段を上がり、ディアの部屋まで向かう。部屋の場所は彼女が教えてくれた。最上階の角部屋に、一人で暮らしているようだ。中は広く、一人で使うには寂しさを感じるような気がして、ぎゅっと彼女の手を握る。

彼女をベッドに座らせると、ジーンが「寮母さんに知らせてくるね」と声をかけて部屋から出て行った。

「うん、お願い。ディア、着替えよ？　パジャマある？」

「そこのクローゼットに……」

制服では窮屈だろうと思い、そう尋《たず》ねると近くのクローゼットを指《さ》す。

「開けていい？」

「ええ」

いつまた具合が悪くなるかわからないし、今のうちに楽な格好に着替えたほうがよさそうね。クローゼットに近付いて開け、ネグリジェを見つけて取り出し、持っていく。ディアに渡して、「着替えを手伝おうか？」と問うと、ふわりと微笑んで首を横に振った。

「でも、あの、制服をハンガーにかけるのはお願いしてもいい……？」

「もちろんよ！」

ディアが制服を脱いで私に渡す。頼まれた通りに制服をハンガーにかけ、クローゼットに。ぱたんと扉を閉めて彼女のもとに戻る。「少し横になるわね」とベッドに潜り込んだのを見て、「ゆっくり休んで」とできるだけ柔らかい口調で伝えた。

そのうちにすぅすぅと寝息が聞こえ始めた。初日の授業が楽しみで、眠れなかったみたいだから、ゆっくり休んでほしいわ。彼女の寝顔を眺めながら、精霊たちの名を呼ぶ。

「ソル、ルーナ」

ひょこりと私の足元に現れた精霊たち。しゃがみ込んで、手を伸ばし精霊たちを抱きしめた。

「怖がることはない」

「そうだよ、ソルもルーナも、味方だもんっ！」

「……魔力が高い人は、魔法の通りが良いのよね……？」

二年前に教えられたことを思い出しながら、ぽつぽつと言葉をこぼす。

「ああ」

「そうだよ」

「……ディアも魔力が高いのよね？　歌声の魔力で体調を崩すくらいだから……」

私の問いかけに、ソルとルーナは黙った。なにかを考えているみたい。

ぴょんっとルーナが私の腕から抜けだし、ソルも静かに飛んだ。ディアを気遣ってのことだろう。

眠っているディアをじーっと見つめ、声を合わせてこう言った。

「中の上くらい」

高い……んだろうか？　そういえば、アル兄様はちょっと高いくらいと言っていたけれど……中の上って『ちょっと高い』の範囲？　それとも、アル兄様自身の魔力が高いから、自分を基準に考えるとそうなるのかしら？

「歌声に魔力を乗せると、聞いている者の魔力が低くても、それが毒になることもある」

「それは……禁忌魔法よね？」

「悪意があればね。カナリーン王国では、歌姫が癒しの歌を歌っていたよ」

ルーナからカナリーン王国のことが出るとは……。びっくりして目を丸くすると、ルーナはさっと顔を隠した。ソルが怖い顔でルーナを睨んでいるからだろう。頑《かたく》なにカナリーン王国のことを話そうとはしない精霊たち。今のは口が滑ったってことかな？

どうして精霊たちがカナリーン王国のことを話したがらないのかは、わからない。けれど、無理に聞くつもりはないの。言いたくないことを強要したくないもの。いつか、ソルとルーナが話したい時に話してくれたら、それで良い。

小さく扉をノックする音が聞こえた。ディアに気遣っているのだろう。扉の前まで移動して、音が鳴らないように静かに扉を開ける。

扉の前にいたのは、ジーンの他に二人の女性。片方は三十代か四十代くらいの方で、会って数日だから自信はないけど多分寮母さん。その隣にいるのは、私たちと同じ制服を着ているハーフアップの女性。

「寮母のアンと寮長のレイチェルだ。覚えていない？　アンダーソン家のお嬢さま」

制服を着ている女性がにこっと笑う。レイチェル……レイチェル・カーライル公爵令嬢？

「覚えています。去年、お会いしましたね。……あの、ディアは今、眠っているのですが……」

一度だけ、お会いしたことがある。クリフおじい様のもとに遊びに行った時、おじい様と話していた方。その時はローブを着ていて、おじい様と魔法のことについて話していた。私が来たことに気付き、挨拶をしてくれた方だ。

「初日から体調を崩したのが、留学生のお姫様ときたら、様子を見ないわけにはいかないからね」

「なにを言っているんだい。たとえどんな子だろうと、ここで生活しているのだから様子を見に行くに決まっているだろう」

「はいはい、相変わらず叔母様は真面目だね」

おどけるように両肩を上げるレイチェル様の様子に、私はジーンへ視線を向けた。彼女は眉を下げて微笑み、とりあえずディアの様子を見ることになる。

大きな音を立てないように部屋に入り、寮母のアン様がディアの顔色を見て小さく息を吐く。それから、ゴソゴソと手に持っていた小さな鞄からお薬……かな？　を取り出して、レイチェル様に渡した。

「薬で解決するのかい？」

「おそらくね。その薬は魔法薬だから、大丈夫だろうさ。この子、マジックバリアを覚えていないの？」

「あ、えっと、たぶん。今日の授業で自分の属性を知ったようですから」

「そうかい……。まぁ、基本的に魔力がものすごく高いわけではない子らは、アカデミーで魔力のコントロールを覚えるしね」

中の上って高いのか、高くないのかよくわからないわね……。私の時は人に影響を及ぼす可能性があると、クリフおじい様が教えてくれた。それは、私の魔力のせい？　それとも、属性も関係しているのかしら？　まだ、よくわからない。

「起きたらこれを飲ませて。おそらく治るよ」

「おそらく？」

「魔法薬がどのくらい効くのかは、本人次第なところがあるからね」

本人次第……。魔力の高さがそれを決めるのだとしたら、私の火傷痕《やけどあと》が二ヶ月もしないうちに治ったのも納得がいく。

「レイチェル、ここは任せたよ。わたしは仕事に戻らないと」

「わかった。クラウディア王女が目覚めるまでここにいよう。二人はどうする？」

私とジーンは視線を交わし、それから「ここに残っても良いですか？」と尋《たず》ねた。

ディアが目覚めた時、見知った顔がいないのはきっと心細いだろうから。そう考えてレイチェル様の顔を見つめると、彼女は「優しいね、きみらは」と表情を緩める。

それから十分もしないうちにディアが目を覚まし、私たちに気付くと驚いたように目を大きく見開いた。

「どうして……？」

部屋に戻っていない私たちに、ディアが問いかける。ジーンと一緒にそっと彼女の手を取り、柔らかく微笑みかけた。

「ディアが心配だったからよ」

「体調を崩した友人を心配するのは、いけないこと？」

慌てたようにディアが首を横に振る。ぽろり、と彼女の目から大粒の涙がこぼれ落ちた。ハンカチを取り出して、ディアの涙を拭《ぬぐ》う。そんな彼女に、レイチェル様が声をかける。

「起き上がれるかい？」

「……はい」

ゆっくりと起き上がり、レイチェル様を見上げるディア。薬を差し出されて、レイチェル様と私たちへと交互に視線を動かすのを見て、レイチェル様が「薬さ」とディアの手に薬を握らせた。

「きみの体調を整えてくれるよ。さあ、ぐいっと」

ディアは手にした薬をじっと見つめていたけれど、きゅっと蓋を取っておそるおそる口にする。液体タイプの薬、なのかな。あまり美味しくはないようで、飲むのが大変そうだった。それでもなんとか飲み干して、口元を手で覆う。

「よしよし、いい子だ。お姉様が特別にこれをあげよう」

制服のポケットから飴玉を取りだし、包装紙を剥《む》き、口元を覆っていたディアの手を外すと、ぽいっと口の中に入れた。

「あまい……」

「口直しさ。私も飲んだことがあるが、この薬とっても不味《まず》いからね。……さて、お二人とも、少しこの子を借りても良いかな？」

私の背後に回り、肩に手を置くレイチェル様に、「私、ですか？」と自身を指《さ》す。

「そうさ。きみに用事があるんだ、エリザベス・アンダーソン」

「リザ、ディアには私がついているから、大丈夫よ」

「え、ええ。ジーンと一緒にいますわ」

「それじゃあ、お借りするよ。さ、付いて来て」

「え、と、またあとでね」

軽く手を振ってディアの部屋から出る。レイチェル様についていくと、ディアとは反対側の部屋についた。

「ここは私の部屋なんだ、入ってくれ」

「し、失礼します……」

レイチェル様の部屋に入って、最初に目に留まったのは魔導書だった。初歩的なものから難解なものまで……大量に置いてある。

「そこの椅子に座って。今、お茶を用意しよう」

「あ、お構いなく」

「そうはいかない。きみは私の客人なのだから」

パチンと片目を閉じるレイチェル様に、私は小さく微笑んだ。言われた通りに椅子に座り、彼女が丁寧に淹《い》れてくれた紅茶を一口飲んでから、視線を上げた。私になんの用なのかしら？

「……授業初日だというのに、災難だったね」

「いいえ、そんなことはありませんわ。授業は楽しかったですし……」

知識が増えていくのはとても楽しいものだと、アンダーソン家の二年間で思った。ファロン家での知識の増やし方は恐ろしさしか感じなかったけれど、勉強を素直に楽しめるようになったのは、とても良い変化よね。

「そうか、楽しんでくれているならよかったよ」

「……あの」

「ああ、すまない。私はきみ個人のことが気になってね」

「私、個人のことですか？」

レイチェル様はお茶を飲みながらこくりと頷《うなず》いた。私が再び自身を指《さ》すと、彼女はカップを置いてふふっと微笑む。

「カーライル家について、どのくらい知っている？」

「魔法が得意な家門ですよね。いろいろな魔法を研究していると聞いています」

「そう！　だから私はきみに興味があるんだ、エリザベス・アンダーソン。二つの属性を持つ女の子。きみの魔力を研究したいのだけど、ダメかな？」

「それは」

「ダメ」

ひょこっと現れたのは、ソルとルーナだ。レイチェル様は精霊たちを見て、目を大きく見開き、ぱぁっと表情を明るくさせて悶《もだ》えるようになにかを小声で叫んでいた。

「この子たちはきみの精霊かい!?」

「は、はい。そうです」

「ああ、なんて愛らしい精霊なんだ！　白い鳥に白銀のうさぎ……！　可愛いな……！」

嬉々として高い声を上げるレイチェル様に、褒められて満更でもなさそうなソルとルーナ。なんの話をしていたのか……でも、「そうだろう、愛らしいだろう」と胸を張る精霊たちは本当に可愛らしい。

「研究がダメってどういうこと？」

興奮気味のレイチェル様に代わって質問すると、ソルがじっと私を見つめてきた。ルーナはレイチェル様に撫でられるのを楽しんでいるみたい。

「アミュレットを作るのだろう、魔力は温存しておくべき」

「……そっか、うん、そうよね」

カインに頼んだ宝石がいつ届くのかはわからない。ソルは今日届くと思っているのかも？

「アミュレットを作るの？」

私たちの会話を聞いて、レイチェル様ががたっと立ち上がる。そして、目をキラキラと輝かせて「それ見学しても良いかなっ？」と前のめりになって聞いてきた。ソルをちらっと見ると、呆れたように彼女を見て、「エリザベスが決めろ」と言う。

決定権が私にあるようで、ないような感覚。レイチェル様の期待に満ちた瞳を見て、ダメです、なんて口が裂けても言えないわ。

「それは構いませんけれど……面白くはないと思いますよ？」

「いやいや、私は魔法に関わることがすべて大好きなんだ！　アミュレットはまだ作ったことがなくてね、きみが作るのを参考にさせてもらうよ！」

……レイチェル様は、本当に魔法のことが好きなのね。ワクワクしているその姿が、魔術のことを語るアル兄様とヴィニー殿下と重なった。

「あ、そうだ。えーっと……」

棚のほうに向かい、なにかを探すレイチェル様の様子を眺めていると、彼女は「これじゃなくて……これでもなくて」と独り言を呟きながらガサゴソと音を立てて探しものをしている。

「あった！　はい、これあげる」

しばらくして、目的のものを手にして戻ってきた。そして、私に差し出す。

「わ、可愛い……！」

差し出されたのは、お花をモチーフにしたイヤリング。あまりの可愛さにうっとりとしてしまった。真ん中の赤い宝石……ルビー、かな？

「これは……？」

「魔道具。私が作ったんだ。連絡を取りやすいように、さ」

「魔道具、ですか？　こんなに可愛いイヤリングが……？」

目を瞬《またた》かせてレイチェル様に問う。彼女は照れたように頬を赤く染めて、頷《うなず》いた。それから、少し気恥ずかしそうに視線をうろうろと動かす。どうしたのだろう？

「その、試作品なんだ。離れていても連絡が取れるように、そしてその道具が可愛ければ、女の子が魔道具に興味を持ってくれるかなって……」

「レイチェル様は本当に、魔法に関わることがお好きなのですね」

「もちろんだとも！　かの魔法王国が滅んでいなかったら、留学に行きたかったんだけどね……！」

きっとカナリーン王国のことだろう。ルーナの耳がぴくぴくと動いているのが見えた。滅んだ国のことを、レイチェル様はどのくらい知っているのだろう？　聞いてみたいけれど、精霊たちはどう思うだろう。いい気はしないよね。

「知っているかい？　このアカデミーができたのって、百年くらい前なんだ」

「そうなんですか？」

「そう。この国の歴史としては浅い部類だよね。カナリーン王国からわざわざこの国に移住してきた人たちがいてね、その人たちと手を組んだのが我がカーライル家というわけさ！」

アカデミーを、カナリーン王国の人たちと……作った？

「ま、待ってください。この国に、どうしてカナリーン王国の人たちが？」

「さあ？　詳しくは知らない。あの国が滅んでから、あまり口にするなとも言われているしね」

「え……？」

「あの国の跡地って、更地のままらしいんだよね。なぜか誰も入ることができないようでさ。無理矢理入ろうとすると昏睡状態になるらしいよ。まるで『呪い』のように思わないかい？」

ぞくり、と背筋に悪寒が走った。誰にも入ることのできない、場所。そもそも、なぜ滅んだ国に足を運ぶ人がいるのかが謎なのだけど。

「ま、それはともかく。これの使い方なんだけどね」

「あ、はい」

イヤリングを通しての連絡の方法を教わった。あまり遠距離だと使えないようだけど、アカデミー内なら大丈夫じゃないかな、とのこと。便利だと思うけど、本当に頂いてよいものなのかしら？

「アミュレットを作る時は呼んでくれ。私も色違いのイヤリングをしているから」

すっと耳たぶを見せるレイチェル様。確かに同じデザインのイヤリングをつけていた。

「それでね、良かったら……なんだけど。色違いがもっとあるから、きみのご友人たちにも渡してくれないかな？　使用感を聞いてみたいんだ」

「そういうことなら、ぜひ」

「助かるよ！　女の子たちにも魔道具の良さを広めていきたいんだ！」

キラキラと目を輝かせてイヤリングを用意するレイチェル様は、とても楽しそうで……きっと、この方の作る魔道具は魔道具愛に満ちているんだろうなと思う。

それにしても、アクセサリーから作ったのかしら？　それとも、土台だけ作ってあとは人に任せたのかしら？

「おっと、あまりきみを独り占めするのは良くないね。何人に渡す？」

「それでは……、ジーン、イヴォン、ディアの三人分をお願いします」

「じゃあ、これらを。よろしく頼むね」

三人分のイヤリングを私に託し、レイチェル様はにこやかに微笑んだ。使い方は私が教えればいいのよね。

「じゃあまたね、エリザベス。精霊様たちも」

「はい、失礼します」

「ああ」

「ばいばーい」

精霊様、と様付けで呼ばれたソルとルーナ。そのことに内心首を傾《かし》げつつ、頂いたイヤリングを渡そうとディアの部屋に足を運んだ。きっと、喜んでくれると思う。こんなに可愛いイヤリングだもの。

ディアの部屋について、扉をノックするとすぐに返事が聞こえた。扉を開けて中に入ると、すっかり顔色の良くなったディアが、ジーンと談笑していた。二人で和《なご》やかに話していたのだろう。私が近付くと、「レイチェル様とのお話は終わったの？」とジーンに問われた。こくりと頷《うなず》いてイヤリングを二人に見せた。

「レイチェル様がこれを使ってみてほしいって。イヤリング型の魔道具なんだけど……」

「これが本当に魔道具なの？」

「とても可愛いですわね」

二人ともイヤリングを手にして、ジーンはイヤリングをかざし、ディアはじっと見つめてぽつりと言葉をこぼす。やっぱり可愛いわよね。レイチェル様に教わった使い方を二人にも教えると、ジーンがじっとイヤリングを眺める。

「これが魔道具なんて不思議ね……」

「レイチェル様が使用感を教えてほしいって言っていたよ」

「手作りなの？」

「そうみたい」

そこでジーンががたっと立ち上がった。私の肩に手を置いて、真剣な瞳を向ける。

「レイチェル様のお部屋はどこ？」

「え、ええと、ここから反対側……」

「交渉に行ってくるわ！」

部屋がどこにあるのかを伝えると、ジーンは突風のように駆け抜けていった。こ、交渉？ いったいなにを交渉するつもりなのかしら？

残された私たちは、互いに視線を交《か》わして——くすくすと笑い合った。

「それにしても本当に可愛いわね。魔道具ってもっと無骨なイメージだったわ」

「確かに。こんなに可愛ければ、魔道具のイメージが変わるかも」

レイチェル様から頂いたイヤリング型の魔道具の話で盛り上がり、気付けば日が落ちてきた。あまり長居するのもお邪魔かなとディアに声をかける。

「それじゃあ、ゆっくり休んでね」

「ありがとう、リザ。とても助かったわ」

ディアにお礼を言われて、首を左右に振る。

「なにかあったら、連絡ちょうだいね」

とんとん、と自身の耳たぶを軽く突いてから、彼女の部屋から出た。扉を閉めて自室に戻ると、すでにイヴォンが帰ってきていたようで、「ディアの体調は大丈夫そう？」と不安げに問いかけた。

「お薬を飲んだからか、顔色は良くなったわ」

「結局なんだったのかしらね？」

「わからないわ……。ああ、そうだ。これをイヴォンにも。レイチェル様から」

「レイチェル様って……あのレイチェル・カーライル公爵令嬢？　寮長の？」

首を縦に動かすと、イヴォンは目を瞬《また》かせて「ディアのお見舞い？」と不思議そうにこちらを見る。お見舞いといえばお見舞いだったろうから、こくりと頷《うなず》いた。

「ところで、これはイヤリング？」

「そうよ。イヤリング型の魔道具。連絡が取れるようになるんだって」

「それは便利ね。こういう時、気になっちゃうもの」

私が首を傾《かし》げると、イヴォンは寮に戻ってからのことを教えてくれた。

寮に戻ってから寮母であるアン様にディアの部屋を聞いたけれど、「今は休んでいるから、あとでね」と言われ、彼女の具合が良くなったかもわからなかったらしい。私たちがディアのもとにいるのかを尋《たず》ねたら「さて……？」と首を傾《かし》げられたそうだ。

「ディアは他国の王族だし、みんなも貴族でしょう？　私のような平民が気にかける必要もないって思われていそうで……友人なのに、お見舞いに行けないのが、もやもやするのよ」

「イヴォン……」

元は貴族の令嬢のイヴォン。悔しそうに表情を歪めているのを見て、そっと彼女の隣に座る。

「……ディアは、イヴォンの気持ちを理解してくれると思うわ」

「……そうね。それで、これはどうやって使うの？」

イヴォンに使い方を問われて、イヤリング型の魔道具の使い方を説明した。魔力を込めるだけで連絡が取れるって、とても使い勝手の良いものよね。そんなことをぼんやりと考えていたら、ジーンが戻ってきた。ほくほくと嬉しそうな笑みを浮かべながら。

「ジーン、良いことがあったの？」

「ええ、とっても！　レイチェル様と契約を結んできたわ！」

「契約？」

「魔道具についてよ。この魔道具は絶対に売れるわ。改良案を話し合っていたら、つい長くなってしまって……」

頰に手を添えて楽しそうに話す彼女を見て、私とイヴォンは顔を見合わせて視線をジーンに移す。

改良案？　売れる？　と思考を巡らせていると、ジーンは机に近付いて引き出しからレターセットを取り出した。椅子に座り、さらさらと文字を書いていく。なにを書いているんだろう？

「それじゃあ、ちょっと手紙を出してくるわね」

「い、行ってらっしゃい」

フットワークの軽さに感心しながらも、彼女が部屋を出ていくのを見送る。ジーン、契約っていったい……？　彼女の姿が見えなくなってから、くすくすとイヴォンが笑いだした。

「イヴォン？」

「ジーンったら、相変わらずね」

「相変わらず？」

「マクラグレン侯爵家は、新しいものに目がないの。そしてそれは、娘であるジーンにも受け継がれているようなのよ。ほら、昨日のかんざしとかね？」

イヴォンの言葉に少し納得した。ジーンに見せてもらうまで、髪をまとめるかんざしというものを知らなかったから。そうか、新しいものが好きなのね。

「そしてマクラグレン侯爵のすごいところは、その新しいものを取り入れて世に広めるところなのよね。流行は作るものだ！　っていうのが、マクラグレン侯爵のモットーらしいわよ」

「それは……すごいわね……」

正直に言えば、私は流行に疎《うと》い。流行に敏感な人たちは、それをうまく取り入れたドレスアップをしているのよね。

「今年はかんざしを使ったコーデが流行りそうね」

「確かに……」

昨日のパーティーで、私たちの髪をまとめてくれたジーン。きっとこれからもいろいろな流行を作っていくんだろうな、と考えて小さく口角を上げる。

ジーンは手紙を出すとすぐに戻ってきて、とても生き生きとした顔をしていた。

翌日にはディアの体調はすっかり良くなったみたいで、ホッとした。

アミュレットを作るための宝石は、その日から三日後に届いた。純度の高い宝石を探していたから、少し遅くなってしまったことをカインに詫びられたけれど、首を横に振ってその宝石を受け取った。そして、すぐにレイチェル様に連絡を取る。今日の夜にアミュレットを作る予定です、と。するすると、すぐに彼女から「ぜひお邪魔させてもらうよ」と返ってきた。ジーンとイヴォンにそのことを伝えると、二人とも快《こころよ》く頷《うなず》いてくれた。

そんなわけで、今夜ディア用のアミュレットを作ることになった。その前に、しっかりとご飯を食べないと。

入学してからまだ一週間も経っていないなんて不思議なくらい、濃い時間を過ごしているような気がするわ。

授業が終わり、夕食を終えた夜。レイチェル様が私たちの部屋を訪れた。しっかりと、お泊まりセットを手にして。

「ごきげんよう、お邪魔するよ」

「ごきげんよう、レイチェル様。どうぞ」

イヴォンがレイチェル様を招き入れて、ジーンがお茶を用意する。私は精霊たちと一緒に、どんな効果のあるアミュレットにしようかと話し合っていた。マジックバリアはそのうち使えるようになるだろうから、悪意ある魔力や洗脳系の魔力を遮断する効果にしようという結論になった。

「これがその宝石？」

「はい。綺麗でしょう？」

ひょいとレイチェル様がどんな宝石を使うのか、覗き込んできた。

「ローズクォーツか」

「ディアにぴったりでしょう？」

　ディアの髪色はストロベリーブロンドだから、きっとこの色が似合うはず。淡いピンク色の、綺麗な宝石。アミュレットを作る前に、ジーンの淹《い》れてくれたお茶を飲んでリラックス。飲み終えてから深呼吸を繰り返し、宝石と向かい合う。

「ソル、ルーナ、力を貸してね」

「ああ」

「もちろん！」

「それでは、始めます！」

　宝石の上に手を翳《かざ》して、魔力を集める。目を閉じて、どんなアミュレットにしたいのかを想像する。さっき、精霊たちと話し合っていたから、すぐに想像できた。そうなるように願いながら、宝石に魔力を込める――……

「――そこまで！」

　ソルの言葉に、魔力を注《そそ》ぐのをやめる。これでアミュレットは完成だ。

「……すごいな、今のは複数の魔法を込めたのか」

「ソルとルーナのおかげです」

「ソルもルーナもお手伝いしただけー！」

　ルーナが耳を動かしながら飛び跳ねる。私の胸元に飛び込んできたので、「手伝ってくれてありがとう」とルーナを抱きとめて柔らかな毛皮を撫でる。ソルがちらちらとこちらを見ていることに気付き、ソルにも「ありがとう」と声をかけて頭を撫でる。

　そしてディアに連絡を取る。アミュレットが出来上がったから、あとで渡すね、と。ディアは「楽しみにしているわ」と答えてくれた。

「……ところで、こっちの宝石はなにに使うんだい？」

「あ、あのレイチェル様。どんな色の宝石がお好きでしょうか？」

「え？」

「イヤリングのお礼に……」

　レイチェル様は目を大きく見開いてから、ぽっと頬を赤く染めた。どうしたのだろう？　と彼女の顔を覗き込むと、視線をあちこちにさまよわせ、「じゃ、じゃあ、そのエメラルドで……」と宝石を指した。選ばれたエメラルドに視線を移し、「わかりました！」とその宝石に魔力を込める。

アミュレットの作り方は手慣れたものになりつつあるわ。

　出来上がったアミュレットをレイチェル様に渡すと、彼女はとても嬉しそうに笑って、アミュレットを大事そうにハンカチで包み込んだ。

「ありがとう、大事にするよ」

「イヤリングのお礼ですもの。お気になさらず……」

　そんなやり取りを見ていたジーンが、じっと宝石を見つめていた。どうしたのだろうと思いジーンに声をかけると、彼女は宝石に視線を向けたまま口を開く。

「ねえ、エリザベス、レイチェル様。純度の高い宝石なら、アミュレットと連絡機能を合わせられると思いますか？」

「お勧めはしないな。私が作ったイヤリングは、安価なものだから。試作品だしね」

「値段が釣り合わない、と？」

「というか、連絡機能は連絡機能として働かせておかないと。アミュレットなら、役割を果たすと壊れることもあるからね」

「なるほど……連絡機能もろとも、壊れてしまうのですね」

「そういうこと」

彼女たちの会話についていけない。アミュレットって壊れるんだ。二年前に作ったアミュレット、まだ壊れていないから、永久的に使えるのかと思っていたわ。

「ジーンは本当に商売が好きなのねぇ」

「新しいものが好きなだけよ。レイチェル様、男性用にもアクセサリー型の連絡機能があれば便利ではありませんか？」

「しかし男性用はなかなか難しくないかい？　アクセサリーを身につける人って、大体シンプルなものを望むだろう？　これは貴族の伯爵以上の特徴の気がするが」

伯爵以上はシンプルなアクセサリーを望むの？　今まで会っていた貴族たちの顔を思い浮かべながら顎に指をかけうーんと唸《うな》っていると、イヴォンが「確かに」と呟いた。彼女に近付いて隣に座る。精霊たちも一緒、私の肩にソル、膝の上にルーナがいる状態だ。ルーナのふわふわとした毛並みを撫でながら、尋《たず》ねた。

「どうして伯爵以上なの？」

「身分が下の人ほど、自分のことを大きく見せようとして、ごてごてのアクセサリーを身につけているのよ。男爵が大きな宝石を使った指輪を何個もはめているの、見たことない？　そして、身分が上になればなるほど、質の良いシンプルなものを好むようになるの」

言われてみれば、アンダーソン公爵家の家族が身につけているアクセサリーはシンプルなものが多く、ファロン子爵家の両親が身につけていたアクセサリーは大きな宝石が多かった。まぁ、そのアクセサリーの大半はお金に換金されて、ジュリーのアクセサリーに変わっていったのだけど。

とはいえ、子爵家にしては結構なお金を持っていたような気がする。今思えば不思議なことが多いわよね、ファロン家って。ヴィニー殿下に調べてほしいと言われていた家系図のことを思い出し、軽く頬をかいた。

「ねえ、家系図ってどこで調べられるかな？」

「一般的にはその土地の神殿じゃないかしら？　出生やら死亡やらを管理しているのは、神殿のはずだから」

「神殿が管理を？」

「名前のことがあるからね、特に貴族の名前は……」

呪われる可能性があるから……？　私の場合、どういう届け出になっているのだろう。アル兄様が見せてくれた『血の記憶』の通り、ファロン家の娘として出されてはいるのだろうけど。

「自分の家系図を見てみたくなった？」

「う、うん。私、アンダーソン家の養女だし、どんなふうに書かれているのか気になるわ」

咄嗟に嘘をついてしまった。……ううん、まるっきり嘘というわけでもない。アンダーソン家の家系図も気になるもの。

「それじゃあ、今度の休みにでも調べてみる？」

「調べられるの？」

「ええ、アンダーソン家の家系図、リザなら簡単に見られるだろうから」

イヴォンの申し出に、私は「ぜひ！」と彼女の手を両手で握る。彼女は少し驚いたように目を瞬《またた》かせたけれど、すぐに微笑みを浮かべた。

そして、すぐに休みの日になった。朝から晴れていて、お出かけ日和だ。私とイヴォンは朝食を食べてからジーンに「行ってきます」と声をかけた。

「行ってらっしゃい、気をつけてね」

私たちを見送ってくれた彼女に軽く手を振った。女子寮の入り口でディアがすでに待っていてくれたから、慌てて駆け寄る。

「ごきげんよう、ディア。早いね」

「ごきげんよう、よく眠れた？」

今回、一緒に出かけるのは、イヴォンとディア、そしてハリスンさんとカイン、シー兄様だ。女子寮を出ると男性たちが馬車の前で立っていた。彼らに挨拶をして、馬車に乗り込む。アカデミーから王都までそれなりに距離があるので、イヴォンが王都まで行けるように手配してくれたみたい。

「王都を見るのは初めてだから、ドキドキするわ」

「そうなの？」

「ええ。観光する時間はなかったから……」

入学してから一週間ほどしか経っていないから、ディアにとっては初めての『お出かけ』のようだ。わ、私たちと一緒で良かったのかな？　と少し不安に思っていたら、彼女がにこにこと「誘ってくれてありがとう」と柔らかく微笑んでくれたので、誘って良かったと安心する。

シー兄様とカインは、自身が用意した馬に乗っていた。ハリスンさんはイヴォンの隣に座り、ディアは私の隣に座っている。

「それにしても、王都への観光が今日でよかったのかい？」

「え？　今日だと、なにか不都合があったのですか？」

おそるおそる尋《たず》ねると、ハリスンさんは緩やかに首を横に振った。

「不都合ではないよ。ただ、少し賑やかかもしれないと思ってね」

「賑やか……？」

不思議に思っていると、ディアが「もしかして」と目を輝かせた。イヴォンが小さく頷《うなず》くのを見て、さらに嬉しそうにぱぁっと表情を明るくさせる。彼女はぺたりと馬車の窓に手をついて、そのままじっと流れる風景をうっとりと眺めていた。

まだぴんときていない私に、イヴォンがパチンと片目を閉じてヒントを出してくれた。

「リザ、この国、今年で二千五百年目を迎えるのよ」

「……あ、建国祭⁉」

毎年行われているけれど、百年の節目の年はかなり大規模なお祭りになるらしい。……そうか、二千五百年目なら、今年のお祭りはかなり盛大なのね。

「みーんな、そのお祭りを楽しみにしていてね。まだ先だというのに、建国祭の準備に追われているのよ」

「そうよね、まだ半年くらいは先の話だもの」

「……そのお祭りって、アカデミー生も見られるの……？」

流れる風景を楽しんでいたディアが、こちらを向く。ワクワクとドキドキが混ざったような彼女の表情。イヴォンは「もちろん！」と微笑んだ。ディアがこれ以上ないほどのまぶしい笑みを浮かべるのを見て、建国祭が楽しみなんだな、となんだか心が和《なご》んだ。

「そういえば、建国祭は王城でも行われるけど、どっちを見に行きたいの？」

「どっちでもですわ！」

ぐっと拳を握るディアに、ハリスンさんは目を瞬《またた》かせた。大きな声を出した彼女ははっとしたように口元を手で隠す。……ディア、ものすごく建国祭に興味があるみたい。

キラキラと目をきらめかせる彼女に、私たちは顔を見合わせて小さく微笑んだ。その後、建国祭ではどのようなことをしているのかを尋《たず》ねられたけれど、それにスラスラと答えられたのはハリスンさんだけだった。

正直、あまり気にしたことがなかったのよね。ファロン家にいた頃は建国祭なんて見られなかったし、アンダーソン家の養女になってからは、建国祭に参加する前に覚えなければならないことが多くて遠目で見ただけ。

「わたくしの故郷も、建国祭はありました。が、やはり国が違うと祭りも違うのですね……！」

頬に手を添えて自身の故郷を思い返しているのかゆっくりと息を吐くディア。彼女の国ではどんな建国祭だったのかしら、と考えていると、イヴォンがじっとディアを見つめた。

「ディアの国ではどのようなお祭りなの？」

問われた彼女は目を伏せて、それから考えをまとめるようにぶつぶつと口元に手を置いて呟く。

「王族全員がパレードに参加するの。わたくしも参加していたわ」

ディアは王族だから、それが義務だろうけど……あまり良い思い出はなさそうね。あれほどまでに輝いていた表情が、一瞬で曇ってしまった。

「それは……護衛も一緒に？」

「ええ。なのでパレードでもわりとピリピリとした空気が流れていて……。特に、四番目のお兄様の時はハラハラしましたわ」

ハリスンさんの問いに、困ったように眉を垂らすディア。四番目のお兄様？

「その、四番目のお兄様は、女性と遊ぶのが大好きな人で……、その女性の恋人や婚約者が……ね？」

「えっと、それは……恋人や婚約者のいる女性に声をかけていた、ということ？」

おずおずとイヴォンが尋《たず》ねると、彼女は首肯した。イヴォンもハリスンさんも唖然としたような表情を浮かべ、ディアは曖昧に微笑む。……わざと、恋人や婚約者のいる女性に声をかけたのかしら？　だとしたら……その、性格があまりよろしくない方なの……？　なんて、さすがに言えなかった。

「クラウディア王女の故郷は、一夫多妻でしたっけ？」

「はい。父には正妻の他に側室が何人もいますわ。わたくしの母も、その一人でしたから」

「王子と王女がたくさんいると、大変そうですね」

「ええ。王女は大体政略結婚の駒ですわね。わたくしはそれがイヤだったのもあり、こちらに留学したのです」

ふふ、と微笑む彼女に、私たちはなにも言えなかった。

ディアの故郷は一夫多妻の国。この国は国王であっても王妃殿下しか娶《めと》っておらず、かつてのファロン家のような妻以外に愛人を囲う在り方は非難の対象だ。国が違うと結婚観も全然違うのね。

「異母兄弟が多くても、あまり接点はありませんでした。なんというか、本当に存在を知っているだけのような関係で。……ああ、そういえば、この国は一夫多妻ではないのでしょう？」

「そうね。陛下は王妃殿下のことを溺愛しているから」

「え、そうなの？」

思わず声を上げてしまった。私の反応に、イヴォンがキョトンとした表情を浮かべる。

「リザは王城に結構な頻度で行っていたのではないの？」

「陛下や王妃殿下と会話することなんて、滅多になかったから」

「それもそうか。……それに、リザは噂話をあまり信じないみたいだしね」

私は、自分の目で見て、耳で聞いたことを信じたい。貴族として、それはどうなのか……少し不安でもある。だけど、私は私の直感を信じたいの。

「国によっていろいろ違うのね……」

「ええ。……そういえば、わたくしの故郷では、一度だけ女王になった時があるのだけど、その時はすぐに女王が斃《たお》されてしまったの」

「え」

「男性を産めなかったのが悪いんですって。怖い国でしょう？」

苦笑を浮かべるディアに、私たちはなにも言えなかった。……側室がいるのは、男性を産ませてその子どもに王位継承が行くようにするため？

しんと静まり返った馬車の中で、イヴォンが背もたれに身を預けて、大きなため息を吐いた。

「……私なら、耐えられないなぁ……」

ぽつりと言葉をこぼすイヴォンに、ハリスンさんが思わずというように顔を向ける。イヴォンはちらりと彼を見て、気にしないでとばかりに軽く手を振った。

ハリスンさんがそれでもなにかを言おうと口を開こうとした時、馬車が止まった。どうやら王都の近くについたみたい。

トン、と馬車の扉がノックされた。

「ついたのか？」

「はい。神殿の近くにしました」

問いかけたのはハリスンさん。答えたのはカイン。馬車の扉が開き、まずハリスンさんが馬車を降りてイヴォンに手を差し伸べる。私はカインの手を借り、ディアはシー兄様の手を取った。ほんの少し、彼女の顔が赤くなっているように見えたけど……気のせいかしら？

「それにしても、アンダーソン家の家系図なんて見て、どうするんだ？」

「あら、シー兄様。気になりませんか？」

「気にしたことなかったなぁ」

神殿まで少し歩くようなので、御者には待っていてもらうことになった。馬を休ませる場所が近くにあるようで、そこへ向かって行く。カインもシー兄様も知っている場所みたい。

「……アンダーソン家は、四大公爵家の中で、一番古い家門ですよね」

ディアの言葉に、シー兄様が頷《うなず》く。

四大公爵家とは、剣術のダグラス家、頭脳のロバーツ家、魔法のカーライル家、そして——最古のアンダーソン家。いろいろ役割はあるみたいなのだけど、ダグラス家やロバーツ家の方とはお会いしたことがない……と思う。

この二年間、お茶会にも誘われなかったし、誘ったこともなかった。あ、でもお父様やお母様はたまに夜会に誘われていたような気がする。公爵という爵位同士、仲が良いのかしら？

「古いらしいけど、実際どうかは……」

「いいえ、いいえ！　アンダーソン家の歴史は最古のはずです！　わたくしが調べていた時も、アンダーソン家は王家と共にあったと記されていましたもの！」

ぐっと拳を握って熱く語り始めたディアに、私たちは目を丸くしてしまった。……ディア、本当に歴史が好きなのね。私たちの様子に気付いて、ハッとした表情を浮かべると、顔を真っ赤にさせて隠すように両手で覆ってしまった。

「も、申し訳ございません。こういう話になるとつい……」

「いや、正直クラウディア王女が、この国についてそんなに詳しいとは思わなかった」

さらりとそんなことを口にするシー兄様。ディアは「ですよね……」と肩を落としたが、シー兄様は感心したように言葉を続ける。

「この国の歴史は長いから、途中で歴史のことを調べるのを断念する人も多いんだ。でも、きみなら長く調べられるかもしれないな」

……二千五百年も歴史が続いているものね。ただ、建国前にもこの土地に人は存在していたと考えられるわけで……うーん、考えると頭が混乱しちゃうわ。

「まぁ、確かにアンダーソン家の歴史は長いですよね」

ハリスンさんが言葉を挟む。私もアンダーソン家の養女として、家のことをいろいろ教わった。由緒正しい家門であることは間違いない。……一応、あれから養子縁組についても調べてみたの。跡継ぎ等への影響を踏まえて、この国では実子の数に応じて迎えられる養子の数が変わる。アンダーソン家には二人の子どもがいるから、養子として迎えられるのは一人だけ。つまりもう、アンダーソン家では養子を迎えられない。

それを知って、本当に私が養女として迎えられて良かったのだろうかと、悩んだこともあった。

私の様子がおかしくなったことに気付いたリタが、お母様とお父様に相談したようで、二人とも私の部屋に来ていろんなことを話してくれた。

「巫子の血も関係あるだろうし。オレにはうっすらとしかないけど」

「巫子の血？」

「あれ、そこまでは知らなかった？」

「いえ、あの、知ってはいるのですが……そんなに簡単に教えてよろしいのですか？」

ディアは少し不安そうに瞳を揺らした。シー兄様が後頭部に手を置いて首を傾《かし》げ、それから、

「ああ！」とばかりに声を上げ、彼女に微笑みを見せる。

「別に構いませんよ。アンダーソン家が巫子の血を引いていることは、もう広く知られているしね」

「……素晴らしいですわ！」

いきなり、彼女が感激したような声を上げて目を大きく見開く。す、素晴らしい？

「巫子の血を引く一族は、王の伴侶となり未来を示す……そう記された歴史書がありますもの」

覆っていた両手を顔から外し、ぎゅっと組んだ。そして、嬉々として語り出すディアに、私たちは顔を見合わせる。もしかして、ディアって、この場にいる誰よりも歴史に詳しいのでは……？

そんな会話をしながら歩いていると、あっという間に神殿につく。シー兄様が「ちょっと司祭に

挨拶してくる」と先に行こうとしたので、ついていくことにした。イヴォンたちはディアと一緒に神殿を見にいく。ディアは「お邪魔じゃないかしら……？」と二人を見て尋《たず》ねていたけれど、イヴォンが「むしろディアの知識を聞きたいわ」と彼女と腕を組んで連れていった。

シー兄様とカインと一緒に、神殿の奥へ足を進める。神殿で働いている人たちは、私たちに気付くとすっと頭を下げた。……やっぱりアンダーソン家ってすごいわね。

「アルから多少話は聞いている。無理はするなよ」

「……うん、ありがとう、シー兄様」

気を使ってくれたのだろう。アンダーソン家の家系図も見たいけれど、本命はファロン家の家系図だ。シー兄様が「あ、シアドア司祭」と声を上げ、シー兄様と同じくらいの年齢の男性に近付いて行く。彼はシー兄様に気付くと「シ、シリル・アンダーソン!?」と驚いたように声を上げた。

「ちょうどよかった。お前に用があったんだ」

「……イヤな予感がする……！」

ガシッと彼の肩に腕を回し、逃がさないようにするシー兄様と、真正面から彼を見据えるカイン。カインって、黙っているとなかなかの迫力だと思う。あ、だから護衛にぴったりなのかしら？

「あ、あの、ごきげんよう」

「え？　あ、はい。こんにちは」

シー兄様の後ろにいた私が声をかけると、私の存在に気付いて視線を下げて挨拶をしてくれた。

「シリル、もしかしてこの子が……？」

「ああ、妹だ。可愛いだろう？」

自慢気に胸を張るシー兄様に、私はきゅっとシー兄様の服の袖を掴んだ。それをみた彼が、ふにゃりと微笑む。

「初めまして、きみのお兄さんとアカデミーで同室だったシアドアと申します」

「初めまして、シアドア様。エリザベス・アンダーソンと申します」

シー兄様の服の袖から手を離して、カーテシーをすると「いいなぁ、妹」と呟いた。

「それで？　わざわざわたしに声をかけたんだ。なにか用があるのだろう？」

シー兄様に視線を向けるシアドア様。シー兄様は頷《うなず》いて、用件を伝えた。彼は「え」と一瞬体を硬直させ、少し目を伏せて黙り込んでから、「こちらへ」と歩き出した。私たちは彼のあとを追うようについていき、小さな部屋に入る。

シアドア様が扉の鍵を閉めて、シー兄様の肩を掴んだ。

「なんっでお前はいつも難題を吹っかけてくるんだよ……！」

「ははははっ！」

「笑い事じゃないっ！」

家系図を見るのが……難題？　不安そうにじっと二人を見つめると、カインが安心させるように私の肩に手を置く。

アンダーソン家の家系図を見るのは、そんなに大変なことなのかしら……？　とカインを見上げると、彼はすっとしゃがんで視線を合わせてくれた。

「アンダーソン家の家系図は古いので、取り扱いに注意が必要なのです」

古い紙に書かれているのかな？　そう思考を巡らせていると、シアドア様が頭を抱えていた。

「あの水晶玉を持ち出せって？　アンダーソン家の長男の頼みならいけるんだろうけど、なんでまた家系図……」

「あの、それともう一つ、頼みたいことがあるのですが……」

「もう一つ？」

「……ファロン家の家系図を、お願いしたいのです」

ぎょっとしたように目を見開くシアドア様。そして考えるように目を閉じて口元に手を当てる。

考えがまとまったのか、ゆっくりと息を吐き、肩をすくめる。

「ファロン家の家系図を見て、どうするんだい？」

「どうもしません。ただ、気になるだけです。十三年間過ごしていた家のことが……」

シアドア様は「うーん」と言葉を濁す。それから、「かけ合ってみるから、ここで待っていて」と部屋から出ていった。……ファロン家の家系図を見るのも、大変なことなのかしら？

私自身、ファロン家の血が流れている。だから知りたい……と思うのは不自然ではないわよね？

それから五分もしないうちに、シアドア様ともう一人、年配の方が二つの水晶玉を手にしてこの部屋まで来た。

「こんにちは」

「こ、こんにちは」

優しそうな雰囲気の方に声をかけられ、私は挨拶とカーテシーをする。

「シアドア、お前は出ていなさい」

「はい、レナルド大司祭」

シアドア様は頭を下げて、部屋をあとにする。レナルド様が手にしている水晶玉が、アンダーソン家かファロン家の家系図……なのかな？　家系図って紙に書かれているものだと思っていたから、どうして水晶なのだろうとじっと見つめていると、レナルド様がにこりと微笑んだ。

「アンダーソン家の家系図と、ファロン家の家系図を見たいのは、そちらのお嬢様ですか？」

「は、はい」

「ファロン家の家系図にはロックがかかっていて、ある程度のところまでしか見られませんが……」

「ロックがかかっている？」

怪訝そうに表情を歪めるシー兄様。レナルド様は小さく頷《うなず》いて、水晶玉をテーブルに置く。

「はい。ファロン家の出自はなぜかロックされていて……。直系の血族しか見られないようです」

「……それなら、問題はないな。リザはファロン家の血を引いている」

ぽん、と私の肩に手を置くシー兄様を見上げてから、レナルド様に真剣な表情を向ける。

「こちらがアンダーソン家の家系図です。そして、こちらがファロン家の家系図。どちらも最古まてさかのぼることができるのは、直系のみです」

家系図って、誰でも見られるわけではないのね。私はアンダーソン家の直系ではないから、シー兄様が神殿までついて来てくれて良かった。

「それじゃあ、まずはアンダーソン家の家系図から見てみようか」

「はい」

シー兄様の言葉に返事をすると、精霊たちがひょっこりと姿を現した。

「ちょっと」

「待った！」

そして魔法を使う。どうやら防音と部屋への入室を拒む魔法みたい。

「せ、精霊……？」

「精霊！」

「精霊。エリザベスの精霊」

レナルド様が目を瞬《またた》かせた。それから精霊たちをじっと見つめて、気持ちを落ち着かせるように
ゆっくりと深呼吸をしてから、目元を細めて微笑む。

「……精霊を見るのは初めてです」

精霊って、そんなに姿を現さないのかしら……？　ソルとルーナを珍しそうに見るレナルド様が、
私に視線を移す。

「ああ、すみません。あまりにも珍しいもので……」

「精霊は、人間の前には現れないのですか？」

私の問いに、レナルド様は曖昧に微笑んだ。

「精霊によるようですが、こんなにはっきりとした姿の精霊を見るのは初めてです」

ソルとルーナは動物の姿をしているものね。ヴィニー殿下の精霊は、影に隠れて姿を見せないので、どんな姿なのかわからないのよね。

「……えっと、そろそろ家系図見せても良い？」

「ああ」

「どうぞー！」

シー兄様が右側の水晶に手を置いて魔力を込める。ぱぁっと光が満ちて、水晶の上に文字が浮かんできた。シー兄様の名前が見える。お兄様が魔力を込めたから、自分のところが映ったのかしら？

「オレとアル、エドだな」

アンダーソン家の直系だものね。少し横にそれて、私の名前が映った。なんだか不思議な気持ちだわ。自分の名前がアンダーソン家の家系図に刻まれているのを見るって。お母様とお父様の名前も出て、どんどんとさかのぼっていく。すると、「あ、ここから先は無理」と呟いた。

「無理？」

「ロックがかかってる。これ以上先を見るには、陛下の許可が必要だ」

「そうなんですか？」

歴史が古いと王城の管理になるのかな。じゃあ、ファロン家の家系図もそうなのかしら？　少し不安になりつつも、左側の水晶玉に手を伸ばす。一度、シー兄様に顔を向けると、ふわりと微笑んで頷《うなず》いてくれた。

自分の胸に手を置いてゆっくりと息を吐く。ドキドキと鼓動が早鐘を打つのを感じながら、伸ばした手を水晶玉に乗せる。パァっと水晶玉が光り、アンダーソン家の家系図と同じように水晶玉の上に文字が浮き上がる。

「ジュリー……ジェリー……、え？」

浮かび上がってきた文字に、目を大きく見開く。これは、どういうことなの……？

「シー兄様、家系図って……愛人まで含まれるのですか……？」

ファロン家のお母様の名前ではない女性名と、ファロン家のお父様の名前。そこを結ぶように私の名があった。そして、ファロン子爵夫妻の名前の下には、ジュリーとジェリーの名前もあり……そこに書かれていたことに、一層困惑が増す。

なぜならそこには、ジュリーが養子に行ったことが記載されていた。彼女は、亡くなったのではないの――……？

「これはいったい、どういうことだ……？」

シー兄様も驚いたように声を上げていた。精霊たちは黙っている。一度深呼吸をしてから、ファロン家の家系図をさかのぼる。ファロン家の家系図は、アンダーソン家の家系図と違い最古までさかのぼれた。初代はアカデミー創立者と同じく他国の人間……でも、時期が違うから関係なさそう。

「ファロン家は、移住民だったのか」

感心したように呟くシー兄様。精霊たちが水晶玉の乗っている机に飛び乗り、そっと水晶玉に触れた。――すると、淡く白い光が満ちる。

「エリザベス」

「水晶に、魔力を込めて」

精霊たちにうながされ、水晶玉に魔力を込める。今度は、家系図の文字ではなく、人物が映った。

誰なのだろう？　私と同じ銀髪に、黄金の瞳の人物。宝石眼ではないけれど。

「誰……？」

「初代ファロン子爵」

「えっ？」

『これを見ているということは、我が血族の者かな？』

声まで……！　全員が、その映像に釘付けになる。

「映像魔法……？」

『……我らが捨てた故郷はどうなっただろうか。カナリーン王国は、まだ健在か？』

――カナリーン王国の人が移住してきた人が、この国で子爵になったの……？

『どちらにせよ、近付かないことだ。カナリーン王国の王族は、我らを許さぬだろうからな。同じ血が流れているのでさえおぞましい』

私たちはひゅっと息を呑《の》んだ。

カナリーン王国の王族と、同じ血が流れている……それは、つまり――ファロン家は……

「ファロン子爵はカナリーン王国の王族だった？　だが、なぜ王族がこの国へ？」

シー兄様の言葉に、私は精霊たちを見る。ソルがカナリーン王国のことを話したがらないのは、それも理由に入っていたの？

『宝石眼を持たない王族は、実験材料にされていた。我らはそれから逃げ出したのだ。この水晶は正当な血筋の者しか見られないようにロックをかけている。我が子孫よ、カナリーン王国には近付くな。あそこは悪魔の国だ……！』

切なそうに目元を細めて、耐えるような表情を浮かべる男性。……悪魔の国……？　人間を、実験材料にしていた……？　王族でも……？　宝石眼を持たない王族を……？　ぞくりと背筋に悪寒が走る。

『……我が子孫よ。どうか、幸せに暮らしてほしい。それが、この地に根を下ろした我らの願いだ』

「実験材料にされる前に、この国に亡命してきたのか……？」

ファロン家のお父様は、カナリーン王国のことなんて、一言も口にしなかった。カナリーン王国が滅んでいたからかもしれないけれど……だけど、それじゃあ、私もジュリーもジェリーも、あの王国の王族の血を引いている……⁉

――私がカタカタと震えているのを見て、シー兄様がそっと抱きしめてくれた。

「――私、私は――……」

どちらの血も引いていたの――……？

カナリーン王国の王族の血。そして、マザー・シャドウの王族の影としての血。

「――たとえリザがカナリーン王国の王族の血を引いていても、関係ない。あの国は滅んでいるし、リザはアンダーソン家の長女なのだから」

「……シー兄様……」

震える私を落ち着かせるように、頭を撫でてくれた。

……そうだ、私はエリザベス・アンダーソン。それ以外の何者でもない。シー兄様はただ優しく、微笑んで頭を撫でる。

「……これは、奥様方に報告しないといけませんね」

カインの声に、私たちは頷《うなず》く。……出生のこともだけど、亡くなっていたはずのジェリー・ファロンが生きている可能性が高いということも。でも、それなら、二年前に見たあれは……なんだったの？　あれは、ジェリー・ファロンではなかったということになる。

知れば知るほど、底なしの沼に足が引きずり込まれていくような感覚がして、怖い。

「……ソル、ルーナ。あなたたちは、私の出生のことを知っていたの……？」

「我らは精霊」

「古くからを知るモノ」

——それが答え、なのね。

「……まさか、こんな仕掛けがあるとは……初めて知りました」

レナルド様の声にハッと顔を上げる。私の出生やファロン家のことを知った彼は、少し戸惑っているようだ。ソルが翼を羽ばたかせ、静かにレナルド様と視線を合わせる。ふらり、と彼が眩暈《めまい》を起こしたかのようにふらつく。それを支えるように、ルーナの体が大きくなって、ぼふんと音を立ててルーナの体に埋もれた。……ルーナ、あなたそんなに大きくなれたの……？

「悪いが、記憶を消させてもらった」

「そ、そんなこともできるの？」

「ソルはそういうのも得意だよねー」

「ルーナには言われたくないものだ」

ソルの呆れたような言葉に、私は首を傾《かし》げた。

レナルド様はすぐに目を覚まし、ルーナの体に埋もれていることに気付くと至福そうに表情を和らげて「も、もふもふ……」と幸せそうに呟いた。……大きいルーナに包まれる感覚って、どんな感じなのかしら。

「……はて、なにをしていたのでしょうか」

「家系図を見せてもらっていました。ありがとうございます、大変勉強になりました」

シー兄様がにこりと微笑みを浮かべて頭を下げた。レナルド様はルーナから離れると（少し残念そうに見えるのは気のせいかしら？）、目を数回瞬《また》かせ、納得したのかしていないのかちょっと首を傾《かし》げていた。

シー兄様は抱きしめていた腕を解《ほど》いて、私の肩に手を置きそのまま部屋から出て行こうとする。

精霊たちはシー兄様が扉に触れる前に魔法を解除してくれた。

その後、神殿の中を見回っていたディアたちに声をかけると、彼女たちは私の顔を見て慌てて駆け寄る。

「どうしたの、リザ！　すごく顔色が悪いわよ⁉」

「……うん、ちょっと、ね。……心配かけてごめんね」

「謝ることじゃないわよ。体調がすぐれないのなら、もう寮に戻りましょう？」

イヴォンの言葉に、シー兄様を見上げた。シー兄様は「……いや」と首を横に振り、それから胸元のポケットからメモ用紙を取り出して、さらさらと文字を書く。

「悪いが、アルフレッドにこれを渡してくれないか。寮よりも屋敷のほうがリザも落ち着けるだろうから。明日……も、アカデミーは休みか。外泊届もアルに頼もう」

「かしこまりました、シリル様」

ハリスンさんがメモ用紙を受け取って、私とシー兄様、カインはアンダーソン邸に向かうことになった。……確かに寮よりもアンダーソン邸のほうが落ち着くだろう。心配そうに私を見るイヴォンとディアに対して、無理矢理微笑んでみせると、ディアが近付いてきた。

「……無理に笑わなくてもいいのよ。ゆっくり休んできて」

「……うん、ありがとう……」

正直に言えば、頭が混乱している。私は私なのだと、しっかりと自我を保てているのは、シー兄様たちのおかげね。

イヴォンたちと別れて、私たちはアンダーソン邸へ移動する。心配そうに私たちを見送る三人に、「またアカデミーで」と声をかけてから。

馬車を手配してもらってアンダーソン邸に帰ると、リタが玄関で待っていてくれた。……今日帰るなんて伝えていないのに、どうして……？

「お帰りなさいませ、シリル様、エリザベスお嬢様」

「ただいま。……仕事中？」

「いえ、奥様が……」

「ああ、なるほど。巫子の血すごいな」

感心したように呟くシー兄様に、同意の頷《うなず》きを返した。私たちが訪れる未来を視《み》たのだろう。

「エリザベスお嬢様の顔色が悪いですね。リラックス効果のあるお茶を用意してもらいましょう」

「ああ、頼む」

「かしこまりました」

リタの顔を見て、なんだか安心してしまった。ここは安全なのだと、知っているから……？

「行こう、リザ」

「はい、シー兄様」

入学してから一週間ほどしか経っていないのに、もう懐かしく感じてしまうのは……私の心が弱っているからなのかしら？　私が部屋まで歩いている途中で、お母様とばったり会った。お母様はすっとしゃがんで腕を広げる。私は思わず――お母様の胸の中に飛び込んだ。お母様はぎゅっと抱きしめてくれた。肌に伝わる体温を感じて、目を閉じる。心の中のもやもやがすぅっと消えていくような感覚に、小さく息を吐いた。

「お帰りなさい、エリザベス。シリルも」

「ただいま、です。お母様」

「ただいま」

「さあ、少し休みましょうね」

私を落ち着かせるように、ぽんぽんと背中を撫でてくれた。……うん、大丈夫。

お母様から離れて、自室へ歩いていく。お母様とシー兄様もついて来てくれたけど、神殿での出来事をお母様に報告しないといけないからか、ちらりとこちらを見るシー兄様。私は小さく頷《うなず》いて、一人で自室に入り扉を閉めた。

扉を背にしてずるずるとしゃがみ込み、ゆっくりと息を吐いてから――ルーナを呼んだ。

「なーに？」

「大きくなれる？」

「なれるよー！」

部屋の真ん中で大きくなってくれた。大きなうさぎ。ルーナに近付いて、その白銀の毛に触れると心が和んだ。そっとルーナの体に顔を埋《うず》めると、とても心地良い。毛並みの良さはブラッシングをしていたり、撫でたりすることで知ってはいたけれど、それに包み込まれる感覚がこんなにも心地良いとは……。ぎゅっとルーナに抱きついたまま休んでいると、お茶を持って来てくれた人を驚かせてしまった。

「きょっ、巨大なうさぎー！」

「ルーナよ」

「る、ルーナ様でしたか……すみません、大きくなれると知らなかったもので……驚いてしまいました」

彼女は私よりも少し年上の女性でタバサという名前。一年前にアカデミーを卒業し、アンダーソン家のメイドに就職した。歳が近いということで、いろいろな話をした。彼女は元々伯爵家の令嬢だったのだけど、三女だから好きにしても良いでしょ？　とアカデミー卒業後は自由にさせてもらっている……とのこと。

アカデミーに通っていた時にかかった費用は、働いて少しずつ返していくと言っていた。

『そうすれば、両親はなにも言えないでしょうから！』

と、目をキラキラと輝かせていたのを、よく覚えている。

「……とても気持ちよさそうな毛並みですね」

「とっても気持ちが良いわよ。ルーナ、タバサも触っていい？」

「いいよー」

ルーナの了解を得たので、お茶はテーブルに置いてもらい、二人一緒にもふもふの毛並みを堪能した。

「……ああ、とても癒されました……」

「私も……」

ふわふわでつやつやの毛並みを堪能した私たち。

「温《ぬる》くなってしまったので、新しいお茶を用意しますね」

「ううん、温《ぬる》くなってもこれが良いわ」

「……そうですか？」

「ええ、タバサがせっかく用意してくれたものだから」

タバサは目を丸くして、それから嬉しそうに目元を細めて微笑んだ。淹《い》れてくれたお茶は少し温《ぬる》くなっていたけれど、とても飲みやすくて心が落ち着く。

「大きさを戻して良い？」

「うん。ありがとう、ルーナ」

「エリザベスのお願いならなんでも聞くよ！　ルーナにできることならね！」

そう言ってルーナはぽふんと元の大きさに戻った。……あとでまた大きくなってもらいましょう。

そう心に決めて休んでいると、自室の扉がノックされた。

「アルフレッド様がお戻りになりました。皆様、応接室でお待ちです」

リタの声だった。そして、アル兄様がアンダーソン邸に来たことに目を丸くし、慌てて応接室に向かうことにした。

応接室の扉を開けると、お父様、お母様、シー兄様、アル兄様、そしてエドが待っていた。私が扉を開けたことで、全員の視線がこちらに集中する。

「リザ姉様！」

嬉しそうに駆け寄ってくるエドを抱きしめて、そんな私たちをお父様が抱き上げた。

「一週間くらいぶりだな！　アカデミーは楽しいかい？」

「はい、とっても！」

「いろいろあるけれどね」

「そのいろいろを、教えてくれるのでしょう？」

お母様の言葉に、私は小さく頷《うなず》く。口を開こうとすると、応接室にお客様が現れた。

「——あれ、一家総揃い？」

——軽く首を傾《かし》げながら、私たちを見渡す人たち——……。いつの間に呼んだのだろう？　と思ったけれど、もしかしたらお母様の巫子の血が働いたのかもしれない。

そこにいたのは、ソフィアさん、カーラ様、クリフおじい様だった。カーラ様は私の顔色に気付くと、すぐに近付きどこか探るようなまなざしで見つめる。

「……あまり顔色が良くないようだが、きちんと休んでる？」

「は、はい。えっと、今日は衝撃的なことがあったので……」

そのままそっと手を伸ばしてぽんぽんと頭を撫でてくれるカーラ様。

「それじゃあ、いろいろと話し合いましょうか」

お母様がパンパンと両手を叩いて、私たちを見渡す。お父さまは私とエドを下ろして椅子に座らせた。この場にいる全員が座り、リタたちがお茶を配膳し、部屋から出て行ったタイミングで精霊たちが現れて魔法をかけた。防音と結界だ。クリフ様はその様子を、じぃっと見つめ、ソフィアさんは目元を細めている。

「これで」

「安心！」

魔法をかけ終わったソルは私の肩に、ルーナは膝の上にぴょんと乗った。

「……とりあえず、僕とリザの外泊届は出してきたから、話し合いは何時間でも大丈夫だよ」

「ありがとうございます、アル兄様」

「どういたしまして。……それで、なにから話せばいいの？」

アル兄様がお母様を見つめると、お母様は私とシー兄様を見た。私たちは視線を交《か》わして、シー兄様が口を開く。

「リザの出生のことなんだけど――……」

神殿で起こったことをみんなに説明し始めた。

ファロン家の家系図を見たこと、ファロン家の家系図には私、ジュリー、ジェリーの名が刻まれていて、ジェリーが生きている可能性があるということ。――ファロン家が、カナリーンの王国の王族の血を引いていることを。

「カナリーン王国の王族ですって⁉」

「百五十年前にこの国に来た、宝石眼を持たない王族だったようです」

「……人体実験の材料にされていたみたいで、カナリーン王国のことを『悪魔の国』と言っていました」

「……ん？　言っていた？」

「水晶に、初代ファロン子爵が映っていたんだ。リザの魔力で映像が見えた」

「そんな昔に、映像魔法があったのか……。さすが、カナリーン王国というべきか」

クリフ様が驚いたように目を丸くしていた。静かに息を吐いて心を落ち着かせているみたい。

「なるほど、水晶に反応するようになっているのは、王族の魔力ってことね」

「リザの目が宝石眼だから、反応した？」

「いえ、宝石眼は関係ないと思う。そもそも、その子の宝石眼は後天性なんでしょ？」

こくりと頷《うなず》く。どうして宝石眼になったのかもわからないし……。そっと自分の目元に触れると、すりすりと頭を擦りつけてきた。ソルにしては珍しく、甘えているのかな？

「……ってことは、ジュリー・ファロンも王族の血が流れているのか……」

アル兄様の呟きに、私たちは無言になった。塔に閉じ込められたジュリー。そのジュリーにそっくりのジェリー・ブライト。……ファロン家の『ジェリー』は生きている可能性が高いと思う。そして、それを裏付けることを、アル兄様が話し始めた。

「……それじゃあ、次は僕の番ね。――改めて、血の記憶を見て不自然なことに気付いた」

「アル兄様、血の記憶を……？」

「あれから改良に改良を重ねて、自分が受けるダメージを少なくする方法を編み出したから平気だよ」

血の記憶――……アル兄様が編み出した魔法。それには反動があって、二年前に使った時はそれで倒れてしまった。その魔法を、アル兄様は改良していたのね……

「お母様、リザ。あの日のファロン家のことを覚えている？」

「……は、はい。とても魔力が濃くて……」

「そうね。ファロン家がいくらカナリーン王国の血筋でも、屋敷の中に充満するほどの魔力があるとは……」

私とお母様は、二年前のファロン家を思い出しながら口にした。アル兄様は小さく頷《うなず》く。

「そう。それに――あの日、僕らが『ジェリー・ファロン』だと思っていたあの声。あれはおそらく、彼女の声ではないと思う」

アル兄様は淡々とした口調で話し始めた。ちらりとお母様に視線を移すアル兄様に、お母様は口元を隠すように覆い、驚いたような表情を浮かべていた。

「相手は僕らが『アンダーソン』だと知っていた。巫子の力を使うことを想定した。だからこそ、魔力を濃くして、あの人型のもやと声を先に仕込んでおいた……とは考えられないかな？」

「巫子の力を使うことを条件にした魔法を？　そんなことができるのは……」

「……あの女しかいないでしょうね……」

ソフィアさんの眉が跳ねあがる。……本当に嫌いなのね、マザー・シャドウのこと。すると、彼女ははっとしたように私を見る。

「ちょっと待って。ファロン家がカナリーン王国の王族の血を引いているってことは、この子はカナリーン王国の血、そのものを引いているってことになるわね！」

あの女の出身もカナリーン王国だし、と続けたソフィアさん。……なんだか実感がわかないわ。

「それと、アカデミー内で妙な魔力が流れている気がする。高等部のアカデミーから魔力コントロールを習う、つまり入学直後は魔力のコントロールが出来なかったり苦手だったりする人は多いから、そこを狙われたのかも」

「ディア……えっと、私の友人なのだけど、彼女も魔力を感じて体調を崩してしまって……」

「あら、それは心配ね」

「あ、でもアミュレットを渡したので、たぶんもう大丈夫じゃないかな……と」

ディアの様子を思い出しながら口にすると、みんなにじっと見られた。

「そうね、エリザベスの作ったアミュレットなら……」

「リザのアミュレットの効果はかなり高いからなぁ」

「そうなんですか？」

シー兄様がしみじみと呟くのが聞こえて、目を瞬《またた》かせる。こくりと大きく頷《うなず》くのを見て、ほっと息を吐く。

「前に遠征した時、魔物の攻撃を受けそうになってね。アミュレットのおかげで無事だったんだ」

「えっ！」

全然知らなかった……！　それは私だけではなかったようで、お父様とお母様の鋭い視線を受けて、シー兄様は慌てたように手を振った。

「大丈夫だったんだって！」

「……シリルが魔物に襲われたことはあとで聞くとして……」

お父様に睨まれて、シー兄様はすっと視線を逸《そ》らした。アミュレット、シー兄様に渡していて良かった……！

「……いろいろ厄介なことになっているわけね。……そして、そんなあなたたちに朗報よ」

「朗報？」

「来月からこのソフィア様が、精霊学科の教師になるの」

どんっと自分の胸元を叩くソフィアさん。私とアル兄様は顔を見合わせて、それから「精霊学科？」と同時に首を傾《かし》げた。確か、アカデミーの授業にそんな学科はなかったはず。

アカデミーの授業は大体男女別になっているけれど、人気の学科や、逆にあまり希望者が多くない学科は男女ともに学べることになっている。料理の授業が男女ともにできるのは、男性が重い物を持ってくれるから……とイヴォンが教えてくれた。

「新しくできたのよ、精霊学科。クリフたちとも話し合ってね、エリザベスちゃんとアルフレッドちゃんは強制的に参加だからよろしくね」

パチンとウインクをするソフィアさんに、私とアル兄様は「え⁉」と驚きの声を上げた。

「リザはともかく、なんで僕も？」

「ヴィンセントちゃんも強制参加組よ！」

……確かに精霊と契約しているけれど……。ソルとルーナはどこか呆れたように彼女を見ている。

「相変わらず賑やかな女だ」

「ねー」

精霊たちは、ソフィアさんのことを昔から知っているのかしら……？

「なんだかこのあとに話をするのが申し訳ないような……。だが、これも伝えておかねばならないことだろうから、言うよ」

カーラ様は私たちを見渡して小さく肩をすくめた。そしてどう伝えようか迷ったみたいで、少しのあいだ黙り込み、それから言葉を紡いだ。

「この前、陛下に頼まれジュリー・ファロンの健康診断をおこなった」

塔に閉じ込められたジュリーの……？　カーラ様を見ると、こくりと頷《うなず》いた。

「体は健康そのものだった。思考はまぁ……ちょっと、いやかなりおかしかったけど、一番おかしいのは、彼女の魔力がまったくないということだ」

「魔力が……？」

ジュリーに魔力がない……？

「おそらく、じゃが……」

クリフ様が顎に手を置いて目元を細める。そして、クリフ様も私に顔を向けて、トントンと目元を指で叩く。

「エリザベスが宝石眼になったのは、ジュリー・ファロンの魔力をも取り込んだからじゃないかと思うんじゃ。呪いの書の効力はわからぬが、エリザベスかジュリーが宝石眼になることを企んでいたのではないかと考えての。どちらかの魔力を犠牲にして……」

「そんな……」

私が口元を押さえて言葉を失っていると、カーラ様が後頭部に手を置いて目を伏せた。

「試しに彼女の魔力の属性を調べたんだが、魔力自体がないから調べられなかった。この国で魔力を持たない貴族はかなり珍しい。そして――……」

「エリザベスの魔力の強さもまた、かなりの珍しさじゃからの」

……私の中に、ジュリーの魔力が宿っている……？　自身の魔力の高さの理由が本当にそれなら、私は――……。そんな私を慰めるように、すりすりとソルとルーナが頭を擦りつけてきた。くすぐったい。でも、精霊たちのおかげで、我に返れた。

「そんなことが……可能なのですか……？」

「カナリーン王国の者なら、可能でしょうねぇ。あの国、人を犠牲にするのは厭《いと》わない国だったし」

話を聞いていたら、くらくらしてきた。私の様子に気付いたお母様が近付いて来て、「エリザベスは休みましょうか」と声をかけてくれた。みんな、私の顔色が悪くなっていることに気付いたのだろう。今日の話し合いはこのくらいでお開きにしよう、というシー兄様の言葉に、全員が同意した。

「今日はいろいろなことを知って、頭と心が疲れちゃったでしょう？」

「……うん……」

「部屋に戻ってゆっくりお休み。ここは安全な場所だから」

ぽんぽんとお母様に頭を撫でてもらって、小さく頷《うなず》いた。ソルとルーナは魔法を解《と》いて、一緒に部屋まで行き、ベッドに座る。リタが私の顔色を見て、慌てたようにネグリジェに着替えさせてくれた。……心配をかけてしまったことを申し訳なく思いつつ、ベッドに潜り込んでから目を閉じる。……疲れていたから、すぐに眠りに落ちた。

――ふと目が覚めたら深夜だったようで、真っ暗だった。私、そんなに眠ってしまったの？ と辺りを見渡す。ソルとルーナが気持ちよさそうに眠っていた。私が起きたことに気付いて、むくりと起き上がる。

「目覚めたか？」

「うん。すっかり眠っちゃったみたいね……」

「疲れていたからいいんじゃない？」

励ますようなルーナの言葉に、そうね、と呟いた。ぐぅ、とお腹が鳴って、思わずお腹を擦《さす》る。考えてみれば、昼食と夕食を抜いてしまった。お腹が空くわけね。ベッドから抜け出して、扉を開けるとカインが私に気付いた。

「どうしました？」

「お腹が空いちゃって……」

「ああ……では、少々お待ちください」

納得したようにカインは頷《うなず》き、それからふっと表情を和《やわ》らげて椅子に座って待っているようにうながした。言われた通りに待っていると、十分もしないうちにカインがなにかを持って来てくれた。

ことり、と目の前に置かれたのは、優しい赤色の食べ物。

「トマトリゾットです。深夜ですし、少しでもお腹に優しいものがよいでしょう」

「あ、ありがとう」

トマトリゾットと飲み水を持って来てくれたみたい。私はありがたくそれを頂いた。トマトの酸味とチーズのコク。お腹が空いていたからか、余計に美味しく感じる。コップに水を注いでくれたカインにお礼の言葉を伝えると、ふるふると首を横に振った。

「ごちそうさまでした。美味しかった」

「それは良かったです。皿は厨房へ持っていきますね。……それと、休めそうですか？」

カインの問いに、少し悩んだ。たくさん眠ったから、目は冴《さ》えている。そんな私の状態に気付いたのか、彼は言葉を続ける。

「少し、散歩をしましょうか」

「する！」

カインがこういうことを誘ってくれるのは、とても珍しい。思わず大きな声で返事をしてしまい、彼が一瞬キョトンとした表情を浮かべた。けれど「先に片付けてきます」とお皿とコップをトレーに乗せて持っていく。

すぐに戻ってきて、私が寒くないようにと大判のストールを巻いてから、部屋の外に出た。精霊たちも一緒に行きたいみたいでついてきた。

「……深夜に歩くのって不思議な感じ。空気が冷たいわ」

「いつもこの時間には休んでいらっしゃいますからね」

夜更かしは美容に悪いと何回も聞いていたからね。……だからこそ、なんだか悪いことをしているようでちょっとだけドキドキする。

「カインはいつ休んでいるの？」

「お嬢様が休んでいるあいだに」

私の護衛はカインと、精霊であるソルとルーナしかいない。もっと護衛をつけている貴族もいるのだけど、お父様とお母様が『質より量』ならぬ『量より質』を重視した……らしい。アル兄様がこっそり教えてくれた。でも、そういうアル兄様の護衛は誰なんだろう？　考えてみれば、アル兄様の護衛って見たことがない。エドの護衛も。

「ねぇ、カインはアル兄様とエドの護衛が誰か知ってる？」

少し……いや、かなり気になって尋《たず》ねると、カインは少し考えるように視線を巡らせた。

「エドワード様は現在選出中です。そして、アルフレッド様はかなり周囲の人たちに対して敏感なので、『自分の身は自分で守る！』と剣術をがんばっていらっしゃいますね」

それは、護衛がいないということなのでは……？　目を瞬《またた》かせていると、カインは困ったように眉を下げて、こっそりと耳元でささやく。

「なので、こっそり護衛をつけているんです」

「こっそり？」

「こっそり。アルフレッド様に気付かれないように」

アル兄様は巫子の血を強く引いているから、近くの人の感情も読み取ってしまうのかもしれない。……アル兄様とヴィニー殿下の巫子の力って、どちらのほうが強いのかしら？

そんなことを考えていると、カインが扉を開けて中へ入るようにうながす。

「こちらへどうぞ」

「……わぁっ……！」

私が足を踏み入れると、月明りに照らされた花々が見えた。月の光に照らされる花はとても幻想的で、思わず声を上げてしまった。

「エリザベス、上、向いてごらん」

「え？」

ルーナに言われて顔を上げる。そこには——とても大きくて綺麗な、月の存在があった。ルーナの毛並みのように白銀の月。……なぜだろう、胸がぎゅっと苦しくなった。そして、知らず知らずのうちに涙がこぼれる。二年前にこの屋敷で最初に見た月。それもこんなふうに白銀の輝きを放っていたのだろうか……

すっとカインにハンカチを差し出された。私はそれを受け取って、涙を拭く。

「ごめんなさい、泣くつもりはなかったんだけど……」

「……いえ。……ふとした時に、泣きたくなる時もあるでしょう」

カインがしどろもどろながらに慰めてくれた。泣いている子どもの扱いには慣れていないようだ。

どうやっても、涙は引いてくれなかった。冷やさないといけないよね。朝食の時に心配をかけてはいけない。……でも、どうして満月を見て、こんなにも胸が苦しくなったんだろう？ そんな私を、精霊たちがなにかを伝えたいように見上げていた。……それでも、口にはしなかった。

「まんまる！」

「月光に照らされて、植物も嬉しそうだ」

――いつか、その伝えたいことを、話してくれるのかな。

ソルは飛びながら花々を見て、ルーナはぴょんぴょんと跳ねた。その様子にふふっと小さく笑い声を上げる。心がだいぶ落ち着いたのか、涙も止まった。改めて花々を眺めてから、カインを見上げる。

「ありがとう、カイン。気分転換になったわ」

「いいえ。……お嬢様のことについては、リタにも事情を伝えました」

「……そう」

カインの言う『事情』とは、私の出生とジュリーの魔力のことだろう。カインは家系図を見る時に一緒にいたから……。リタは、どう思ったかな。

「リタの様子が気になりますか？」

小さく首を動かすと、カインは目元を優しく細めてしゃがみ込み、視線を合わせた。

「大丈夫ですよ。驚いてはいましたが、『お嬢様はお嬢様だもの』、と」

柔らかい口調で伝えられ、安堵の息を吐いた。自分でさえショックを受けた出生と、ジュリーの話だ。リタがショックを受けたりそれで今後身構えたりされても仕方ないと考えていた。

「……ここの人たちは、ずっと優しいね」

夢を見ているのではないかと、思ってしまうほどに。

「……お嬢様、なにか、不安があるのですか？」

心配そうなカインの言葉。きっと、本気で心配をしてくれているのだと思う。アンダーソン邸の人たちはみんな優しくて、養女になってからずっと楽しく過ごしてきた。二年前に終わったと思っていたファロン家との関係……血の繋がりは、そう簡単に、なかったことにはしてくれないみたいだ。

「不安だらけ、かな」

「その不安を、口に出してみませんか？　少しは和《やわ》らぐかもしれません」

本当にそうだと良いな……胸がざわざわするような、この不安……

「ファロン家がカナリーン王国の王族の血を引いていることも、私の魔力がジュリーの分もあるんじゃないかってことも……、私に流れる血のせいで、アンダーソン家の人たちに迷惑がかかるんじゃないかって……不安なの」

もう思い出せないマザー・シャドウの顔も。……どうすれば、この不安は拭《ぬぐ》えるのだろう。私のせいで、アンダーソン邸の誰かに迷惑をかけるのが怖い。……ううん、違う。迷惑をかけたあとに、『お前なんて要《い》らない』と言われるのが怖いんだ……

「まだ成人してない子どもが、迷惑をかけることを不安がってどうする？」

背後から声をかけられて、びくっと肩が跳《は》ねあがった。振り返ると、お父様が苦笑を浮かべながら私たちに近付いてきた。

「お父様、どうしてここに……？」

「クリフ様とちょいと一杯ひっかけてたんだ」

くいっとお酒を飲むふりをしたお父様に、カインが「お酒はほどほどに」と眉を顰《ひそ》めながら言葉を発する。そんな彼に「堅いことを言うなって」と肩をすくめてみせるお父様。

「リザはどうしてここに？」

「目が覚めちゃって……カインに付き合ってもらっていたの」

「そうかそうか、今日は良い月見ができるからなぁ」

お父様は空を見上げて月を眺める。つられるように月を見上げた。

「……リザ。お前はうちの子なんだから、迷惑を思いっきりかけてくれて良いんだぞ？」

月を見たまま、お父様がそう口にした。視線をお父様に移すと、それに気付いたのかお父様は顔をこちらに向けてにかっと笑う。

「……でも、迷惑をかけたくないの……」

「リザは優しい子だからなぁ。だがな、親としてはもっといっぱい甘えて、ワガママを言ってもらいたいところだ。この二年間、ワガママらしいワガママもないし、寂しいぞぉ」

「……寂しい？」

「こーんなに可愛い娘が甘えてくれないなんて、寂しいに決まっているだろう？」

お父様の言葉が、じわじわと心に沁《し》み込んでいく。そして、ぷっと噴《ふ》き出してしまった。そっと私の頭に手を置いて、くしゃくしゃと撫でるお父様を見つめる。

「リザはきっと、いろいろ考え過ぎちゃうんだよ。だけどな、大事なのは……リザがなにを大切にしたいと思っているかだ。それをきちんと自分で見定めれば、不安なんて吹き飛んでくぞ。なんせ、リザの家族は全員、味方なんだからな」

お父様の口調は軽かった。軽かったけれど……とても、とても嬉しかったの。

「リザはリザのまま、成長していこうな。その過程でいろいろなことがあるかもしれないが、そのすべてがリザの成長に繋がるだろうから。……背ももうちょっと伸びると良いな？」

「それは私も思います……」

八歳になったエドと、十センチくらいしか変わらないのは……しっかり食べているはずなのに、なぜなのかしら……？

「まぁ、小さいリザも可愛いんだけどな！」

「お父様……」

ひょいと抱き上げられ、上機嫌そうなお父様がクルクル回る。そして、ぽんぽんと背中を叩いて「心配するな、リザはうちの子だ」と再度、力強く言ってくれた。……お父様とこうやって話すことってあまりないから、なんだか照れてしまう。

「冷えてきたな。そろそろ部屋で休もうか」

「はい、お父様」

お父様に抱っこされたまま、私は自分の部屋に戻った。精霊たちや、カインも一緒に。お父様は私が眠るまで傍《そば》にいてくれた。……ざわざわと落ち着かなかった心から、いつの間にかすっかりと不安が消えていた。カインの言った通り、口にしたことで……そして、その不安を受け止めてもらえたことで、落ち着いたみたい。

――翌朝、太陽の光で目が覚めた。それと同時に扉がノックされる音が聞こえて、ベッドから起き上がり「どうぞ」と声をかけると、リタが入ってきた。

「おはようございます、お嬢様」

「おはよう、リタ。……あの」

いつものように優しく微笑むリタに、声をかけようとして……迷った。すると、リタはすっと私に手を差し出す。なぜ差し出されたのかがわからずに戸惑っていると、リタはきゅっと両手で包み込むように私の手を握った。

「お嬢さまの事情を知っているのは、アンダーソン邸で働いているメイドの中で、私とメイド長だけです。正直に言えばとても驚きましたが……お嬢様はお嬢様でしょう？」

……カインに聞いていた通りの言葉だ。思わず笑ってしまった。そんな私を見て、小首を傾《かし》げるリタに、昨日のことを話すと目を丸くして、それから少し気恥ずかしそうに頬を赤く染める。

「いやだ、カインったら。これでもたくさん考えたんですよ」

「……悩ませちゃった？」

「そうですねぇ……、お嬢様も知らなかったと聞いたので、そちらのほうが心配でした」

「心配？」

「ええ。自分が思ってもみなかった出生でしょう？　それに、ジュリーさんのことも。ショックが大きかったのでは、と。だからこそ、お嬢様にどう伝えれば心が軽くなるのか……それを考えましたね。私、お嬢様のことが大好きですから」

……優しいな、リタ。にこやかに伝えられる言葉に、目頭が熱くなった。それを堪《こら》えて、なんとか笑みを浮かべる。「ありがとう」と口にすると、リタは緩やかに首を横に振った。彼女が私のことを、とても大事にしてくれているのが、ひしひしと伝わった。

「さ、お風呂に入って身支度をしましょう」

「うん」

アカデミーでは一人でお風呂に入っていたけれど、ここはアンダーソン邸。……今だけは、彼女に甘えたい。お風呂に入り丁寧に髪や体を洗ってもらい、しっかりと綺麗になった。生活魔法で髪を乾かし、彼女が用意したパステルピンクのドレスに着替えた。赤いリボンで髪型をポニーテールにしてもらい、鏡を眺める。……なんだか一番、この格好が落ち着く気がする。

朝食を食べるために食堂に向かうと、すでにみんなが席についていた。

「おはようございます」

「おはよう、リザ」

「おはようございます、リザ姉様」

私が朝の挨拶をすると、みんなが挨拶を返してくれた。私も席につくと、すぐに食事が運ばれてきた。朝食を美味しく食べて、今日これからのことを食後のお茶を飲みながら話し合う。

「……あ、そういえば、お母様たちはブライト商会って知っている？」

「ブライト商会？　……ああ、結構質の良い物を売っていたんだが、ここ最近は質が落ちたと耳にしたな。なにかあったのかい？」

「ううん、どんなところなのかと思って」

ブライト商会。ジェリー・ブライトの実家。……いったいどういう商品を置いているのかしら？

「そこは確か、最近きな臭い噂も聞いたな」

「噂？」

「武具を集めている、と。そういや、あの商会には一人娘がいたな。病弱でなかなか外に出られないとも聞いている」

「病弱な感じは、全然しないけど……」

アル兄様の言葉に、肯定の頷《うなず》きを返す。昨日、アカデミーのことは話したけれど、ジェリー・ブライトのことは話していなかった。

アカデミーの入学式で彼女が首席だったこと、そして、私に対してあまり良くない感情を持っていそうなことを伝える。……パーティーの時に、わかりやすい悪意を向けられたことも。ただ、そのあとに謝られた時は、悪意を感じなかった……それが不思議なのよね。

「それ、どういうこと？」

ソフィアさんが怪訝そうに表情を歪めて、私たちをじっと見る。アル兄様は眉を下げて私を見たけれど、彼に対して微笑みを浮かべてから、ソフィアさんに顔を向ける。

パーティーのこと、そしてその後のやり取り。できるだけ詳しく話すと、みんなは渋い表情を浮かべていた。エドだけはよくわかっていないようで、こてんと首を傾《かし》げていたけれど。

「ジュリーにそっくりなジェリー、ねぇ」

「……ブライト商会については、ヴィーとジーン嬢が調べてくれているよ」

「だから最近来ないのか」

クリフおじい様が少し寂しそうに呟いた。ヴィニー殿下、アカデミーに通いながらも魔塔に足を運んでいたみたいね。

「まぁ、ヴィーが警戒するのもわかるよ。本当にそっくりだったし」

「入学式の日、本当に驚いたわ……」

あの時の衝撃は、今でも胸に残っている。ぎゅっと手に力を入れると、みんなが心配そうにこちらを見た。そのことに気付いて、眉を下げて微笑む。

「……悪意を向けられて、結果的には良かったと思っているの。堂々とした態度で話すことができたし、私がファロン家の子どもだったことも、アンダーソン家の養女になったことも本当のことだから。……それに、そんなことを気にせずに接してくれる友人たちがいるもの。他の方々がどう思っているのかわからないけれど、私には私の味方がいるから、平気よ」

三歳の頃から、ファロン家では蔑《さげす》まれるばかりだった。それが十年も続いたのだから、自分が思っている以上に心は傷ついているのかもしれない。何年もそんな生活をしていたから、心に蓋《ふた》をして傷つかないようにしていた……と思う。それでも、アンダーソン家の人たちが心を癒してくれた。まだ怖いことはいろいろあるけれど……少しずつでも、前を歩いていけるのだと……そう、信じている。

「……まあ、ね。そんなふうに考えられるなら、大丈夫そうだ」

カーラ様の言葉に、彼女に視線を向けると視線が交《まじ》わった。柔らかく微笑みを浮かべてから、お父様たちを眺め、真剣な表情になり、声色も僅かに硬いものに変えた。

「あたしは医者だからね。患者がいれば診《み》る。それが誰であろうと。……それで、言うかどうか迷っていたんだが……とある辺境の村で、ミラベルという修道女に出会った」

「カーラ様は王都で活動しているわけではないのですが……？」

「あたしは流れの医者さ。必要とされるならどこへでも行く」

流れの医者？　私とエドが首を傾《かし》げていると、こほんと咳払いをして、ごそごそとをなにかを取り出した。——手紙？

その手紙を、すっと私に差し出す。

「エリザベス・アンダーソン……いや、ジェリー・ファロン宛ての手紙だ」

「えっ？」

「ファロン子爵夫人は……自身の名を捨て、『ミラベル』という新しい名を得て、修道女として過ごしている」

私は思わず、その手紙を凝視してしまった。手紙を受け取ってしまって良いものか、迷っているとお母様が声をかけてくれた。

「……内容が気になる？」

「気にならないと言えば嘘になりますが……、戸惑っています」

ファロン家のお父様はジュリーに殺された。ジュリーはその罪で塔に閉じ込められている。ただ一人、ファロン家ではお母様だけが生き残り、どこか遠い所へ行った……とは聞いていた。そんなお母様がなぜ、私に……？　正確にいえば血の繋がりはない。ない、けれど……彼女もまた、マザー・シャドウによって幸せを奪われた犠牲者だ。

「……もしよかったら、わたくしが内容を確認しましょうか？」

「お母様……」

マリアお母様の提案に、少し悩んだ。悩んでいることに気付いたのか、お父様がひょいとカーラ様から手紙を取る。あ、と思った時にはお母様の手元に手紙が移動していた。

「あなた……」

呆れたようなお母様の声と表情に、お父様は「まどろっこしい」と肩をすくめてみせた。お父様のこの強引さ、私、結構好きなんだけどね。

「お母様、お願いしてもよいですか？」

「え、ええ。任せて」

深夜に伝えられたことを思い出して、私は素直に任せることにした。お母様は一瞬びっくりしたように目を見開いたあと、すぐにぱっと表情を明るくしてペーパーナイフで封筒を開け、手紙を取り出す。そして、真剣な表情になり視線を落とし内容を確認すると、表情を変えずにカーラ様に視線を向けた。

「……そう、ね……」

カーラ様は視線を下げる。お母様とカーラ様を交互に見ると、お母様がそっと近付いて私の前にしゃがみ、静かに手紙を渡した。

「読んでも、読まなくても、エリザベスの自由に」

「……どんな内容、でしたか？」

「一言で言えば、懺悔《ざんげ》の手紙よ」

少しだけ複雑な気持ちになった。王都から離れたことで、冷静になったのだろうか。手紙を撫で、意を決してその文面に視線を落とす。

そこに綴《つづ》られていたのは、ファロン子爵との出会いから、結婚して子を宿し幸せな時間を過ごしていたこと、私の火傷《やけど》を防げなかったことへの自己嫌悪、治せないことが申し訳なくてジュリーを可愛がることで逃避していたこと、アンダーソン家に私が助けられて内心ホッとしていたこと、火傷《やけど》が治り改めて自身とはまったく似ていないことに気付いたこと……いろいろなことが綴《つづ》られていた。

『あなたにとって、私はとても悪い母親だった。謝っても許してもらえないことは知っている。もちろん、許さなくて良いの。ただ、母としてあなたの幸せを願うことを許してほしい。エリザベス・アンダーソンとして、幸せに生きてくれることが、私のなによりの願いです』

――そう、締められていた。一度たりとも『ごめんなさい』や『申し訳ない』という言葉はなかった。……でも、わかる。これはファロン家のお母様の、最後の優しさだ。謝られると、許すか許さないかで私が葛藤すると……きっと、そんなふうに考えたのだろう。

ゆっくりと息を吐き、目を伏せた。涙が頬を濡《ぬ》らしていくのがわかる。目元にハンカチが当てられた。誰かが、涙を拭《ぬぐ》ってくれている。血の繋がりはないけれど、あなたは確かに私のお母様だった。幼い頃の幸せな記憶がよみがえり、涙は止まることを知らずに流れていく。確かにあった、幼少期の幸せな時間。

この手紙を書いていた時……彼女はどんな気持ちだったのだろう。マリアお母様はこれを懺悔《ざんげ》と言ったけれど、私には一種の自伝のようなものに感じた。『事実』を正しく、私に伝えるための手紙。

幼い頃の私は、お父様とお母様に抱きしめられるのが大好きだった。その時の家族の温かさを思い出して、ぎゅっと手紙を握りしめる。

「カーラ様、辺境の村にはまた行かれますか？」

「ああ、そうだね。もうしばらくしたら、行く予定」

「では……その時に、私の手紙をお母様……いえ、ミラベル様に、お渡し頂けますか？」

「……ああ、時期が来たら声をかけよう」

カーラ様の了承の言葉を聞き、ほっと胸を撫でおろす。それからお母様たちに笑みを浮かべてみせた。お母様は慈愛に満ちた瞳でこくりと頷《うなず》き、みんな微笑みを浮かべてくれていた。ジェリー・ファロンとして過ごして来た日々はつらいことも多かったけれど……確かに家族の愛情を受けていた時もあったのだ。

「……ええと、話を戻すけど、アカデミー内の魔力に関しては、オレも調べてみるよ」

「そうだな。だが、無理は禁物だぞ」

「わかっているって。騎士団の仲間たちと調べてみる。協力してくれると思うし」

私がシー兄様に視線を向けると、彼は悪戯《いたずら》っぽく口角を上げる。

「オレの同僚たちはリザを見たからな。こんなに可愛い子のためなら、がんばってくれるだろうさ」

「し、シー兄様……！」

確かにお会いしたけれど……！　そして、シー兄様の言葉を肯定するかのように、うんうんとみんなが頷《うなず》いているのを見て、頬に熱が集まっていった。

「わたくしたちが行けないのがもどかしいわ」

「親の介入はどこまで許されるんだ？」

「……わからないわ。こんなこと、初めてだもの……」

ほう、とお母様が息を吐く。……学生同士のいざこざに、大人は介入できないということかしら？　もしかしたら、そうやって自立をうながしているのかもしれない。……私もいつか、この家から出ないといけないだろう。……そんな時が少しでも遅くなれば良いのに、なんて……考えてはいけないこと、よね……

「あ、そうだ。ついでに全員の健康診断をしておこうか」

「えっ？」

「そうね、カーラに診《み》てもらえるなら安心だわ」

いきなり健康診断が始まった。アル兄様とシー兄様はあからさまに「げっ」という顔をしていて、エドは首を傾《かし》げている。

「いや、オレは騎士団で受けているし……」

「なにを言っているんだい、騎士団で受けるのは年に一回だろう。健康はいつ損なうかわからないから、やれる時にやっておかなきゃ」

「……えー……」

駄々をこねるようなシー兄様の声に、ふふっと笑い声を上げてしまった。シー兄様は私が笑うと、どこか安堵したように微笑む。その笑みがとても慈愛に満ちていて、彼を見つめると、なんでもないよ、とばかりに頭を横に振った。

「それじゃあ、歳の順にクリフ様から始めようか！」

「ワシか!?　いや、歳の順というなら……」

「クリフ？　言いたいことがあるのかしら？」

にっこりと微笑むソフィアさんに、たじたじなクリフおじい様。……きっと、カーラ様は、こんなふうにみんなの健康を守ってくれていたのね。そして、なぜか始まった健康診断は、私が最後と言われた。エドよりも年上なのに？　と思っていたけれど、なぜ最後になったのかは、すぐにわかった。

「去年より四センチくらいは伸びているね。それでも百四十四センチか……まだまだ小さいな。体に異変はないかい？」

「特には……」

「下腹部に違和感を覚えることは？」

自室でカーラ様の健康診断を受け、問われたことに関しては首を横に振る。すると、カーラ様は「そうか」と呟き、それからこちらをじっと見つめた。

「……エリザベス嬢は、子どもがほしいかい？」

「子ども、ですか……？」

唐突に聞かれて、目を瞬《またた》かせて彼女を見た。カーラ様は神妙な表情を浮かべていて……どうしてそんな表情を？　と胸元に手を置いてきゅっとドレスを握る。

「……わかりません」

「……そうか。いや、すまないね。きみくらいの年齢なら、始まってもおかしくないから」

「……ああ……」

ジーンとイヴォンに聞いたことがある。その期間はとても大変だったり、その期間の前からイライラしたり食欲が強くなったりする……女性が絶対に向き合わないといけないこと。確かに、始まっていてもおかしくない年齢だ。早熟の人だと、十歳くらいから始まるとも聞いたことがある。

今のところ、私にはそんな兆《きざ》し、一度もないのよね。

「体が小さいから、と思っていたんだが……。今日、きみが家族と話しているのを見て、思ったんだ。……きみは、大人になることを恐れていないかい？」

「……っ！」

ぱっとカーラ様に顔を向けると、彼女はどこか悲しそうなまなざしで私を見ていた。

「……そ、れは……」

心を読まれたのかと思い、体が震えた。彼女はそっとしゃがみ込み視線を合わせ、私の手を両手で握る。

「大人になるのが怖い？」

「……わからないんです……」

責めるわけでもなく、柔らかく問われて、ゆっくりと首を左右に振る。どんな大人になりたいのか、将来をどうしたいのか……私には、わからない。公爵令嬢として、やれることはやりたいと思っている。だけど……私自身は、なにをしたいのだろう……？

「まだ十五歳の女の子だ。やりたいことが定まらないのは仕方のないことさ。ただ……ね、気持ちと体のバランスが崩れる時が、いつか来るだろう。……あたしはね、そんな患者を診《み》たことがあるよ」

「えっ……？」

「その子はいろいろな理由で大人になるのを怖がった。二次性徴が遅かったのは、心の問題もあったのだろう。……だが、どんなに心が拒んでも、体は大人になってしまった。その子は泣いていたよ。どうして女に生まれたんだろうってね……」

ずきん、と胸が痛んだ。カーラ様は、その言葉をきいた時に、どんなことを思ったのだろう？

医者として彼女は、その子にどんな言葉をかけたのだろう？　私の戸惑いに気付いたのか、カーラ様が眉を下げて手を伸ばし、私の頭に手を置いた。

「……私、は……、子どもがほしい、とはまだ言えません……でも、健康でありたい、とは思います」

「うん」

「……背も、高くなりたい……」

「……でも、大人になれば、アンダーソン家の方々とお別れしなくちゃいけないから、それが怖い……です」

「……そうか」

優しく頭を撫でられ、ぎゅっと抱きしめられた。カーラ様がぽんぽんと背中を叩く。どうして抱きしめられているのか、不思議だった。

「……話してくれてありがとう」

「カーラ様……？」

「話しづらいことだろう？　それを話してくれた。そのことが嬉しいよ」

私はカーラ様にぎゅっと抱きついた。彼女が少し驚いたように体を強張らせる。でも、すぐにもう一度、背中を優しく叩いてくれた。

「……ありがとうございます、カーラ様。なんだか、気持ちがすっきりした気がします」

「それは良かった。エリザベス嬢、気持ちをスッキリさせることも大事だからね」

「はい。……今度、また、ゆっくりと」

良い子だ、とカーラ様が笑った気がした。

「あ、でも今日はこのまま性教育ね」

「えっ」

「知っておいて損はないからね。女の子は特に」

そうしてたっぷり一時間ほど、カーラ様からいろいろ教わった。口頭で教えてもらったけれど、女性と男性ではそんなに違いがあるのかと驚いた。考えてみれば、こういう教育を受けた覚えがない。あえて避《さ》けていてくれたのかな？

「そろそろヴィンセント殿下の婚約者を、決めないといけないからね」

「……？　婚約者を決めることと、なにか関係があるのですか？」

「……それはまた今度、ね。いいかい、今日教えたのは初歩の初歩ということを、胸に刻んでおいてくれよ」

「は、はい……っ！」

でも、そっか。ヴィニー殿下は十六歳だものね。婚約者がいてもおかしくない年齢……というか、よく二年も婚約者を決めなかったな。……？　なんで私、ヴィニー殿下の婚約者のことを気にしているんだろう？　婚約者がいないのは、アル兄様も同じなのに……ううん、もっと言えば、シー兄様だって婚約者がいないわ。

カーラ様がヴィニー殿下のことを話題に出したから、よね。きっと。自分でもよくわからない感情がわいてきて、首を傾《かし》げた。

そのあとは、とても穏やかな時間が流れた。ここが私の家なのだと、強く感じた。帰るべき場所に、大好きな人たちが待ってくれている。そのことに気付いて、これからもがんばれそうだと笑みを浮かべる。

お父様とシー兄様が剣を交《まじ》えていたり、アル兄様とエドが読書をしていたり、みんなで談笑していたり……みんなそれぞれの時間を過ごしていた。

私は部屋でリタと一緒に話していた。パーティーで髪をまとめたかんざしのことを教えると、リタは一度見てみたいといったので、あとでジーンにお願いしてみようかなと思う。

穏やかな時間を過ごして、リフレッシュできた。シー兄様とアル兄様が「そろそろ寮に戻らないと」と部屋まで迎えに来てくれた。明日からまた、授業が始まるものね。

リタは少し寂しそうに微笑み、「楽しい時間はあっという間ですね」と呟いた。

「そうね。……でも、会えて良かった。これでまた、がんばれそう」

「はい、行ってらっしゃいませ、エリザベスお嬢様」

深々と頭を下げるリタに、小さく手を振った。シー兄様、アル兄様と一緒に馬車に乗り、アカデミーに戻る。馬車に乗り込む前に、「来月まで耐えるのよ」とソフィアさんが真剣な表情で伝えてきた。私たちがこくりと頷《うなず》くと、みんなの頭をくしゃくしゃと撫でる。二人とも驚いていたようだけど、満更でもなさそうな表情を浮かべていた。

「とりあえず、リザの出生に関しては秘密にしておこう。面倒くさいことになりそうだし」

「面倒、ですか？」

「カナリーン王国の生き残りってことになるからね。あ、それはジュリー・ファロンもか」

「彼女は塔に閉じ込められているから、大丈夫だろうけどね。魔力もないのならなおさら」

本当に、私の中に彼女の魔力も入っているのかな……？　だとしたら、あの呪いの書は王族の血を流す私とジュリーに牙を剥《む》いたということ？　わからないことだらけだわ。

「難しいことは僕らが考えることじゃないよ、リザ」

「アル兄様……？」

「僕ら、まだ成人してないんだよ？　アカデミー生のやることは、勉学！」

「そうだな。アルもリザもそんなに心配しなくて良い。オレがついている。騎士団員として、お前らを護《まも》るさ」

シー兄様の言葉に、私とアル兄様は視線を交《か》わした。そして、アル兄様が小さく両肩を上げて、

「ちゃんと自分の身を守ってよね。リザのアミュレットが発動しないように」

と、シー兄様をじろりと睨む。私もこくこくと首を縦に振る。シー兄様が危険な目に遭《あ》うのはいやだ。ぱちぱちと目を瞬《またた》かせて、それからふっと微笑みを浮かべ腕を組むのを見て明るい声色で言葉を紡ぐ。

「優しいなぁ、アルもリザも！　お前らよりもオレが危険な目に遭《あ》うほうが対処しやすいから、約束はできないけど善処するよ」

シー兄様の返答に、アル兄様は複雑そうな表情を浮かべた。確かに、私たちよりもシー兄様のほ

うがトラブルの処理は慣れているだろう。でも、やっぱり傷つくのはイヤだな。

「シー兄様、今度また、アミュレットをお渡ししても良いですか？」

「それは嬉しいけど……無理はしないでくれよ？」

「シー兄様もね」

カインが買ってきた宝石はまだ残っているし、似合う宝石を選んで渡そう。

会話を楽しんでいると、すぐにアカデミーについた。女子寮に向かおうとすると、近くまで二人が送ってくれた。休日だから人はまばらだったけれど、お兄様たちは格好良いから、目を奪っちゃうんだろうな。

「それじゃあ、リザ、気をつけて」

「はい。アル兄様、シー兄様もお気をつけて」

「またあとでね」

二人が去っていくのを、姿が見えなくなるまで見送り、女子寮の中に入る。

――とたんに、ぞわりと鳥肌が立つくらい、体にまとわりつく魔力を感じた。

あまりに濃い魔力に、ソルとルーナが飛びだしてきた。いったいなにがあったの……⁉　精霊たちが大きく息を吸って、それからふぅーっ！　と濃い魔力を吹き飛ばすように息を吐く。

「どうしてこんなに濃い魔力が……っ」

「わからない。だが、これだけの魔力を女子寮の中にだけ留められるとは」

「ヤな感じだね！」

私は慌てて寮の自室に向かう。大きな音を立てて扉を開くと――……

「あら、お帰りなさい」

「ゆっくりできた？」

――いつもと変わらないジーンとイヴォンがいた。ほっと安堵の息を吐いてから、二人に抱きつく。

「体調に異変はない!?」

「体調に……」

「異変……？」

不思議そうに尋《たず》ねる二人に、体を離して精霊たちに視線を落とす。ソルもルーナも小さく頷《うなず》き、二人にそっと触れた。

「……ん、大丈夫みたい」

「アミュレットのおかげだな」

ディアにだけ渡すのも、と思って、あの日二人の分もアミュレットを作り、渡していた。

私の作ったアミュレットが役立っていた……？　それなら、きっとディアも大丈夫だろう。でも、他の学生たちは……？　マジックバリアを使っていても感じる濃い魔力――なんだけど、そういえばこの部屋ではその濃さを感じない。

「二人とも今日……部屋から出た？」

「え？　いいえ。昨日食材を買っていたから、今日は一歩も出ていないわ」

「私も、イヴォンの食事を頂いたから……」

「……そっか、良かった」

胸を撫でおろすと、二人は不思議そうに私を見る。説明するよりもわかりやすいだろうと思い、一緒に廊下に出てもらった。すると、すぐに二人ともとってもいやそうに表情を歪めて自室に戻る。

「なにあの濃い魔力！　怖い！　鳥肌立った！」

「わ、私も……！　マジックバリアはいつも使っているのに……！　おかしいな、昨日はそんなことなかったのに……！」

「そうなの？」

「そうよ。こんなに濃い魔力、マジックバリアを使い慣れていない子たちは具合悪くなっちゃう」

やっぱり、この魔力の濃さは異常なのね。精霊たちに視線を向け、問いかける。

「この魔力を吹き飛ばす方法、ある？」

「一時的なことしかできないぞ」

「……それでも、やらないよりはマシでしょう？」

真剣なまなざしで精霊たちを見る。ソルは私を見つめ、ルーナはそわそわとしていた。ジーンとイヴォンは私がなにをしようとしているのかを理解して、自分たちも協力すると言ってくれた。

「イヴォン、あなたの属性は？」

「私は風」

「あら、同じだったのね。だから気が合うのかしら？」

くすり、とジーンが口角を上げる。イヴォンも「そうね」と呟いてから精霊たちを見る。

ソルは悩むように首を左右に捻《ひね》っていたけど、ルーナに「ルーナはエリザベスの味方！」と元気よく言われて、くわっと目を見開き「ソルだってエリザベスの味方だ！」と強い口調で言い切った。

「女子寮すべてに濃い魔力を感じる。かなり大変なことになるが、それでも構わないか？」

「もちろん。こんな魔力を感じていたら、それこそ倒れちゃう」

「そうね、今日結構周りの部屋の子たちがバタバタしているなって思っていたから……」

「きっと、具合を悪くして医務室に向かったのね……」

女子寮内でそんなことが起きていたなんて……。このまま放置していれば、体調を崩す人は右肩上がりだろう。

「上へ」

「わかった」

イヴォンとジーンと一緒に、屋上まで走る。まとわりつくような魔力を、早くなんとかしなければ……！

屋上の階段を上がっている途中、「ちょっと待った！」と呼び止められた。ディアとレイチェル様の姿が見える。

「どこに行くんだい、お三方」

「レイチェル様……」

「それに、イヴォンとジーンもそんなに慌てて……」

「……この魔力をどうにかできるのかい？」

声を潜めたレイチェル様に問われる。小さく頷《うなず》くとすぐに「手伝うよ」と言ってくれた。私たちは五人で屋上に足を運ぶことになり、階段を駆け上がる。屋上の扉は鍵がかかっていたけれど、レイチェル様が鍵を持っていたようで、開けてくれた。

「どうして鍵を持っているんですか？」

「景色を見たい時、たまにね」

気分転換にちょうどいいし、という言葉を耳にして、レイチェル様もいろいろと考えることがあるのだろうと感じた。

屋上へ足を踏み入れ、外の空気に触れた。……どうやら、本当に女子寮内だけ、魔力が濃いようだ。とにかく、この濃い魔力をどうにかしないと。

「ソル、ルーナ、どうすればいい？」

「吹き飛ばすのだろう？」

「なら、やることは単純！　でも、コントロールが大変かも？」

精霊たちはイヴォンとジーンに視線を移す。私と手を握るようにうながすので、私たちはぎゅっと手を握った。二人とも、緊張しているのか手が冷たい。

「少女たちはエリザベスに力を貸して」

「ど、どうすればいいの？」

「ただ、祈って。この濃い魔力がどっか吹っ飛んじゃえ！　って！」

ソルは私の肩に乗り、ルーナは足元で体をぴったりとくっつける。ぽかぽかと体が温かくなった。――魔力だ。寝ているあいだに食べていた魔力を、戻してくれたのだろう。

「エリザベスの御心のままに」

「祈って、エリザベス。ここから出て行けーって！」

祈る、だけで良いの？　いや、ソルとルーナがそう言っているのだから、私は信じるだけだ。

私と手を繋いだジーンとイヴォン。心配そうにこちらを見るディアとレイチェル様。

ゆっくりと息を吐いて、目を閉じる。

――この濃い魔力が、吹き飛びますように――……！

繋いでいる手から、風を感じた。彼女たちの属性は、風。二人の魔力が、私の魔力と重なり合い、女子寮内に広がっていくのを感じる。――どうか、このまま――……悪意ある魔力を、吹き飛ばして！

「……もう良いぞ」

「吹き飛んだよ！」

精霊たちの声に、ゆっくりと目を開ける。ジーンとイヴォンが疲れた顔をしていた。ディアとレイチェル様は、そんな二人を支えるように肩を貸していた。

「エリザベスの魔力は、すごいわね……」

しみじみとジーンに呟かれて、みんなが頷《うなず》いた。すごい？　と疑問を抱くと、ソルとルーナが「そうだろう、そうだろう」となぜか自慢げに胸を張っている。

「だい、大丈夫……？」

「ジーンとイヴォンはちょっと疲れちゃったみたい。わたくしたちはなにもできなかったわ……」

「なにを言っているんだい、クラウディア王女。私たちの役割はここからだろう」

レイチェル様がイヴォンを、ディアがジーンを支えて部屋に戻る。女子寮内に入ると、先程までのまとわりつくような魔力は消え、ほっと胸を撫でおろした。

部屋につき、二人をベッドに休ませると、私はディアとレイチェル様に頭を下げる。

「ありがとうございます、助かりました」

「いや、なんのこれしき。……しかし、これほどまでの濃い魔力、どうやって吹き飛ばしたんだい？」

「それが、私にはさっぱり……」

私は本当に祈っただけだから……。精霊たちに説明を求めた。

「エリザベスのみんなを思う気持ちが魔力に変わり」

「二人の属性を使い、寮内に風を巡らせて飛ばしてくれたの！」

……そうだったんだ。二人の属性で飛ばしてくれたのね。レイチェル様が怪訝《けげん》そうな表情を浮かべて、ソルとルーナを見て、問いかける。

「それなら、イヴォンとジーンだけで良かったのではないか？」

「二人の魔力だけでは無理だ。エリザベスの魔力が加わることで、ようやく寮内のあの重苦しい魔力を吹き飛ばせた」

「リザに祈って、と言ったのは、そのため？」

「そう。エリザベスの魔力で重苦しい魔力を包み込み、吹き飛ばしたのだ」

なるほど……？　いや、よくわかってはいないのだけど……。でも、これだけはわかる。私一人でも、イヴォンとジーンの二人だけでもダメだったということだけは。

「お二人は、体に異変はありませんか？」

「わたくしは平気。ただ、寮内では体調を悪くして倒れた方々がいるみたい」

「だね。……私たちが平気なのは、おそらくきみがくれたアミュレットの効果だろう」

二人はそっと、アミュレットに触れた。良かった、あの日……レイチェル様にもアミュレットを渡して。作ったアミュレットが役立っているのなら、嬉しいわ。

「あの魔力……女子寮だけなのかしら……？」

「おそらくね。ただ、これと似たような魔力がアカデミー内にも漂っているのが気にかかる」

ディアが体調不良になった時よりも、濃い魔力だった。アカデミー内に、こんなに濃い魔力が漂っていたら、ただ事ではない、よね……？　あとでアル兄様やヴィニー殿下にも相談してみよう。

「……さて、それじゃあ動ける私たちは、寮母の手伝いにでも行こうか」

「はい」

「わかりました」

そうして私たちは、体調を崩した人たちの看病をすることになった。マジックバリアを無意識で使える人は敬称で、使えない人はぐったりとしていて重症に見えた。高等部から魔力の使い方を習う貴族も多いと聞いている。もしかしたら、その人たちを狙って……？

でも、なぜそんな回りくどいことを……？　いろいろな考えを巡らせながら、みんなの看病をした。


――翌日、アカデミーの授業前。ちらほらと欠席している人たちがいることに気付いた。そのことに関して、先生はなにも言わずに授業を進める。

今日の授業は魔法の実践だ。まばらになったからか、クラス合同になった。先生は二人。女性の先生だ。マクシーン先生とシャノン先生。魔法の実践はそれぞれの属性に合わせた魔法を教えてもらい、実践する。……四大属性、光や闇はともかく……私の属性は太陽と月。どういう魔法が得意なのか、自分でもわからないのよね。それなりにすべての属性を使えるのだけど。

「珍しい属性を持っている二人は、一番使う属性を試してみて」

二人とは、ジェリーと私のことだ。ジェリーに視線を向けると、彼女は私を見ていたようで視線がぱちっと合った。そして、「先に試しても良いかしら？」と聞いてきたので、こくりと首を縦に動かした。

ジェリーは目標の的を見据えて魔力を溜め、ゆっくりと炎を放つ。炎は的に当たり燃え尽き、灰が舞った。……すごい威力ね。彼女の魔力を身近で視《み》ても、あの重苦しい魔力とは別のようだ。ただ……やっぱり彼女にはなにかがあるような気がする。

「……では、エリザベス様、どうぞ」

「……ええ」

先生が新しい的を用意してくれたので、私は彼女と同じように炎を選択した。そして、的に向けて放つ。炎は的に当たり、散った。それを見たマクシーン先生が「素晴らしいコントロールね」と褒めてくれた。その言葉に反応したかのように、ジェリーが私を見る。

「それはどういう意味でしょうか？　私には、エリザベス様の放った魔法はあまり威力がないように見えましたが」

ぴりっと、空気が冷えるのを感じた。——彼女がこうして私に悪意を向けるのは、あの時以来ね。そして、ジェリーの言葉に賛同するように、彼女のクラスの人たちが「そうですよ、的を壊せないほどの威力だっただけでしょう？」と批判するように声を上げる。

マクシーン先生は呆れたように彼女たちを見て、額に右手を置いて緩やかに首を左右に振った。

「的を壊されると新しい的を用意しないといけないだろう。一応これも経費で作っているんだからな。大切に扱いたまえよ」

「あら、魔法の実践とは、的を破壊するのが目的ではありませんの？」

「当たり前だろう。魔力のコントロールを覚えるのが先だ。それとも、すべてを破壊したいのか、きみは」

「ひどいわ、先生。気になったから聞いただけですのに……。ですが、ただ力を見せつけるのも、貴族の仕事ではありませんか……？」

くすん、と涙を浮かべながらクラスメイトたちに近付き、顔を伏せる。クラスメイトの一人が、ジェリーを庇うようにマクシーン先生の前に立ち塞がり、ちらりと視線を先生に向けながら言葉を紡ぐ。

マクシーン先生はそれを聞いて、ゆっくりと息を吐いた。

「力を見せつける貴族の大半は、大体が没落したがね」

「……っ」

ジェリーが息を呑《の》んだ。その表情はなにかを思い出しているようで……いったい、なにを思い出したのかしら？

「ジェリー・ブライト。確かに力を見せつけることも大切だ。……だが、人を力で抑えつけるやり方では……いつか、やり返されるぞ」

「なるほど、覚えておきますわ」

「そうしてくれ」

ピリピリとした空気が流れている。その空気を取り払うように、パンパンと手を叩くシャノン先生。

「まだ授業中よ。ほら、散った散った」

シャノン先生の声に、私はジーンたちのところに足を進める。ジェリーがじっとこちらを見ていたことには、気付かないふりをした。

「……大丈夫？」

「ええ、ありがとう」

「……彼女、リザに悪意を向ける時だけ、別人のようね」

ディアの言葉に、小さく頷《うなず》いた。……なぜだろう、彼女が悪意を向ける時、マザー・シャドウのことを思い出す。そして、彼女のクラスの人たちは私を睨みつけている。

「ディアは、魔法の使い方に慣れた？」

ちくちくと刺さる視線の針を感じながらも、ディアに問いかける。すると彼女は眉を下げて微笑み、頬に手を添えた。

「あまり……コントロールは難しいわ」

「ディアったら、的に当たる前に水が消えちゃったのよ」

どうやら苦戦しているみたいね。私は十三歳の頃に魔力の使い方を教わったけれど、ディアは一からだものね。

「いつか、的に当たればいいのだけど」

「いつかは当たるわよ。それほど離れていない的だもの。当たった人は次のステップにいけるけど……」

「置いていかれちゃうわね……」

寂しそうなディアの表情を見て、私はそっと彼女の手を取ってこう提案した。

「なら、練習しましょう？」

「れ、練習？」

「そうよ。ダンスだって刺繍だって、練習が大事じゃない？　ディアならきっと、すぐにコントロールできるようになるわ！」

ディアを見上げながら熱弁すると、彼女は目を丸くして……それからふふっと小さく笑い声を上げ、「ありがとう」と私の手を握り返す。

授業が無事終わり、次の授業に行こうとすると、マクシーン先生に呼び止められた。

「エリザベス・アンダーソン」

「はい」

マクシーン先生のもとに駆け寄ると、ぽんと頭を撫でてくれた。驚いて彼女を見上げると、とても優しい笑顔を浮かべていて、不思議に思う。

「きみのコントロールは本当に見事だった。これからもその調子でがんばってくれ」

「ありがとうございます」

「来月から、精霊学科が始まることは知っているかい？」

こくりと頷《うなず》く。マクシーン先生は「そうか」と口にすると、もう一度頭を撫でてくれた。

「精霊学科に興味がありそうな学生たちはこちらからも声をかけるが、友達を誘ってみてもいいからね。受けるかどうかは置いといて」

「ふふ、わかりました」

精霊学科のことを、先生たちは知っていたのね。友達を誘ってもいい、か。なら、ディアとジーン、イヴォンも誘ってみようかな？　どのくらいの人が精霊学科を受けるのか、予想がつかないけど……みんながいてくれたら、少し……いいえ、かなり嬉しい。

マクシーン先生に「早速誘ってみます」と伝えてから、早速ディアとジーンに声をかけた。

「……精霊学科？」

「そうなの。来月から新しくできるのだけど、二人は興味ない？」

「どんなことをするの？」

「それがさっぱり……」

「謎なのね」

小さく頷《うなず》くと、二人とも「考えてみる」と言ってくれた。ぜひとも前向きに検討してほしい。

次の授業は音楽で、それぞれの担当場所に向かう。私は声楽なのでそのグループに。みんなで集まって、歌を選ぶ。そのうちの数人に、声をかけられた。

「……あの、エリザベス様。昨日は本当にありがとうございました」

「いいえ、体調はもう？」

「はい。エリザベス様方が看病してくださったからですわ」

にこりと微笑みながらお礼を伝えてくれた。他の方々からもお礼を言われて、私は緩やかに手を横に振る。

「みなさんの体調が良くなって幸いでした。休んでいる方々は大丈夫かしら……？」

「ええ、昨日よりも顔色は良かったので、明日には出席できると思いますわ」

「良かった……」

胸元に手を置いて安堵の息を吐くと、それぞれ休んでいる友人の話をしてくれた。みんな、今日のほうが体調良いみたいで、本当に良かった……

お礼を伝えてくれた令嬢たちに、私からもお礼を伝えた。みんな不思議そうな表情を浮かべていたけれど、すぐに「エリザベス様って面白い方なのね」と小さく微笑まれた。面白いかどうかはわからないけれど、こんなふうに気軽に話しかけてくれたら嬉しいと言葉にする。

そして、歌う曲を決めて練習することにした。それぞれ得意な声域が違うから、ハーモニーになるように。歌っている途中でみんな気分が高揚してきたのか、声が大きくなっていく。普段こんなに大きな声は出さないから、なんだか不思議な感覚。歌い終わるとなぜか胸がスッキリして、ほぅ、と息を吐く。

「大きな声を出すのは、スッキリするでしょう？」

声をかけてきたのは音楽の先生だ。他の学生たちも、こちらを見ていた。

「はい」

「きみたちの歌声には、魔力が乗ってないね」

「……歌に魔力を込めるのは、いけないことでは？」

「ああ。だが、慣れていない子は歌声に魔力を乗せちゃうことが多いの。思いを声に乗せるとついって子が結構いるのよね。声楽に限らず、他の楽器でもね」

声楽以外でも、音楽に魔力を乗せることができるのね……。実は、アカデミーの授業で歌うのは今日が初めてだ。初日は楽譜の読み方や曲に込められている意味を理解するとか、そんな感じの内容だったから。そして、その意味をそれぞれの楽器や声楽のグループで話し合う――そんな授業だった。音楽の授業は少なく、今日が二回目。刺繍の授業のほうが多い。……それなりに、刺繍の腕は上達している……と思いたい。

「だからこそ、音楽の授業もある意味魔法の授業なの。コントロールを覚えていて、損はないからね」

「……もしかして、先程の授業を見ていらっしゃったのですか……？」

声楽の一人が先生に尋《たず》ねる。こくりと頷《うなず》くのを見て、頬を軽くかいた。そっか、見られていたのね。……全然気付かなかった。もしかしたら精霊たちは気付いていたのかもしれないけど……ソルもルーナも、危険がないと判断したら出てこないもの。

そう考えると、ジェリーの悪意は危険がないと判断したのかもしれない。もしくは、様子見？どちらにせよ、ジェリーと対立することになりそうで、少し……いいえ、かなり気が重い。私に謝ってくれた彼女となら、良い関係が築けるのではないかとも考えたけど……理由もなく敵視してくるのはなぜなのか。彼女に関しては本当に謎が多い。

そんなことを考え込んでいたら、いつのまにか授業が終わっていた。

授業終わりに喉が渇いたからとお茶を飲みに向かう。ジーンも一緒に来てくれた。ディアは次の授業は良い席で受けたいから、と教室に急いでいた。彼女があんなに急ぐ授業は一つしかない。

「ディアの目、輝いていたわね」

「本当に好きなのね……古代語」

正直、古代語はさっぱりなのよね、私。でも、ディアが生き生きとしているのを見るのは、とても嬉しく感じた。

「……あ」

「……え？」

廊下を歩いていると、向こう側からジェリーが数人のクラスメイトたちと話しながら歩いていた。

私に気付くとバツが悪そうに視線を逸《そ》らして通り過ぎようとして――……

「きゃあっ！」

と、派手に転んだ。あまりに突然のことでびっくりしていると、彼女のクラスメイトたちが私のことを睨みつける。

「エリザベス様っ、ジェリーに足を引っかけるなんて、酷いですわ！」

「そうですよ！　先程の授業だって、自身のコントロールを見せつけるようにしていたではありませんかっ！　魔力をうまく使えない私たちへの嫌味ですか⁉」

転んだジェリーを心配するように、彼女たちはジェリーに手を差し伸べて、彼女はその手を取って立ち上がる。その目に涙を浮かべているのを見て、私はどこか他人事のように彼女たちの言葉を聞いていた。

「――エリザベスが足を引っかけた？」

ジーンの低い声が、彼女たちに向けられる。

ジーンはジェリーたちを一人一人、しっかりとその目で見つめて言葉を続けた。

「私には、ジェリー・ブライトが勝手に転んだように見えたけれど？」

腕を組んで彼女たちを睨むジーン。……私が反論しなくてはいけないことだと思うのだけど、ジーンのほうが素早かった。ジェリーは「そんな……酷い……」と涙を流しながらちらりとジーンを見る。

パンッとジーンに向けられた魔力が弾けたのが見えた。

「……あなたは本当に、ジェリー・ブライトなの……？」

その魔力には覚えがあった。女子寮に充満した、あの重苦しい魔力。

「……ジーン様はずいぶんとエリザベス様の肩を持つのですね」

ジェリーの隣に居る女性が刺々しい口調で言葉を紡ぐ。クラスが違うと名前もわからない。ジーンはそれを聞いて、小さく微笑みを浮かべた。

「当たり前でしょう？　私とエリザベスは二年前から友人。知り合って間もないジェリー・ブライトを、どうして私が信用するとお思いになったのかしら？」

自身の胸元に手を置き、ずいっと前に出て彼女たちに尋《たず》ねる。

「あら、友人関係は長ければ長いほど、良いというわけではありませんでしょう？」

「私が言っているのは、昔からの友人と知り合って間もない人。どちらのほうが信用できるかということ。問題をすり替えないで頂ける？」

……すごいわ、ジーン。悔しそうに表情を歪めるジェリーのクラスメイトたちに、ジェリーは小さく眉を下げて「ごめんなさいね」と言葉を紡ぐ。

「エリザベス様がお小さくて、見えなかったのかもしれません」

……私の身長が低いのは見ればわかることだけど、嫌味に聞こえるのは気のせいかしら。

「あなたね……」

「良いのよ、ジーン。でもおかしいわね。あなたは私とすれ違った途端に転んだ。私たちは歩いていたし、どうやってすれ違うあなたに足を引っかけられたのかしら？　足を引っかけるなら、こうしないといけないでしょう？」

すっと足を引っかけるように動かす。あまりにも不自然なポーズだ。

「言っておくけれど、私の運動神経は普通よ。歩きながら足を横に出すなんて、とても無理。ほら、私がこんな格好を、先程していたかしら？」

周りの人たちがこちらをちらちらとうかがうように見ている。そのうちの一人が、「エリザベス様の動きは自然でしたわ」と声をかけてくれた。分が悪くなったと判断したのか、ジェリーたちは眉間に皺を刻んでからなにも言わずに去って行く。……ジェリーのあの魔力。昨日の濃い魔力と同じだった。そして——覚えがあるはずだわ。あれは、二年前のファロン家の魔力と似ている……！

「行きましょう、エリザベス」

「……うん。あ、あの。お騒がせして申し訳ございません。声をかけてくれてありがとう」

「エリザベス様……いいえ、すみません。声をかけるのが遅くなってしまって」

「いいえ。本当に助かったわ。ありがとう。それでは、また」

小さく頭を下げてこちらを見ていた人たちに謝罪を口にすると、声をかけてくれた学生が申し訳なさそうに眉を下げていた。……こんなふうに、気にかけてくれる人がいる。それがとてもありがたかった。軽く手を振ってその場を去る。アル兄様に話すべき、よね。アル兄様を探さないと。

ジーンが心配そうに私を見ていたから、安心させるようににこりと笑みを浮かべて、ジーンの腕に自分の腕を絡め、彼女を見上げた。

「ありがとう、ジーン」

「私はただ、自分の友人を陥《おとし》れようとしたあの人たちに苛《いら》ついただけよ」

「それでも。嬉しかったわ」

本気で怒ってくれる友人がいる。私は本当に、良い人たちに恵まれているのだと……改めて思った。

その日の授業が無事に終わったあと、アル兄様に会いに行った。精霊たちもいるから大丈夫、と心配そうなジーンたちは部屋に戻ってもらう。昨日の今日だから、二人とも本調子ではないだろう。そんな時に、彼女たちの心情を揺らす会話は聞かせられない。

そもそも、ジーンたちにはマザー・シャドウのことを詳しく話していないのよね。面白い話ではないから。

ファロン家でのことを知っている人は限られているもの。ともかく、アル兄様に相談しないといけない。そう思って、私はアル兄様を探しに行った。

思ったよりもあっさりと、アル兄様は見つかった。「リザ？」と声をかけられ、私は真剣な表情を彼に向ける。

「アル兄様、お時間を頂けませんか？」

「可愛い妹のためなら、いくらでも。……あまり良くないことがあったようだね？」

表情に出ていたのかな、と頬に手を触れる。アル兄様はすっと手を伸ばして、くしゃりと私の頭を撫でてくれた。

「ヴィーとシリル兄様も呼ぼうか？」

「……うん。お願いしても、いいかな？」

「もちろん」

私だけでは絶対に背負えない。だから、家族と信頼できる人に相談する。……きっと、お父様もそういう意味でワガママを言って良いと……教えてくれたのだと思う。そうして、私たちは人気《ひとけ》のない場所に向かった。アル兄様が「ちょっと待ってて」とヴィニー殿下とシー兄様を呼びに行く。

精霊たちが顔を出したので、「出ておいで」と声をかけた。抱きつくように飛び出してきたソルとルーナを抱きとめる。

「どうしたの、そんなに心配そうな顔をして」

「……ジーンに助けられたな」

「ルーナたちが声を上げると、混乱するかと思って……」

やっぱり気にしていたみたいね。もしもあの場面でソルとルーナが飛び出して来たら、この子たちが悪者扱いされていたかもしれない。……それは、絶対にいやだ。

「……よく我慢してくれたね」

「エリザベスを悪く言うやつらは嫌いだ」

「ルーナも！　でも我慢した！」

ソルの言葉にルーナも声を上げる。……ありがとう。そう伝えると、すりすりと頬に擦り寄ってきた。くすぐったくて、思わず笑ってしまう。

「お待たせ……って、あれ、邪魔しちゃった？」

「平気よ、アル兄様。ソル、ルーナ、ちょっと離れてね。そして、防音と結界をお願い」

「エリザベスが望むなら」

「はーい！」

ソルとルーナが離れて、防音魔法とこの場に入れないように結界魔法を張る。ついでに私たちがここにいるのを知られないための幻影魔法も使われたようだ。

「それで、リザ。オレたちに用があるんだろう？」

三人の顔を見つめて、こくりと頷《うなず》く。そして、昨日の女子寮に満ちていた魔力のこと、今日のこと、――二年前のファロン家の魔力を感じたことを話した。

「……昨日、女子寮でそんなことがあったのか」

「昨日はこっちもバタバタしていたからな……」

お兄様たちがそう呟き、それからヴィニー殿下は……ちらりと自身の影に視線を落とす。

「シェイド、気になることがあるのか？」

肯定するように、ゆらり、とヴィニー殿下の影が揺れた。

するすると影から出てきたのは、彼の護衛の精霊だ。……姿を現してくれるなんて、私の存在に慣れたのかしら？　と、思ったらソルとルーナがその精霊に突進していく。

「そ、ソル？　ルーナ？」

「シェイド！」

「久しぶりー！」

……あ、仲間に会えて嬉しかったのね。シェイドの周りをくるくると駆け回るルーナに、じーっと見つめるソル。シェイドはぺこっと頭を下げた。……なんというか、精霊たちってみんな、個性的なのかしら？

「それで、気になることって？」

こほんとヴィニー殿下が咳払いを一つしてから尋《たず》ねた。シェイドはわたわたと身振り手振りをしながら小声で話す。

「……闇の魔力を、感じました」

「闇の魔力？」

「はい……あのクラスの闇の魔法使いには、一人心当たりが……」

「……マザー・シャドウ……？」

シェイドは何度も頷《うなず》いた。……王族の『影』を産んでいた彼女。自身は闇の属性を持っていたのかしら？

「しかし、おかしいのです……。あの女性の肉体はもう……滅んでいるはず……」

不老にはなったけれど、不死ではない。ソフィアさんの言葉を思い出した。姿を変えたとしても、魔力で見破れるはず。……でも、なんだろう。なにかが引っかかるような……？

「肉体が滅ぶと、魂はどうなるんだ？」

「天に召されます。……本来なら」

「本来なら？　違う場合もあるってこと？」

アル兄様が首を傾《かし》げて問うと、シェイドはさっとヴィニー殿下の後ろに隠れてしまった。

「……もしも、もしもよ？　ジェリー・ブライトが本来の『ジェリー・ファロン』だとしたら？　ファロン家の血を引いているのなら……マザー・シャドウと魔力の相性はどうなるの……？」

「良いだろうな、ソファロン家の血筋となら」

「……なーんか、ルーナ、怖いこと想像しちゃったんだけど……。もしかして、エリザベスも？」

問われたことに小さく頷《うなず》く。三人が私を見て、説明を求めた。

「マザー・シャドウの肉体は滅んだ……、として……ジェリーから二年前のファロン家の魔力を感じたの。それはつまり、彼女の体にジェリーの魂とマザー・シャドウの魂が入っていて、私に悪意を向けるのは、マザー・シャドウの意識の時なんじゃないかって……」

「そんなことが可能なの？」

「不可能ではない。禁じられた魔法だがな」

ソルがきっぱりと言い切った。それを聞いていたヴィニー殿下は口を閉ざす。そして、なにかを考えるように目を伏せて、それから顔を上げる。

「アル、力を貸してほしい」

「ヴィー？」

「ブライト商会に、ファロン家の産婆がいた。彼女の血の記憶を見てほしい。そうすれば、彼女が本当に『ジェリー・ファロン』なのかがわかるだろう」

「……それはいいけど、その人協力してくれるの？」

「協力してもらうんじゃない。させるんだ。なんのための地位だ？」

ヴィニー殿下がにやりと口角を上げる。それを見て、アル兄様も同じように笑う。……シー兄様は少しだけ呆れたように二人を見て大きくため息を吐いた。

姿を変える魔法ではなく、誰かの体に入り込む魔法……。そんな魔法があったなんて、知らなかった。もしも私の仮説が正しかったら、彼女は今……きっと戦っているのよね。

そして私たちは、今度の休みにその人のところに行く約束をし、しっかりと自己防衛することを誓い合って解散した。……私とルーナの勘違いなら良いのだけど……いえ、まだ確定したわけではないもの。まずは確認するところから始めないとね。

念のため、私はアル兄様に女子寮の近くまで送ってもらう。女子寮内に足を踏み入れると、昨日ほどではないけれど、また魔力が充満しているような気がした。……私はまとわりついてくる魔力を感じて、精霊たちを呼ぶ。このくらいなら私だけでもなんとかなるだろう。

精霊たちと一緒に部屋まで歩き、今日はここから魔力を吹き飛ばすことにした。すでに帰ってきていたジーンとイヴォンが手伝おうか？　と聞いてくれたけれど、首を横に振って断った。二人に無理をさせたくなかったから。

「ソル、ルーナ、補助をお願いね」

「わかった」

「任せて！」

部屋の窓を開けて、昨日と同じように目を閉じて祈る。——どうか、この魔力を吹き飛ばして、と。ソルが声をかけるまで、ずっと。

「もう大丈夫だ」

「……良かった。でも、まるで……いたちごっこね。吹き飛ばしても戻り、じゃあ……」

「禍根《かこん》を断《た》たないと、無理じゃないかなぁ？」

「……そうよね」

ルーナの言葉に両肩を上げると、ジーンとイヴォンが私に近付いて、心配そうな表情で「体は大丈夫なの？」と問う。昨日の魔力よりも弱いから、そんなに苦ではないことを伝えると、ホッとしたのか安堵の息を吐いていた。けれどすぐに、イヴォンががしっと私の肩を掴む。

「無理はしちゃダメよ。絶対に」

「わ、わかっているわ」

「それならいいの。無理して倒れては、元も子もないでしょ？」

にこりと微笑んで私の頭を撫でる。少しくすぐったい気持ちを感じながら、うん、と返事をすると、持ち歩いていたイヤリングからディアの声が聞こえた。

『リザ、今……少し良いかしら……？』

私は二人に視線を向ける。彼女たちは連絡が来たからか、少し離れた。会話を聞かないように、という配慮だろう。

イヤリングを取り出して、耳に装着してディアに話しかける。

「どうしたの、ディア？」

『その、……今から言う場所に来てくれる？　わたくし、どうすれば良いのかわからなくて……』

困惑したような彼女の声に、私は二人に「ちょっと行ってくるわ」と言葉を残してから部屋を飛び出る。精霊たちもついてきてくれた。

ディアが伝えた場所に急ぐ。彼女は人通りの少ない階段にいると言っていた。寮内もこの前イヴォンが案内してくれたから、大体の場所は覚えている。おそらく、あの場所だろうと当たりをつけて駆けていく。

——正解のようだ。人通りの少ない階段。そこにいたのは階段に座って顔色を真っ青にしているジェリーと、そんな彼女に付き添っていたディアだ。

ディアは私の姿を見ると、ホッとしたような表情を浮かべて「こっちよ」と手を大きく振る。

「どうしたの？」

「それが、いきなり座り込んでしまって……苦しそうで、どうすればいいのかわからなくて……」

ディアが戸惑いのまま言葉を紡ぐ。……確かにジェリーは苦しそうだ。彼女の顔を覗き込むと、彼女の瞳には涙が浮かんでいた。

「……具合が悪いの？」

なるべく優しい声になるように問いかけると、ジェリーは頷《うなず》いた。ソルとルーナも一緒に彼女を見つめる。ぽろぽろと大きな涙を流すジェリーに、あの時のいやな魔力は感じない。

「――たすけて……」

「ジェリー？」

「私が、私じゃなくなっていく感覚がするの……っ。なにかに、飲み込まれそうで……！」

カタカタと震えて自分の体を抱きしめているジェリーに、私はひゅっと息を呑《の》んだ。……私とルーナの仮説が正しいのだとしたら……彼女は、たった一人で戦っているのだ。

「……助ける。助けるわ。あなたは、利用されていい人じゃない……！」

私の言葉に答えるように、ジェリーは顔を上げて視線を合わせる。そして、ふっと気を失ってしまった。ルーナにお願いして大きくなってもらい、彼女を医務室へ連れていく。ディアもついて来てくれた。

医務室の先生に事情を説明すると、こちらで様子を見ておく、と言われたので私たちはそれぞれの部屋に戻ろうとした。――すると、普段ジェリーと一緒にいた人たちが医務室に入ってきて、睨みつけてきたのだ。なので、軽く事情を説明する。

「そんなの信じられませんわ！」

大声で言われて、私は右手の人差し指を立て口元に添えた。

「信じる、信じないはあなたたちの勝手だけれど、ここは医務室なのだから、声は抑えてください」

ジェリーも休んでいることだし、と言葉を続けると、彼女たちはぐっと言葉を呑《の》み込む。ディアはおろおろとしていたけれど、すぐに凛とした佇《たたず》まいになる。

「リザはわたくしが呼んだの。責めるのなら、わたくしを責めるのが筋ではなくて？」

さすがに他国の王女を責めるわけにもいかないと思ったのか、視線を逸《そ》らしてジェリーの元へ向かった。

ジェリーはジェリーで友人を作っているはずなのに、助けを求めたのは……。あのクラスメイトたちは、本当にジェリーの友人なのだろうか。それとも――……

彼女を心配して医務室まで来たらしいクラスメイトたちを残して、私たちは医務室を去った。寮の自室までディアと一緒に戻り、ジーンとイヴォンにも先程のことを伝えると、ジーンの眉がぴくりと跳ねあがる。それを見たイヴォンは肩をすくめ、ディアが「わたくしが巻き込んだばかりに申し訳ないわ……」とうつむいてしまった。

「ディアのせいではないわ」

きっぱりとジーンがそう口にする。私もそう思う。それに……ディアが頼ってくれたのがとても嬉しい。

ジーンは胸元に手を置いて、自身を落ち着かせるように深呼吸をすると、こちらを見た。

「エリザベス、大丈夫？」

「平気よ。ありがとう、ジーン」

「……それにしても、やたらにリザを悪者にしようとするのね、その人たち」

学年もクラスも違うイヴォンがぽつりと呟く。少なくとも、イヴォンが在籍しているクラスと、私たちが在籍しているクラスでは、こうしてあからさまに悪意を向ける人はいない。

……そう、ジェリーの在籍しているクラスだけなのだ。私に対して、明らかな悪意を示すのは。

ジェリーは入学祝のパーティーの頃からだったけれど……私は目線を下げ、それからパンっと自分の両頬を叩いた。

「り、リザ？」

「ジェリーが私に、助けを求めたの」

ジンジンと広がる痛みを感じながら、今も一人で戦っているだろう彼女を思い、視線を上げてみんなを見る。

「私は彼女を助けたい。いいえ、助けるわ」

そう断言すると、三人はそっと私の手に触れて、小さく頷《うなず》いた。

「手伝うわ」

「わたくしも」

「できることがあるなら、言ってね」

みんなが協力してくれる。その優しさがとてもありがたくて……同時に、巻き込んでしまうことになり、申し訳なくも思った。……でも、私はもう知っている。こういう時に、なんて伝えれば良いのかを。

「ありがとう、とても嬉しいわ」

以前の私なら、きっと言えなかった言葉。……これも、成長の一つ、なのかしら？

「今度の休みにアル兄様たちと出かけるの。そのあいだに、変わったことがあったら教えて？」

「アルフレッド様たちと？」

「ええ。……ファロン家で産婆をしていた人が、ブライト商会にいたみたいなの」

みんなが言葉を呑《の》んだ。それから、真剣なまなざしを私に向ける。

「それって……」

「ジェリーのことを調べるわ」

彼女が本当にファロン家の……本当の娘なら、私の異母妹ということになる。半分とはいえ、血を分けた姉妹。……彼女がどうして私に助けを求めたのかはわからない。無意識ながらに、姉だと勘付いているのかもしれないし、ただ単にアンダーソン家の者だからかもしれない。

でも、助けを求める姿を見て、見放したくはなかった。

「……ブライト商会は今、怪しい動きをしているから気をつけて」

忠告するようにジーンが言葉をかける。彼女に顔を向けて小さく頷《うなず》いた。何事も、慎重に進めないとね。

その後、ジェリーは目を覚まして、翌日から授業に出ていたようだ。彼女のクラスメイトたちは、日々、私に対しての悪意を向けてくることが多くなった。だが、そんなことを気にしないでいつも通りに過ごしていた。――悪意には慣れている。慣れているからこそ、放っていたのだ。いつか、耐えきれなくって私に向かってくる、その日を――……

そして、休日になった。私とアル兄様、シー兄様、ヴィニー殿下はファロン家で産婆をしていたという女性に会いに行った。

彼女が暮らしている家を見た時、小さな家だと思った。まるで隠れているような……ひっそりとした佇《たたず》まいの家だ。どうしてこんなところに住んでいるのだろうと考えていると、シー兄様が扉をノックする。

「……誰だい？」

「初めまして、ミセス。少々お尋《たず》ねしたいことがあるのですが……」

扉を小さく開いて、おそるおそるというように顔を見せる女性。……彼女が、産婆？

「なんだい、あんたたち……？　……っ、そ、の……子は……」

眉をひそめて確認するように顔を回し見て、私の存在に気付くと息を呑《の》んだ。シー兄様はがしっと玄関の戸を掴んで、彼女に声をかける。

「うちの可愛い妹の件で、聞きたいことがあるんだ」

「い、妹……!?」

「協力してくれるよね、ミセス？」

すっとヴィニー殿下が一歩前に出て、なにかを取り出して見せる。それを見た彼女は可哀想になるくらい青ざめて「ひっ」と短い悲鳴を上げた。

「お、王族……!?」

……王族の証でも見せたのかしら？　彼女はふらふらとしながら、なんとか私たちを家に入れてくれた。アル兄様がヴィニー殿下の腕を突いて、

「怯《おび》えさせてどうするのさ」

と小声で話しかけた。ヴィニー殿下はアル兄様に視線を移して取り出したものをしまいながら言葉を紡ぐ。

「仕方ないじゃないか、こうでもしないと中に入れてくれなかっただろうしね」

ひそひそと話す二人を見て、眉を下げるしかできなかった。……私を見て、彼女は驚いたような表情を浮かべていたけれど……それは、私の銀色の髪と黄金の瞳を見たからなのか、それとも別の理由があるのか……

「お、王族にだすには……あまりに安いお茶ですが……」

「あ、お気遣いなく」

シー兄様は率先してお茶を飲む。そして、アル兄様とヴィニー殿下に向けて小さく首を縦に振る。……毒見を、したようだった。

「……それで、この老いぼれになんの用でしょうか」

「さっき、僕の妹を見て驚いていたよね。誰かに似ていた？」

アル兄様がいきなり切り出した。彼女はさっと視線を逸《そ》らす。……その『誰か』が気になるところね。ジェリーなのか、……別の人なのか。

「なにが知りたいんだい……？」

訝《いぶか》しむように眉間に皺を刻み、落ち着かない様子でテーブルの上に置いた手を震わせている。

「アカデミーに在籍しているジェリー・ブライトが、ファロン家の子ではないかということを」

私の言葉に、ばっと顔を上げてこちらを見つめる女性。その表情は怯《おび》えを含んでいて……カタカタと体を震わせて顔を隠すように両手で覆い「……そうか」と呟いた。

「表に出てしまったのか……」

ジェリーがアカデミーに通っていることを、知らなかった……？

「あなたがファロン家で産婆をしていたことは知っている。僕らが求めるのは、真実だ。そのために、あなたの血を一滴頂きたい」

アル兄様の真剣な表情と硬い声に、「血……？」と両手の隙間から言葉をこぼす彼女。アル兄様は小さく頷《うなず》く。

「僕の名はアルフレッド・アンダーソン。巫子の力を継いでいる」

「あ、アンダーソン公爵家……！」

「そう。二年前に、ファロン家の子どもを養女に迎えたアンダーソン家の者だ」

シー兄様がちらりと私に視線を向けた。彼女は両手を顔から離すと、苦しげに胸元に手を置いて、服をぎゅっと握った。

「……僕の魔法で、あなたの過去を見たい。なぜ『ジェリー』が生きているのかを、確認したいんだ」

胸元のポケットから、一枚の紙を取り出す。アル兄様の作り上げた魔法の力を、私は身をもって知っている。女性は迷うように視線をあちこちに巡らせ——観念したように自分の手を差し出した。

「協力、感謝します。それじゃあ、一滴もらいますね」

針を取り出して、差しだされた手にぷすっと刺し、その血が紙に落ちた。アル兄様が紙に手をかざし、魔力を込めるとあたりがぼやけ始めた。——『血の記憶』が始まる。

◆◆◆

——押し付けられた赤ん坊の息はなく、このままここで命を落としてしまうのかと憐《あわ》れに思い、そっとその小さな背中を擦《さす》る。すると体が震えたように見えた。次の瞬間には泣き出し、驚いてファロン家に戻ろうとした。

——だが……本当に戻しても良いのだろうか、一瞬考えてしまった。

愛する妻を差し置いて、別の子どもを作った人間が近くにいて、本当にこの子は幸せになれるのだろうか？

そう考えて、ファロン子爵には赤ん坊はそのまま亡くなったと伝えて、こっそりと連れて帰ってきた。

以前、奥様から聞いた双子の名前を一つ、頂いた。それだけのことはしても良いだろう。この子はジェリー。ジェリー・ファロンになれなかった、憐《あわ》れな子。……この子を引き取ってくれる人に、心当たりがある。

ブライト商会。大きな商会になり始めたところ。子どもを望んでいたが、どちらも不妊のようで、そのことで多少夫婦仲がぎくしゃくしていると耳に届いていた。ブライト家の奥方は、自身の娘の親友だからだ。……頼んでみようと娘に声をかけ、ブライト家に向かった。

ブライト家の夫人は、私の提案に驚いたようだが、それでも子がほしいという欲求のほうが勝ったようで、ジェリーを引き取ることを決めてくれた。ほっと胸を撫でおろし、ファロン家でのことを話す。すると痛ましそうに表情を歪めたブライト家の人たち。

……きっと、この家なら幸せにしてもらえるだろう。たとえ、表舞台に立てなくても。……そう、思っていた。

『あの、マールさん。良ければ、あなたもここで一緒に暮らさない？』

『私が、ですか？』

『ええ。私……子どもを育てるのは初めてだから……あなたがいてくれたら心強いのだけど、どうかしら？』

その提案は私にとって、とてもありがたいものだった。憐《あわ》れな子が幸せになっていく様子が見られるのは、とても嬉しかった。二つ返事でその話を受けると、ブライト家の人々は私も受け入れてくれた。――なんて優しい人たちなのだろうか。

すくすくと育つジェリーを見守りながら、彼女が表舞台に立たないように細心の注意を払った。彼女は生まれつき体が弱くて部屋で寝込んでいる、という設定を作り上げたのは、いずれ出会うであろう彼女の妹と異母姉を思ってのことだった。できるだけ、彼女たちとは会わせたくなかった。

たまにファロン家の様子を見に行った。こっそりと。遠目から見ても、あの家族は幸せに暮らしているのをこの目で確認した。安堵とともに、どうして？　という気持ちが胸に渦巻く。

ジェリーとして生まれた少女は表に出ることなく、ファロン子爵の過《あやま》ちで生まれた子は幸せに暮らしている。……とても複雑な気分だった。悪いのはファロン子爵だというのに……だが、その幸せそうな暮らしも終わりを告げる日が来た。

ファロン家の長女が火傷《やけど》を負《お》ったと聞いた時、私は――……当然の報いだ、と思ってしまった。子に罪はないというのに……なんと、醜い人間なのだろうか。こんな人間が、彼女の傍《そば》にいるべきではない――そう、思っていたのに。

『マールおばさま！』

両手を伸ばして抱っこをねだるジェリーが可愛くて、離れられなかった。私はファロン家の様子を見に行くことをやめた。もう、ファロン家の人たちは関係ない人たちだから。今はただ、ジェリーを大切にしたい。そう思って、彼女の成長を見守っていた……

だが、月日が流れて、ジェリーが大きく成長し、外への憧れを口にするようになった。表に出せない理由を告げるわけにはいかない。そして、ずっとブライト家に閉じ込めるわけにもいかない。わかってはいた。だが――もう少し、もう少しだけと先延ばしにしていたのだ。

……だから、なのだろうか。外の世界の話をするあまりにも美しい女性に、ジェリーの関心が向いたのは……

その女性は突然現れた。絶世の美女、とはこのことをいうのだろうか。艶のある髪にメリハリのある肉体。男性はもちろん、女性すら魅了する彼女。……ブライト商会に彼女が来てから、歯車は狂っていった。

彼女は職を失ったため、求人していたブライト商会の面接に来たらしい。……求めていたのは接客だったが、ジェリーが彼女のことを気に入ったため、彼女の家庭教師として雇われた。元からいた家庭教師は解雇されてしまい、泣く泣くブライト商会から去って行った。思えば、そこからおかしかったのだ。

ジェリーの家庭教師は、ブライト商会でも古くから勤めていた貴族の未亡人だった。未亡人となった女性に同情して家庭教師として雇ったのに、そんな彼女を解雇して追いやり、新たに雇うなんて……

少しずつ、ブライト商会の雰囲気が悪くなっていくのを感じた。

『実は、私にも子どもがいたのです。ですが、取り上げられてしまって……そう、ジェリーお嬢様と同じくらいの子なのです』

はらはらと涙を流しながら子を思う母を見せる彼女に、ジェリーは『そうなの……』と憐《あわ》れみの視線を向け、慰めるように背中を擦《さす》っていた。徐々に、徐々に……ブライト商会は彼女の手の中に堕《お》ちていく……そんな感覚を覚えて、ぞっと背筋が凍る。

決定的だったのは、ブライト商会の会長であるジェリーの父親と、家庭教師が関係を結んだことだった。ジェリーはその場面を目撃してしまったらしい。

その日からジェリーは父親を軽蔑し、家庭教師に対しても辛辣《しんらつ》な態度を取った。だが、家庭教師

はなんと言ってジェリーを丸め込んだのか、数日もすれば彼女にだけは態度を改めた。そのことについて尋《たず》ねると、

『お父さんが悪いのだもの』

と、一言だけ口にした。感情のない、声だった。

ジェリーは彼女を守るようにべったりと一日中、傍《そば》にいた。それが二年くらい続き、そのあいだにブライト夫妻は冷え切った関係となり、ブライト商会の中はあまりにもギスギスとした空気が流れ――……私は突然、解雇された。

『――もうあなたは要《い》らないの』

ジェリーの口から感情のない声が発せられる。その時の驚きと悲しみは誰にもわからないだろう。虚《うつ》ろな瞳で私を拒絶したジェリーに、なにも言えなかった。……私は、その場から逃げ出すように彼女を残して足早に去ってしまった。

後日、家庭教師だった女性が姿を消したという噂を耳にした。ジェリーは気落ちしているのではないかと心配になり、ブライト商会に近付き、彼女の様子を確認する。

彼女は私に気付くことなく、分厚い本を手にして、その本を愛おしそうに撫でて微笑む。

『――この本を、素手で触れる日が来るなんて……』

うっとりとした声だった。恍惚の表情を浮かべて、ジェリーはぎゅっと本を抱きしめた。

なんの本だったのかはわからないが、よほど大切な本だったのだろう。

『うふふ。やっぱり彼の子だけあって、魔力はそこそこに高いわね。……でもやっぱり、私の子よ

りは劣るか。……それでも、上質な肉体だわ。これでもっと、あなたの意識が弱ければ良かったのに。ねえ、ジェリー？』

くすくすと笑いながら自身の体を抱きしめるジェリーの姿を見て、ぞくりと背筋に冷たいものが流れた。

『……っ、抗うか……っ、まぁ、いいわ。この肉体に私とあなた、どちらの魂が残れるのか……勝負してみましょう』

口元を歪めて笑う、ジェリー。……あれは、あの子じゃない……！　そのことに気付いて、私は『彼女』に詰め寄った。ジェリーを返して、と。……だが、その願いは叶わなかった。

ジェリーは『そうしたの？　マールおばさん』とキョトンとしていたからだ。この子は、自分の体に他の人間の魂が宿っていることに気付いていないようだった。

……いや、もしかしたらあの女が気付かせないように細工をしていたのかもしれない。

ブライト商会を追い出された私は、この家に引っ越した。せめてもの温情だ、と会長は言っていた。もう、ブライト商会でなにが起きているのかわからない。ジェリーのフリをするあの女の目的はいったい――……？　そこで、はたと気付く。

覚えていないのだ。ジェリーの家庭教師の顔も、姿も。……絶世の美女だと思っていたはずなのに、まったく思いだせない。……その時感じたのは、恐怖だった。得体のしれないものに出会ったかのような、恐怖。あまりの恐ろしさに、私は――ジェリーに会いに行くのを、諦めてしまった――……

◆◆◆

彼女の『血の記憶』を見て、私はぎゅっと自分を抱きしめるように両腕を交差させて掴んだ。

ヴィニー殿下が、そっと私の肩に手を置く。じんわりと伝わってくる彼の体温に顔を上げると、心配そうなまなざしで見つめられていた。

「――これで、確定……だね」

「まさか、こんなことが可能だなんて……」

「禁忌魔法だろうね。ジェリーは、ずっと耐えていたんだね……」

アル兄様が苦々しそうに表情を歪めた。血をもらった女性――マールさんは、魔法の効果か記憶を見たショックかで呆然としている。

「――ご協力、ありがとうございました」

そっと立ち上がったアル兄様が、彼女に眠りの魔法を使う。意識を失った彼女を、シー兄様が抱き上げてベッドまで運び、彼女が目覚めるまでここにいることにした。

「……ジェリーが抱えていた本、見覚えがあるわ」

ぽつりと言葉をこぼすと、みんな視線をこちらに集中させる。三歳の頃、私の顔に火傷《やけど》を負《お》わせた本。……それを持っているということは、マザー・シャドウが絡んでいるのはもう間違いない。

自分の心を落ち着かせるように深呼吸を繰り返し、視線を下に落として拳をぎゅっと握る。

「……私は、どうすれば、ジェリーを救える……？」

独り言のように呟くと、シー兄様とアル兄様が近付いて来て、それぞれぽんぽんと私の頭や背中を撫でた。びっくりして目を丸くすると、アル兄様たちは「一人で抱え込まないで」と声をかけてくれた。

「ありがとう、みんな」

胸の奥が熱くなる。……そうよ、私には、みんながいてくれる。

「ところで、かなりショッキングなことを思い出させるような魔法だったけど、大丈夫なのか？」

心配そうにちらりとマールさんを見てから、アル兄様に視線を移すシー兄様。

「血の持ち主は、記憶を見たことを忘れるように調整したから……起きたら覚えていないはずだよ。針に刺されたことくらいは覚えているだろうけど」

「……それも心配だけど、オレが心配しているのはお前のほうだからな？」

シー兄様が肩をすくめてアル兄様に声をかけると、目を瞬《またた》かせて自分を指《さ》すアル兄様。心配されていることが嬉しいのか、恥ずかしいのか、ほんのちょっと顔を赤らめてムッとした表情を浮かべる。

「子ども扱いしないでよ。僕なら平気だから！」

「いや、成人していないから子どもだろ」

仕方ないなぁとばかりにシー兄様がアル兄様の頭に手を置いて、くしゃくしゃと撫でると「ちょっと！　シリル兄様！」と怒っているような、どこか嬉しそうな声を上げていた。それを見ていたヴィニー殿下がくすりと笑う。

「本当、いつ見ても仲が良いよね」

「そうか？」

「そうだよ」

シー兄様が目元を細めて微笑む。アンダーソン家の兄弟って、確かに仲が良いのよね。シリル兄様もお休みの日のたびにアンダーソン邸に戻っては、エドの遊び相手になったり、長期休暇で帰ってきたアル兄様と剣を交《まじ》えたり……あ、もちろん私にも優しくしてくれるけどね。

「その仲の良さは、羨ましいものだと」

「ヴィー……」

ほんの少し、寂しそうに微笑むヴィニー殿下に、アル兄様が複雑そうに表情を歪めた。

そういえば、私は殿下のお兄様たちに会ったことがない。王宮に行くことはあったけれど、アンダーソン家のいつも使っている部屋と魔塔に行くくらいだった。

ヴィニー殿下は三男だから、上に二人の兄がいるはず。

「あの人たちは相変わらずなの？」

「相変わらずだね。ぼくが何度も王位は要《い》らないって言っても、聞いているんだか、いないんだか」

呆れたように肩をすくめるヴィニー殿下に、なんて声をかければ良いのかわからなくて、シー兄様を見上げる。

「……アル、ヴィンセント殿下。ちょっと買い物してくる。リザ、一緒に行くか？」

「うん！　アル兄様、ヴィニー殿下、彼女の様子を見ていてくださいね」

シー兄様に誘われた私は、彼の手を取って家から出ていく。外を並んで歩いていると、ぴたりとシー兄様の足が止まった。

「シー兄様？」

「悪いな、リザ。連れ出して」

ふるふると首を横に振ると、シー兄様はホッとしたように表情を綻《ほころ》ばせる。

「……アンダーソン家のように、兄弟の仲が良いのは珍しいの？」

私とジュリーの場合は特殊だと思うから、シー兄様に尋《たず》ねてみた。シー兄様は「んー……」と考えるように唸《うな》ったあと、私に視線を向けてから再び歩き出す。

「オレらの仲が良いのは、それぞれの役割をしっかりわかっているから、だと思う」

「役割？」

「そう。アルが跡継ぎ、オレが補助、エドは……保留。なにになりたいかは、エド自身が決めることだからな。……もちろん、リザも」

「なにに、なりたいか？」

「……アルが生まれた時にさ、巫子の力がほとんどアルに継がれたことを知った。オレに流れる巫子の力は、エドより多いか少ないか、結構曖昧。だからこそ、アルが生まれてすぐに、ああ、この子が跡継ぎかって納得した」

……シー兄様が淡々と話してくれている。アル兄様が生まれた時から、補助に回ろうと考えていたのかな？

「アカデミーを飛び級して、騎士団に入って実戦経験を積んだのも、いつかアルが跡継ぎとして立つ時に支えになれたら、と思ったんだ。いろいろ、アルとは揉めたけどね」

「アル兄様と？」

「ああ。アルはオレのことを尊敬してくれているからね。アンダーソン家の跡継ぎはオレのほうが良いって聞かなかった。でも、アンダーソン家は巫子の一族だから、巫子の力が一番強いアルが継ぐべきだって、何度も話し合った」

知らなかった。アル兄様たちが、そんな話し合いをしていたなんて。シー兄様を見上げると、彼は優しく微笑んだ。

「王家でも、巫子の力は重宝されている。第一、第二、第三王子といる中で、巫子の力を強く継いだのはヴィンセント殿下だ。上の二人からすれば、妬《ねた》ましい対象なんだよね、困ったことに」

ヴィニー殿下が妬ましい対象……想像以上に、ヴィニー殿下たちの仲は悪いのかもしれない。

「ただヴィンセント殿下は、リザも知っての通り魔術専攻だ。王位に興味がないとハッキリ宣言もしている。……それもまた、上の二人には面白くないのかもしれないけどね」

「……えっと、なぜですか？」

「王位継承権は捨てられない。陛下が選ぶ基準がどうかはわからないが、王位に興味がないくせに一番王位に近い場所にいると考えられている……かもしれない。ヴィンセント殿下が思っていなくてもね」

……ヴィニー殿下は、きっと本気で王位を継ぐつもりはないだろう。魔法に夢中になっている彼を見ていればわかる。……陛下は、どうお考えなのかしら……？

ぐるぐると思考を巡らせていると、果物を売っているお店の前に来た。立ち止まって数個買い、さらに別のお店で飲み物も。ついでとばかりに屋台の食べ物も買って、気が付けば大量の荷物になっていた。

「お、重くありませんか……？」

「平気平気。まだ持てるよ」

シー兄様ってやっぱり力持ちね。

「よし、そろそろ戻ろうか」

「は、はい……」

大量に食べ物を買い込んだシー兄様と一緒に、アル兄様とヴィニー殿下の元へ向かう。一つくらい持ちます、と手を伸ばしたけれど、シー兄様は「重いからだめ」と笑顔で断られる。

せめて扉を開けようと思ったのだけど、私が開ける前にアル兄様が開けてくれた。

「わ、どうしたの、そんなにいっぱい」

「腹減ったろ？　悪いけど、この家で食べさせてもらおう」

大量に買い込んだ食べ物たちをテーブルに広げたシー兄様は、飲み物を取り出すとポケットから小瓶を取り出して、アル兄様に渡した。見覚えがある小瓶だ。確か、魔力を回復させる薬。アル兄様がいやそうに小瓶とシー兄様を交互に見る。

「先に飲んで、美味しいもので口直し。な？」

「……わかったよ」

イヤそうに渋々と小瓶を受け取り、蓋《ふた》を外すと一気に飲み干す。「ほら、こっち」とシー兄様が買ったジュースを渡すと、それも一気に飲み干した。……どれだけ不味《まず》かったのだろう。

「……あれ？」

「どうしたの、アル？」

「……いや、すごくさっぱりしたな、と思って……」

「言ったろ、美味しいもので口直しって。魔力回復ポーションと、このジュースって相性が良いみたいで、ポーションの後味を消してくれるんだ。騎士団でいろいろ飲み比べして発見したんだよ」

シー兄様が自慢げに話すと、アル兄様は一言「もっと早く知りたかった……」とうなだれた。それを発見するまでに、どれだけポーションとジュースを飲んでいたのかしら……？

「それなら、ポーションとジュースを混ぜるのは？　飲みやすくならない？」

ヴィニー殿下が目をキラキラと輝かせてそう尋《たず》ねると、シー兄様は緩やかに首を横に振った。

「そうすると、ポーションの後味がいつまでも残ってしまって、ダメでした。別々のほうが良いです」

「そっかぁ……まぁ、美味しいポーションになったら飲み過ぎて、どんな後遺症が出るかわからないしね……」

残念そうにがっくりと肩を落とす姿を見て、ふと疑問を抱き口にする。

「後遺症？」

「自身が保有するよりも多い魔力量になったら、どんなことが起こるかわからないでしょ？」

「……そうですね」

確かに、そんなことになったら魔力が毒になってしまう。恐ろしい想像をしてしまい、ふるふると首を横に振った。みんなで会話をしていると、「……う、ん？」とマールさんが目を覚ました。

そして、ぼんやりと私たちを見て、テーブルに広がる大量の食べ物を見て、ぽかんと口を開けた。

「……なんだい、その大量の食べ物は」

「あ、お目覚めですか。ちょうど良かった。温かいうちにみんなで食べましょう」

さぁ、お手をどうぞ、とシー兄様がマールさんに近付いて手を差し伸べる。マールさんは困惑した表情を浮かべながらも、その手を取って起き上がった。

「……ところで、私はなぜベッドに横になっていたんだい……？」

「ああ、すみません。僕の魔法が原因だと思います」

しれっとそう言うアル兄様に、彼女は「そうかい……？」と呟いた。全員が席につき、マールさんはシー兄様に渡された食べ物を、もぐもぐと食べる。まだぼんやりしているのかな？　どこを見ているのかよくわからない。……ただ、『血の記憶』についてはなにも話さなかったから、アル兄様の魔法は本当にすごいな、としみじみ感じた。

なぜ共に食事をしているのか、という疑問すら抱いていないようだった。そして、ぼんやりとしていた彼女は、食べているうちに覚醒したのかハッとしたように顔を上げ、それからまた食べ始めた。全員が屋台の食事を食べ終わり、デザートとして果物を食べたあと、ゆっくりと彼女が息を吐く。

「……ジェリーは、元気そうですか？」

「……ええ、とても。ただ……」

尋《たず》ねられたことに答えようとして、言い淀《よど》んだ。目線を下げてテーブルを見つめると、マールさんがぽつりと言葉をこぼす。

「……私は、あの子から逃げてしまった。逃げた私が、あの子のことを気にするなんて、おかしな話ね……」

「ッ、そんなことはありません！」

私はテーブルに手をついて立ち上がった。その勢いに、マールさんは驚いたように目を大きく見開く。深呼吸をしてから、彼女に近付いた。

「あなたはジェリーの恩人ですもの。……いつか、いつかきっと……また笑い合える日が来ます。……絶対に」

「……そうだと、……いいんだけどね……」

マールさんは戸惑うように視線を動かし、それから私の目を見て、力なく微笑んだ。

……この方は、ずっとジェリーの身を案じてくれていたのだろう。

マザー・シャドウが来なければ……ブライト家はきっと仲の良い家庭をずっと築き上げていたの

かもしれない。……彼女の目的は……いったい……？

私たちは彼女にお礼を伝えてから家をあとにした。シー兄様たちと街を歩く。個室もあるカフェに入り、全員が飲み物を注文して、飲み物が届いてから精霊たちを呼び出し、防音と結界の魔法をお願いする。快《こころよ》く魔法を使ってくれた。

「……さて。とりあえず、ジェリー・ブライトの中に、マザー・シャドウの魂が宿っているのは確定だろう」

「問題は、どう解除すればいいのか、だね」

アル兄様が重々しく口を開く。『血の記憶』のおかげで、私とルーナの考えていることは確信に変わった。マザー・シャドウの姿は朧気《おぼろげ》だ。ソフィアさんから、彼女は不老ではあるけれど不死ではないと聞いている。……あの肉体に限界が来たから、ジェリーの体を狙った？　自分に心を開かせて、じわじわと彼女の心に侵食し、追い込んでいった……おそらく、だけど。私があのままファロン家にいたら、私の体を狙ってきただろう。

「……どうして、マザー・シャドウはそんなことをするのかな」

ぽつりとアル兄様が呟いた。マザー・シャドウがファロン家に近付いたのは、カナリーン王国の王族の血を求めて……？

そこで私ははっとした。自身の出生のことを、ヴィニー殿下に話していなかった。お兄様たちに視線を向けると、彼らもそのことに気付いたのか、少しだけ沈黙が流れた。

顔を見合わせて悩んでいると、ヴィニー殿下が訝《いぶか》しそうに私たちを見て、両肩を上げる。

「いないほうが良い？」

「……っ、そんなことは……！　ただ、ええと、その、……ファロン家の家系図のことですが……」

ヴィニー殿下が「ああ」と言葉をこぼす。私はお兄様たちを交互に見た。二人はなにも言わず、ただ微笑む。……選択肢を、委《ゆだ》ねてくれたのだろう。話すのも、話さないのも、自分で決めて良い、と。……それならば、と口を開く。真実を告げる選択をした。こんなに協力してくれる人に、隠し事をしたくない。

ヴィニー殿下は興味深そうに話を聞いてくれた。そして、精霊たちに視線を移し、口元に指を当てて考えるように黙り込む。沈黙が続き、それを破ったのはアル兄様だった。

「ねえ、ファロン家にカナリーン王国の血が流れていることと、マザー・シャドウがジェリーの肉体に入り込めたのって、関係があるのかな？」

……確かに、それは私も気になっていた。人の体に魂を移す魔法なんて、聞いたことがない。

「関係はある。それに、おそらくジェリーの心に隙間を作り、自分を受け入れやすくしていた」

「うん、それはルーナも思う！」

ソルの言葉に同意するように、ルーナがタシタシと足を動かす。すると、ヴィニー殿下の影がゆらりと揺れて、シェイドが姿を現す。

「……彼女はおそらく、そうやって生き延びてきた……と思います」

「どういうこと？」

「肉体が滅ぶ前に、自身の魂を他の者に移しながら……生きながらえていた、と」

その仮説が正しければ、マザー・シャドウが乗り移った人たちは不老になったということ？

「不老であって不死ではない。ルーナ、彼女は何年前に生まれた？」

「んーと、百五十年くらい前かな？」

どうしてそんなこと、精霊たちが知っているのかひっかかりを感じる。みんなはそちらよりも、彼女が百五十年前に生まれたことに驚いていた。そして、精霊たちはそれぞれに顔を見合わせて、ソルが口を開いた。

「ソルとルーナには、マザー・シャドウを止める責任がある」

「良いのですか、話して」

「これは、ソルとルーナに課せられた責任を、エリザベスたちの手を借りて止めることになるから、話さなければならないこと」

硬い口調に、ソルを見つめる。ソルは少しだけ黙り込んで、私たちの顔を見上げてから、頭を下げた。ルーナも一緒に頭を下げている。

どうしてそんなことを？　と精霊たちを呆然と眺めていると、シェイドが理由を教えてくれた。

「ソルとルーナは、カナリーン王国を見守るものだったのです」

「……え？」

「――カナリーン王国は、ソルとルーナの故郷でもあるのだ」

「ルーナとソルは、そのために作られた存在だから」

……ソルとルーナが、カナリーン王国のために作られた存在……？

「ええと、それはどういうことだい？」

シー兄様が困惑したように眉を下げて精霊たちに尋《たず》ねた。ソルとルーナは顔を見合わせて、淡々とした口調で語る。

「ソルとルーナは」

「カナリーン国を見守るものとして作り出された、精霊」

「ソルは太陽、ルーナは月」

「朝も夜も、ずっと見守っていた」

誰に作られたのかは、言葉にしなかった。ぴょんとルーナが私の胸元に飛び込んできたので、慌てて抱きとめる。ふわふわとした毛並みが震えていた。ソルも、こちらをうかがうように見て、そっと近付いてきた。精霊たちの頭を撫でると、どこかホッとしたように息を吐いて、大人しく撫でられている。

「……きみたちにそんな過去があったとは……」

「シェイドもカナリーン王国のこと、知っているの？」

「えっと……ほんの少しだけ……？」

シェイドがヴィニー殿下の影に隠れた。カナリーン王国は魔法が盛んだったらしいし、魔法や魔術の延長で精霊のことも研究していた可能性もあるわよね。

「じゃあ、ソルとルーナはカナリーン王国をずっと見守っていたの？」

「うん。ずっと。滅んでいく国を、見守っていたよ」

「ソルもルーナも、託された思いを……カナリーン王国の守護者だったのに」

「国も民も守れなかった……」

しゅんとうなだれる精霊たち。慰めるように撫でると、少し元気が出たようで、こちらを見上げてきた。

「ええと……とりあえず、マザー・シャドウは人の体に移れること、ソルとルーナはカナリーン王国の守護者だった……ということよね？」

混乱しそうな頭を必死に回転させて、要点だけをまとめる。ヴィニー殿下たちは頷《うなず》いてくれた。

「でも、どうしてジェリーの体に移ったかは謎だね」

「そもそも、彼女の目的自体がわからないからな……」

しん、とその場が静まり返った。確かに、そうだ。マザー・シャドウがなにを考えているのか見当もつかない。ただ、ジェリーが彼女に苦しめられているということだけはわかる。

「とりあえず、これからの対策を考えておこうか。目的がわからなくても、考えておくといざという時に使えるだろうから」

パンっとヴィニー殿下が両手を叩く。その音に弾かれたように私たちは彼に注目し、紡がれた言葉に頷《うなず》いた。彼女の謎はまだ多いけれど、カナリーン王国が関わっているのは間違いないだろう。

滅んだ国に、彼女は執着しているのかな？　生まれる前にはもう滅亡していたカナリーン王国を想像し、目を伏せる。

「来月になれば、ソフィアさんが精霊学科を担当するために来るから……」

「……あ、本当に精霊学科できるんだ」

どうやらヴィニー殿下にも話は回っているらしい。なら、強制参加ということも知っているのかな？　考え込んで口元に指をかける。そして、ふとソルとルーナを見て、ジェリーが持っていた本について尋《たず》ねた。

「彼女の『素手で持てた』って、どういうこと？」

「あれは王族にしか持てない本だからだ」

「王族にしか？」

こくりと頷《うなず》く精霊たちを見て、シー兄様が軽く頬をかく。そして腕を組んでから私たちを見る。

「帰りに宝石店でいろいろ買って、アミュレットを強化しよう」

シー兄様の提案に、彼を見上げた。アミュレットはいつも身につけているけれど、その他にも必要になると思っているのかしら？

「……そうだね。そしてクラスの子たちに配ろう。アカデミーが魔力で重くなるかもしれないし」

アル兄様がそう言って目を伏せる。……二年前のファロン家のことを思い出しているのだろう。

女子寮が魔力に満ちていたことを思い出し、小さく頷《うなず》いた。そして、胸元に手を置いてきゅっと服を握る。

「……狙いが、私だけなら良いのですが……」

「いやいや、リザが狙われるのは怖いよ。女子寮じゃ男子は入れないし……こうなると、一気に片付けたいよね」

誰も犠牲になることなく、マザー・シャドウをジェリーの体から追い出す方法……そもそも、魂をどうやって追いだせば良いのかがわからないわ……

「あ、そうだ。アル、王宮と魔塔の図書室に寄ろう。禁忌魔法について、なにかわかるかもしれない」

「なるほど。もしかしたら魂を追い出す方法も書いてあるかも！　シリル兄様、僕とヴィーの外泊届、お願いしても良い？」

「それは構わないけれど……本に夢中になって、睡眠を忘れるなよ？　あと、禁忌魔法のことを調べるなら、クリフ様に言っておけ」

　シー兄様の呆れたようなまなざしを受けて、二人は同時に「はーい」と返事をした。

「一人の体に二つの魂なんて、いつどうなるかわからないし。ぼくらは今すぐクリフ様に許可を取ろう」

　かたんと椅子から立ち上がり、個室から出ようとする二人。精霊たちが魔法を解《と》くとすぐにこの場をあとにした。……きっとジェリーのことを心配してくれているのだろう。アル兄様を連れて行ったので、巫子の力を使うつもりかもしれない。

……そういえば、私……ヴィニー殿下が巫子の力を使っているところを、一度も見たことがないということに気付いた。

「それじゃあ、オレらは宝石店に行こうか」

「ええ。ちょっと待ってね」

注文した飲み物をこくこくとすべて飲み干してから、カフェをあとにする。そのまま宝石店に足を進めながら、シー兄様と言葉を交《か》わす。

「……リザ、大丈夫かい？」

「……はい。シー兄様こそ、大丈夫ですか？」

眉を下げて言葉を紡ぐと、シー兄様は目尻を下げて微笑み、私の頭をポンと撫でてくれた。

「アルのほうが心配だな」

「……ですね」

「……二年経ってもなかなか敬語、取れないね」

「……えっ？　あっ……」

思わず自分の口元を手で隠すように覆う。そんな私を見て、シー兄様は肩をすくめた。それから口を覆った私の手を取って、悪戯《いたずら》っぽく口角を上げる。

「ま、オレは屋敷にあんまりいなかったからなぁ」

「……騎士団のお仕事だったから……」

「妹との時間を取れなくて残念だったよ、あの頃は」

当時を思い出しているのか、すっと目元を細めた。

シー兄様は、あの頃すでに騎士団に所属していて、魔物討伐の要請があればどこにでも行っていた記憶がある。アカデミーを守る騎士になったのは、アル兄様を支えるため、かな？

「シー兄様は……」

「うん？」

「……その、自分の将来を、いつ決めたのかなって……」

「将来？　んー、元々オレ、戦うほうが好きだったんだよ。好きっていうのもおかしいか。戦闘狂ってわけじゃないからな？　体を動かしているほうが楽というか……アカデミーを飛び級したのだって、本当は座学が苦手だったからだし」

内緒な、と口元に人差し指を立てるシー兄様に、ぱちぱちと目を瞬かせた。アカデミーを飛び級したのは、アル兄様のためではなかったの？　でも、座学が苦手だから飛び級したって、すごいことなのでは……？

「飛び級してから、騎士団に入団されたのですか？」

「そうだなぁ、オレの場合、スカウトされたからっていうのもあるかな。アカデミーで剣術大会があって、優勝したんだ」

……アカデミー生の頃から、シー兄様は強かったのね……！

戦っている最中のシー兄様は見たことがない。アル兄様やエドと剣を交《まじ》えている時は、指導という感じだったし。

「人には向き不向きがあるからなぁ。ま、一番は自分が好きなことを選べたら良いよな。リザは、将来を悩んでいるのか？」

「……はい。この二年間間は公爵令嬢として振る舞えるように努力してきました。……でも、私がなにになりたいかは、わからないの……」

「……そっか。アンダーソン家の令嬢としてがんばってくれていることは知っていたけど……将来を見据える暇はなかったんだな」

たまに屋敷に帰ってきては、私たちを甘やかしてくれたシー兄様。彼は難しい顔をしていたけれど、宝石店についたので、一度この話題を切り上げた。

私、シー兄様に相談したかったのかな？　と言葉にしてから考える。

自分の道を歩んでいるシー兄様になら、と……

「話してくれてありがとうな、リザ。あとでまた、ゆっくり話そう」

「聞いてもらっただけでも、少し気持ちが落ち着いたよ」

「そう？　それなら良かった」

にこりと微笑みを浮かべると、シー兄様は安堵したように息を吐き、私の頭をくしゃりと撫でた。

宝石店に入り、様々な宝石を眺める。サファイア、ルビー、アメシスト。きらめく宝石たちを眺めていると、視線を感じた。……いいえ、これは私への視線ではなく、シー兄様への視線ね。わかるわ、シー兄様も格好良いもの。……『も』？　私はいったい、誰と比べたのかしら……？

「リザ、これとこれ、どっちが良いと思う？」

シー兄様が見せてくれたのは、大きめのサファイアと小さめのサファイア。じっと見つめて、小さめのサファイアを指した。こちらのほうが、純度が高そうだから、アミュレットを作る時に魔力をよく吸収してくれそう。

選んだ宝石を購入する。そして、他の宝石店を巡ってからアカデミーに戻る。カインから買って来てもらったものも、まだ少し残っている。

「宝石って不思議だよな」

「シー兄様？」

「原石とは想像もつかない輝きを放つから。……そういう意味では、リザはまだ原石なのかもしれないな」

「私が、原石？」

「そう。リザがどんな道を歩むのかわからないけれど……その時には宝石になっていそうだなぁ」

……そうだったら、良いな。私という個人が、どんなきらめきを放つ宝石になれるのか、楽しみ。……楽しみだと思えるくらいには、成長していると信じたい。

私が一番、自分を信じられていないのかもしれないわね……

「そういえば、宝石は全部アミュレットにするのか？」

「うーん、さすがに全部はちょっと難しいかも……」

「そっか。じゃあ、リザがアミュレットの作り方を教えればいいんじゃないかな？」

シー兄様の提案に、思わずガシッと手を握り、「その案、頂きます！」と目を輝かせる。驚いたように目を見開いたシー兄様は、すぐに「どうぞ」と柔らかく表情を綻《ほころ》ばせた。

買った宝石は後日、寮に届けてもらうことにした。休日が終わり、クラスメイトたちに呼びかけてみると、みんなアミュレット作りに興味を持ってくれたようで、参加すると言ってくれた。学年の違うイヴォンは、「こっちはこっちで、いろいろやってみるわ」と参加を断る。いろいろ？と首を傾《かし》げたけれど、教えてはくれないみたい。

イヴォンはレイチェル様となにかを作ろうとしているみたいだった。なにを作っているかはわからないけれど……、きっと、今の彼女たちに必要なものを作っているのだろう。

アミュレット作りにはアル兄様とヴィニー殿下も参加することになり、クラスメイトだけではなく、アル兄様たちと一度会話をしたいという人たちも参加を希望した。アル兄様たちは男女問わず人気がある。その人気が家名に基づくものだと軽く肩をすくめているのを見て、苦笑を浮かべることしかできなかった。


「リザ、ちょっといい？」

「はい、アル兄様」

とある日、アカデミーの授業が終わってからアル兄様に呼び止められた。午後からの授業はいれていない日だったから、ジーンとディアに一言声をかけてから、アル兄様のところに駆け寄る。

休日に話していたことや、女子寮の様子などを話すのかと――そう思っていた。

「……舞姫、ですか？」

「そう。建国祭の日に、リザと友人に頼めないかって」

どうやら王宮の図書室に行った時に、ばったり陛下と王妃殿下に会ったらしく、そう頼まれたみたい。

「……ええと、確か毎年、舞姫はオーディションで選ばれていませんでした？」

「……リザを表舞台に出したいみたいだよ。それと、今年は異国の舞が見たいってさ」

その言葉にピンときた。――なるほど、陛下はディアのことを考えてくれているみたいだ。

「ディアですね？」

「そう。……こんな時に頼むのもなんだけど、クラウディア王女に伝えてほしい。あと、リザと一緒に踊ってくれそうな子もね」

舞姫――毎年、貴族と平民の希望者を募り、オーディションを開催していた。貴族と平民では踊る場所は違うけれど、どちらも晴れ舞台ということで希望者は多い。

選ばれた舞姫たちの中で、貴族部門と平民部門で人気投票が行われ、見事一位になった者には褒美が与えられるという仕組み。……そのオーディションを飛ばしていいのかな、と少し不安になった。平民部門はちゃんとオーディションを開催するみたいだし……

「……とりあえず、みんなに聞いてみます」

「そうしてくれると助かる。それと禁忌魔法のことなんだけど――……」

アル兄様が図書室でのことを話してくれた。やはり、閲覧禁止のところにあったらしく、クリフ様の了承を得てから読んできたらしい。もちろん、クリフ様も一緒に。

「とはいえ、あんまりよくわからなかった、残念なことに」

「私たちが知りたいのは、魂を追い出す方法だもんね……。アル兄様の『血の記憶』のように、オリジナルの魔法の可能性も……」

「人の体を乗っ取る研究か。気が滅入《めい》りそうだな……」

どうせならもっと別のことを研究すれば良かったのに、とアル兄様が呟くのを聞いて、同意の頷《うなず》きを返した。

「僕のほうはこんな感じ。リザのほうはどうだった？」

女子寮内の様子を話した。最近毎日のように、あのまとわりつくような魔力を寮内から吹き飛ばしている。一日でもやめたら、もっと重苦しくなりそうで……まさにいたちごっこが続いている。

それぞれこれからも警戒しながら過ごしていくことを約束して、私たちは寮に戻った。ディアに舞姫のことを頼まないと。忘れないようにしっかりと頭に刻み込んで自室に足を進めた。

ジーンとイヴォンの姿はなかった。私はベッドに座って、ソルとルーナを呼び出す。アル兄様との会話を聞いていたであろう精霊たちに、柔らかく声をかける。

「……カナリーン王国のことを、教えてくれる？」

……まだ、教えてくれる気はないみたい。口を閉ざしてしまった。

「いつか、教えてくれる？」

別の問いをすると、ソルとルーナが顔を上げて、互いに視線を交《か》わしてから、

「ソルとルーナの」

「気持ちの整理がついたら」

と答えてくれた。しゅんとしたように耳を垂らすルーナと、視線を下げるソル。……今は、その言葉だけで充分よ。

「うん、気持ちの整理がつくのを、待っているね」

自分たちが守護していた国が亡《ほろ》ぶなんて、きっとつらい経験だろう。いつか教えてくれると約束できたのだから、私は待つことに決めた。ソルとルーナが話してくれるのを――……

精霊たちを撫でていると、バンっと大きな音を立てて扉が開いた。突然のことに心臓が跳ねる。

誰がこんなに大きな音を……？　と思って扉に顔を向けると、顔を真っ赤に染めたイヴォンが私たちに気付き、「ご、ごめん」と謝ってから部屋に入る。

あまりにも顔が赤かったから、具合が悪くなったのかと彼女に近付いた。すると、がばっと抱きついてきたので「ど、どうしたの？」と目を白黒させる。

だって、こんなふうにいっぱいいっぱいのイヴォンを見たことがない。

「……どうすればいいのか、わからないの」

「なにか、あったの……？」

「……っ」

ぎゅっと強く私を抱きしめてくるイヴォンに、彼女の背に手を回して、落ち着かせるようにぽんぽんと背中を優しく叩く。

「貴族は貴族の義務を果たさないといけない。いけない、のに――」

段々と、彼女の言葉が小さくなっていく。肩が震えているのに気付き、泣いているのかもしれないと心配になった。いったいなにがあったの、本当に。困惑していると、また扉が開いた音がした。

ジーンが来て、私たちのことを見ると、そっとイヴォンの肩に手を添えた。

「――見たわよ」

「っ！」

　びくり、とイヴォンの肩が跳ねあがる。

「……あの、私……全然話が見えないのだけど……」

　イヴォンの背中から手を離して挙手すると、ジーンが「そうでしょうね」と眉を下げて微笑む。

　すると、今度は控えめなノックの音が聞こえた。……いや本当に、なにがあったの、いったい。

「あの、わたくしなんだけど、みんな、ここにいる？　中に入ってもいいかしら……？」

「どうぞ、ディア」

　ジーンが中に入るようにうながすと、ディアが静かに入室した。ぱたんと扉を閉めて、困惑している私と、抱きついているイヴォン、彼女の肩に手を添えているジーンを見て、ディアは少し思考を巡らせたのか、一瞬ためらうように動きを止め、それからなぜか私の背後に回ってぎゅっと抱きついてきた。

「え、な、なんで私⁉」

「なんとなく……？　うふふ、楽しいわね」

　とりあえず、イヴォンたちに離れてもらう。ジーンがお茶を淹《い》れてから話し始めることになり、お茶を一口飲んでから、

「それで、イヴォン。なにがあったの……？」

　と問いかける。イヴォンはかぁっとますます顔を赤く染め、首を傾《かし》げた。ジーンとディアは温かなまなざしで彼女を見ている。そして、「私から説明する？」とイヴォンに尋《たず》ねた。緩やかに首を

左右に振る彼女に、ディアが「では、どうぞ」と話をうながす。

「――ハリスンに、プロポーズされたの……」

顔を真っ赤にさせて、その顔を隠すように両手で覆ってしまったイヴォンに、私は一瞬遅れて彼女の言葉を理解した。

「ぷ、プロポーズ⁉」

「それも、学生が見ている前で堂々と」

「わたくしも、しっかりとこの目で見ましたわ！」

興奮しているのか、両手に拳を握り『しっかりと』を強調するディア。……ハリスンさんがイヴォンにプロポーズ……しかも学生が見ている前で……！　私はどきどきと鼓動が早くなるのを感じた。彼女がここにきた時に顔が赤かったのは、そのためだったのね……！

「イヴォン……？」

「……私と彼とでは、釣り合わないわ……」

両手を顔から離して、あれだけ真っ赤だった顔を今度は青ざめさせてぽつりと呟く。

「……あの、それだとわたくしの母も、釣り合わない身分でしたわよ……？」

思わず、私たちはディアに視線を集中させる。

「わたくしの母は、踊り子だったから。ね？　釣り合わないでしょう？」

眉を下げて微笑むディアに、私たちは目を瞬《またた》かせた。

「わたくしの髪は母譲りなの。母はとても綺麗な舞を踊ったそうよ。陛下がお気に召し、後宮に母を無理矢理入れるくらいには、ね」

おばあ様が教えてくれたことなのだけど、と言葉を追加して、ディアはお茶を飲んだ。

「……でも、わたくしの母とイヴォンでは、いろいろ違うでしょう？」

優しく微笑みを浮かべるディア。彼女は慈愛のまなざしをイヴォンに向けている。

「……どうか、自分の気持ちを蔑《ないがし》ろにしないで」

「……ディア……」

イヴォンがきゅっと口元を結ぶ。そして、ゆっくりと首を縦に動かした。それを見て私たちはホッと息を吐く。彼女の気持ちを、大事にしてほしい。

それにしても、ディアのお母様は踊り子だったのね。どんな舞だったのか、気になるわ。……舞？

「舞姫！」

「え？」

舞で思い出した。三人の顔を順番に見て、アル兄様に頼まれたことを話す。段々と三人の表情が驚きに変わっていった。

「わ、わたくしが踊るの……？」

驚愕するディアに、こくりと頷《うなず》いた。おそらく、私とディアは強制参加だろう。

「待って、リザが出るのは貴族枠でしょう？」

イヴォンが戸惑ったように眉を下げてこちらを見る。ジーンはなにかを考えるように目を伏せ、それから口元に手を添える。

「イヴォン、あなた……踊りは得意よね？」

「え？　人並みだと思うけど……」

「エリザベス、平民はオーディションって言っていたわよね？」

「うん、今年もそのはず」

「なら、貴族部門と平民部門から出ましょう。私たちの中の誰かが一位になれば……」

イヴォンとハリスンさんの結婚を後押しできるし、イヴォンもその決意を見せられる！

「ま、待って！　自分の願いを優先させたほうが……！」

慌てたように両手を振るイヴォンに、私たちは顔を見合わせる。それから、私は首を傾《かし》げてイヴォンに問う。

「……迷惑だった？」

「そんなことはないけれど……、これはハリスンと私の問題だもの。あなたたちを、巻き込むつもりはないの……」

顔を赤らめながらも、しゅんとしたように肩を落とすイヴォンに、私はぎゅっと彼女の腕に抱きついた。

「イヴォンは、ハリスンさんのことが好きでしょう？」

遠回しではいけないと思って、ストレートに尋《たず》ねる。たとえ『騎士ごっこ』だとしても、二人が選んだ『騎士』と『レディ』だ。

——私はまだ、恋とか愛とかよくわからないけれど……二人が想い合っていることはなんとなくわかる。それはきっと、ジーンとディアもそうだろう。

……だからこそ、応援したいのよ。友人の恋を。

「……没落貴族なのよ、私。自分の家門すら守れなかった……」

「それなら、今度こそ守り抜けば良いわ」

そっと、イヴォンの肩に手を添えるジーン。ディアは少しうろたえていたようだけど、すぐにイヴォンの手を包み込むように握った。

「自分の気持ちに正直に生きることは、悪いことではないもの」

柔らかい声で言葉を紡ぐディア。イヴォンは私たちを見て唇を震わせ、それから一度目を伏せて深呼吸をし、それから困ったように眉を下げたまま微笑む。

「……あなたたちに励まされると、やってみたくなるわね」

「ハリスンさんに、伝えてくる？」

「……そうね。私の覚悟を、見てもらわないとね」

彼女の瞳には熱い決意が見えた。そして、「ちょっと行って来る」と自室から出て行く。私たちはそんな彼女の背中を見送り、足音が聞こえなくなってから、きゃあきゃあと騒いだ。

「やるわね、ハリスン……！」

「イヴォンも自分の気持ちに正直になって良かった……！」

イヴォンの背中を押せたことに、心の底から良かったと息を吐く。くん、とディアが私の服の袖を掴み引っ張るので、彼女に顔を向ける。

「あの、わたくし……本当に建国祭で踊って良いのでしょうか……？」

「陛下から『異国の舞』が見たいって言われているから、大丈夫だと思う」

「……ということは、そのうち呼びだされるわね」

正式に舞姫と任命されるだろうからね。ディアが頬に手を添えてこてんと小首を傾《かし》げる。

「……やることが多い年になりそうね」

「アカデミーの舞踏会もあるものね……あれ、どっちが先？」

「どっちかしら……どっちも準備がいろいろあるし……ああ、パートナーも選ばないといけないわね」

ディアが不思議そうに私たちを見て、「舞踏会？」と問う。……そっか、ディアは知らなかったのね。私はヴィニー殿下に聞いていたし、ジーンは事前に調べていたのかもしれない。私とジーンが舞踏会のことを説明すると、彼女の顔が青ざめていった。

「それって、パートナーが絶対いないと、ダメ……？」

「会場に入ることはできるだろうけど……ダンスはどうなのかしら？」

「さぁ……？　そもそも、ディアなら誘われると思うけど……」

他国の王女なのだし、ディア自身もとても美人だし……なぜそんなに青ざめているのかわからず、ジーンと顔を見合わせる。

「わたくし、ダンスのお誘いなんてしたことないわ……！」

「ディア、パートナーを申し込むのは男子学生からよ……」

ジーンがディアを落ち着かせるようにぽんぽんと軽く肩を叩く。少し落ち着いたのかホッとしたように肩の力を抜いたのを見て、……確かに自分がパートナーを申し込むのは緊張するだろうな、と思った。

「ディアは踊り、得意かしら？」

「得意……というほどではないけれど、国にいた時はおばあ様から習っていたわ」

「ジーンは得意そうよね」

「そこまで得意というわけではないのだけど……まぁ、こういうのは練習あるのみよ」

やらなきゃいけないことがいっぱいだわ。舞踏会のダンスに、舞姫のダンス。そしてなによりも優先させたいのは、マザー・シャドウとのこと。彼女のことを解決させないうちは、心が休まらない。アカデミーのみんなに、どんな影響があるのかわからないもの。……アミュレットの作り方、早くみんなに広めないといけないわね。

「ディアの故郷では、どんなダンスがあったの？」

ジーンが目をきらきらと輝かせて、ディアに問いかける。彼女は人差し指を頬に添えて、視線を天井に向けた。「そうねぇ……」と呟き、故郷の伝統のダンスを教えてくれた。故郷を懐かしむように目元を細め柔らかい口調で、ダンス以外のことも語ってくれた。

それはイヴォンが帰って来るまで続いた。彼女は日が沈んでから戻り、私たちを見るとすっと頭を下げる。

「お願い。力を貸してほしいの」

私たちは顔を見合わせて、当然でしょう、と返した。ぱっと顔を上げたイヴォン、その不安に揺れていた瞳が段々ときらめいていくのを見て、私はほんの少しだけ安堵した。

「ハリスンさんになんて言ったの？」

「時間をちょうだいって。あなたと並ぶための時間を」

きゃあ、とジーンと私が両手を組んで騒ぐ。ディアもそれを聞いて顔を赤らめていた。一番真っ赤だったのは、やっぱりイヴォンだったけれど。

「……私、がんばってみるわ。次の休日にエントリーしてくる」

「応援しているわ、イヴォン」

「わ、わたくしも……！」

「私も！」

どこか吹っ切れたようにも見えるイヴォンに、応援の言葉を伝えるジーン。それに続くように私たちも言葉を伝える。イヴォンは「ありがとう」と優しい声色でにこっと微笑んだ。

「……プロポーズされた時は混乱してしまったけれど、もしかしたらちょうどいい機会なのかもしれないわ」

「ちょうどいい機会？」

「……どうして私が彼を好きになったのか、見つめ直す機会」

照れたように視線を下げるイヴォンに、私たちはやっぱりきゃあきゃあと騒いだ。身近な人の恋愛話だ。思わずはしゃいでしまう。

「ハリスンさんは、どうやってイヴォンの騎士になったの？」

つい、そう尋《たず》ねてしまった。イヴォンは「話していなかったっけ？」と首を傾《かし》げる。私たちがこくりと頷《うなず》いたのを見て、頬に手を添えてゆっくりと息を吐き……懐かしむように目を細めた。

「落としたハンカチをね、拾ってくれたの」

イヴォンが懐かしむように目を伏せて、それから制服のポケットに手を入れて、ハンカチを取り出す。そのハンカチにはとても綺麗な刺繍がされていて、思わず見惚れるほどだった。

「綺麗な刺繍ね」

「これね、お母様が作ってくださったの。私が持っている、唯一の形見。風に飛ばされたハンカチを、ハリスンが拾ってくれたのよ。それが、始まり」

イヴォンはそっと愛おしそうにハンカチを撫でた。

「……お母様の夢を見て、懐かしくなってハンカチを眺めていたの。そしたら突風が吹いて……ハンカチが飛ばされちゃったのよね。慌てて追いかけて行ったのだけど、見失って……。それでも諦めきれずに探していたら、ハリスンがハンカチを持って来てくれたの。木の枝に引っかかっていたんですって」

「まぁ……それが二人の出会いだったのね？」

ディアが口元を両手で隠しながら話を聞き、目をきらきらと輝かせながらイヴォンに声をかける。こくり、と彼女が頷《うなず》いたのを見て、私たちは先をうながす。

「それから、お礼としてクッキーを焼いて渡したの。それが美味しかったのか、お世辞だったのかはわからないけれど、良かったらまた作ってほしいと言われて……気が付いたら、二人で話すことも多くなったわ。去年の舞踏会にパートナーを申し込まれて、私はその誘いを受けた。舞踏会が終わってから、『きみの騎士になりたい』って言われて……」

どんどんとイヴォンの顔が赤くなっていく。両手で顔を覆って隠してしまったけれど、耳まで赤く染まっているから、恥ずかしがっているのがわかる。

「……アカデミーに通う学生たちの間で、『騎士ごっこ』があるのは事前に知っていたのだけど、自分が当事者になるとは思っていなかったわ。でもね、すごく真剣に申し込まれたから、私も真剣に答えなきゃって。……嬉しかったしね。彼と一緒にいることが、自分の中で当たり前になっていて……、うん、そう……そうよ、気が付いたら、好きに……なっていたのよ……」

言葉にしてみて、改めて実感したのだろう。彼女がとても綺麗で、可愛く見えた。もちろん、イヴォンは普段から綺麗なのだけど……恋に落ちた女性は、こんなにも綺麗になるのね、と思わず感《かん》嘆《たん》の息を吐く。

「イヴォンは本当に、彼のことが大好きなのね」

「……そうね、そうみたい」

イヴォンとハリスンさんのことをもっと聞きたかったのだけど、消灯時間が近付いてきたので今日はこれでお開きとなった。名残惜しそうに部屋に戻るディアを見送って、ベッドに潜り込む。

私もいつか、恋を知るのかな？　イヴォンのように、綺麗で可愛くなれるのかな？　そんなことを考えながら目を閉じる。……イヴォンの話を聞いて興奮してしまったのか、なかなか睡魔は訪れてくれなかった。

それから数日後に宝石店で買った宝石が届き、希望者全員を集めてアミュレットの作り方を教えた。人数が想像以上に多かったけれど、アル兄様とヴィニー殿下に手伝ってもらったおかげで、無事に全員アミュレットを作ることができた。これで、自分の身を守れるだろう。

そして、王家からも呼び出しがあった。舞姫の件を正式に任命され、一緒に踊る友人は任せると言われた。ディアは強制参加だけど、ね。正式に舞姫になったからには、しっかりと責任を持って挑まないと。そう決意して王宮をあとにした。

その日は休日だったからそのままアンダーソン邸に寄った。ヴィニー殿下や王妃殿下以外の王族と会うのは緊張したから、家族に会って心を癒す。いろいろな話をしてから、自室のベッドに横になり、目を閉じた。

翌朝、思ったよりも早く目覚めた私は、身支度を整えて中庭に足を進めた。リタと一緒に。リタといろいろなことを話しながら中庭を散歩する。こんな時間が、なんだか愛おしかった。

「エリザベスお嬢様の晴れ舞台、楽しみにしていますね」

「気が早いんだから。でも、ありがとう、がんばるね」

私が舞姫になったことが嬉しいのか、リタはにこにこと笑っている。やっぱりアンダーソン邸の人たちは優しいな、と思う。中庭のベンチに座り、太陽が昇っていくのをこの目でしっかりと見届けた。

「……でも、無理をなさらないか心配です」

「リタ？」

「お嬢様、きちんと頼れる人に頼ってくださいね。約束ですよ？」

「……うん、そうするわ」

リタを安心させるように微笑む。リタは満足げに頷《うなず》き、空を見上げた。澄み渡る青空。雲一つない、晴天。太陽の光が花々を照らし、とても綺麗だ。……不思議ね、こういう花々を見るのが好きになっていたことに、今、気付いた。

……アカデミーに入学して、ずっと気を張り詰めていたのかもしれない。ジェリーのこともあるしね。でも、やっぱりここが私の『帰る場所』なのだと、心底思う。

「お腹は空いていませんか？　そろそろ戻りましょう」

「そうね。……うん、なんだか元気になった気がするわ。……実家の効果かしら？」

「ふふっ、それはあるかもしれませんね。ここはエリザベスお嬢様の居場所なのですから」

きっぱりと言い切ったリタに満面の笑みを見せた。ベンチから立ち上がり、今度は食堂まで歩く。

すると、エドが歩いていることに気付いた。寝不足なのか、目元を擦《こす》っているように見え、あの子を驚かせようと背後から近付いて、ぎゅっと抱きしめる。

「わぁっ！」

「おはよう、エド。眠そうね？」

「リザ姉様！　おはよう！　うん、ちょっと眠いよ。昨日面白い本を見つけて、夜更かしして読んじゃった」

驚かせることには成功したみたい。エドは私に気付くと、目をきらめかせ、それから昨日読んだ本のことについて教えてくれた。エドは最近、冒険ものの小説に夢中らしい。

「世界を巡る旅なんて、素敵ね」

「でしょ！　いつか旅に出てみたいなぁ。おじい様やおばあ様のように！」

そういえば、結局……アンダーソン家の祖父母に会ったことがないのよね。いったいどんな方なのかしら。クリフおじい様はひいおじい様だし……まさかこのままお会いできない、なんてことはないと信じているけれど。どうやら祖父母は元気に国中を見回っているらしい。滞在していた場所のポストカードが届くくらい。……旅行には少し興味がある。

「でもエドが旅立っちゃうのは寂しいなぁ」

「じゃあ、その時はリザ姉様も一緒に行こう？」

「あら、それはとっても楽しそうね」

エドと会話を楽しみながら、食堂へ向かう。家族一緒に朝食を摂《と》り、和《なご》やかな時間を過ごしてからアカデミーに戻った。エドが寂しそうな顔をしていたから、別れ際にぎゅっと強く抱きしめた。

アンダーソン家の馬車に乗って、アカデミーの女子寮へ。流れていく景色を眺めながら、これからのことをぼんやりと考える。

女子寮の自室に戻ると、ジーンが私に気付いて「エリザベス！」と明るく私の名を呼び、がしっと手を掴んできた。

「どうしたの、ジーン？」

「やっぱり私、精霊学科に興味があるわ！」

「……え？　どうしたの、急に」

「レイチェル様がね、精霊と力を合わせればより良い品が作れるかもしれない、と……！」

恍惚の表情を浮かべながらそう語るジーン。より良い品？　精霊と力を合わせれば？　どういうこと？　と首を傾《かし》げていると、私の手を離しポケットからアミュレットを二つ取り出した。

どうやら私が作ったものと、この前ジーンが作ったものみたい。

「アミュレットを調べたら、興味深い結果になったのよ」

ついてきて、とジーンは背を向けて歩き出す。休日であまり人はいない。彼女はずんずんと進んでいき、人気《ひとけ》のない場所で立ち止まる。そして、辺りを見渡して「見ていてね」とアミュレットを上空に投げ、魔法を使う。弱い攻撃魔法だ。

「えっ!?」

攻撃魔法を防御するアミュレットの、範囲が違う。一方は狭く、一方は広く……目を見開いて落ちてくるアミュレットを眺めていると、彼女の手の中に戻ってきた。

「ね？　防御範囲が広いほう、エリザベスの作ったアミュレットなの。これだけの違いがあるのよ」

「……精霊が関係しているの？」

「おそらくは。だから、私も精霊と契約したいなと思って！」

ぱっと表情を明るくするジーン。これほどまで効果範囲が違うのなら、確かに精霊の力を借りたいと思うかも。魔道具を作る時にも精霊の力があれば今までにないくらい上級の物を作れるんじゃないかと夢を語る彼女の表情は、とても綺麗だった。

ジーンに手を差し出すと、彼女はその手を見て笑顔でぎゅっと握る。

「精霊学科でもよろしくね」

「こちらこそ」

そして二人同時にふふっと笑い合う。ジーンも精霊学科にいてくれるなら、なんだか心強い。

……ソフィアさん、あ、ソフィア先生って呼ばないといけなくなるのかな？　彼女のこともみんなに紹介したい。

「それじゃあ、部屋に行きましょうか。そうそう、イヴォンがエントリーしに行ったわ」

「好きな人と結ばれるために、できることをするって素敵ね」

自室に戻りながらジーンとの会話を楽しむ。イヴォンは平民部門にエントリーし、ハリスンさんと結婚できるようにがんばるのだろう。私たちも、彼女が好きな人と結ばれるためにがんばらなくちゃね。

「ねえ、ディアを呼んでいい？」

「もちろん。舞姫の件、ちゃんと伝えておかないとね」

イヤリングを取り出して連絡すると、どうやらレイチェル様と一緒にいたみたいで、彼女も行って良いか聞かれる。ジーンに声をかけると親指と人差し指で丸を作ってくれたので、ディアに伝えたら、ホッとしたような声で「今からお邪魔するね」と答えてから声が聞こえなくなった。

十分もしないうちにディアとレイチェル様、そして街にエントリーしに行った帰り道でばったり出会ったのか、イヴォンも一緒に部屋まで来た。ジーンがお茶とお茶菓子を用意して、それらをテーブルに並べてから座り、私を見る。

「あのね、ディア。舞姫のことなんだけど――」

王城で正式に舞姫に任命されたことを伝えた。彼女は真剣に話を聞いてくれて、それから少しだけ困惑したように頬に手を添えた。

「陛下はどうして、わたくしに良くしてくれるのかしら……？」

「そりゃあ、他国のお姫様だもの」

きっぱりと言い切って、レイチェル様はクッキーに手を伸ばす。ぱくりと一口で食べ、お茶を飲んで、ディアに視線を移して言葉を続ける。

「レーベルク王国にクラウディア王女が留学の様子を伝えた時に、ウォルテア王国のことを悪く言ったら……ねえ？」

「そ、そんなことしませんわ！」

「うん、きみはしないだろうね。それでも、大事にしているというアピールしたいのさ、陛下は。外交的な意味で」

「それに、ディアは一人でこの国に来たしね。陛下も、そこを気にしていらっしゃるのかもしれないわ」

もちろん、ただの憶測でしかないのだけど……。でも、ディアの様子を尋《たず》ねる姿は、本気で心配しているように見えた。

「……たとえ十四番目の王女でも、王族として扱ってくださるのね」

ディアが胸元に手を置いて目を伏せる。自身が王族であることを、彼女はどう思っているのかしら……？

「それと、やっぱりレーベルク王国の踊りに興味があるみたい」

「……そうなの？　では、わたくしは故郷の踊りをリザたちに教えれば良いのかしら？　それとも、両国の伝統的なダンスを取り入れて、新しいダンスを作る？」

私たちは思わず目を瞬《またた》かせた。そして顔を見合わせて一斉にディアに視線を集中させる。

「そんなことできるの？」

「……たぶん？」

「ふむ。良い機会かもしれないね。社交ダンスの授業もあるし、創作ダンスの授業も学年が上がると必修になるから、その前に体験してみるというのも悪くないだろう？」

レイチェル様は頬杖をついて私たちを見る。学年が上がると、ということはレイチェル様とイヴォンはすでに経験しているのよね。創作ダンスって想像がつかないわ。

「私は平民部門だから、課題は普通に陛下……いや、もしかしたら王妃殿下かもしれないけど、とにかく王家から出された課題があるのよね」

「どんなダンスなの？」

「『マーガレットの祈り』ってダンス。この国ではかなり人気よ」

全然知らないわ。それが顔に出ていたのだろう。座っていたレイチェル様とイヴォンが立ち上がり、いきなり芝居がかった声でレイチェル様が天井に手を伸ばす。

「『ああ、愛しいマーガレット！　きみを国に残す僕を許しておくれ。この戦いが終わったあと、きっと迎えに行くから——……』」

何事かと思ったけれど、レイチェル様は真剣な表情で芝居をしている。『マーガレットの祈り』、はお芝居だったのかしら？

「『——あれから幾年の月日が経っても、帰ってこないあの人。今日も彼のために、祈りのダンスをささげましょう——……』」

イヴォンはたんっと軽くジャンプしてくるりと一回転。その動きの鮮やかなこと！　ぱちぱちと拍手をすると、二人は「これが始まりだよ」と教えてくれた。

「元はミュージカルなのよね。戦場に行った婚約者を待つ女性の物語。小さい頃、両親に連れられて見たことがあるの」

「そうだったの……。イヴォンにとって、とても思い出深いミュージカルなのね」

「……そうね、その通りよ。これも運命のいたずらなのかしら？」

ふふっと笑うイヴォンに、レイチェル様が少し羨ましそうなまなざしを向けていた。その表情があまりにも切なそうに思えて、どうしたのだろうと考えていると、なにかに気付いたようにイヤリングを取り出す。どうやら、誰かから連絡がきたみたい。

「すまない、私はこれで。慌ただしくて本当にすまないね。また誘ってくれ」

残っていたお茶をぐいっと飲み干してから出て行った。姿を見送って、改めて舞姫のことを話し合ったり、『マーガレットの祈り』のことを聞いたりとダンスの話に夢中になった。もっと話したかったのだけど、時間は無限ではないのよね。授業の予習もあるし……

「なかなか濃い一年になりそうね」

「……もうなっている気がするわ」

「……確かに」

もう少しすれば、ソフィアさんがアカデミーに来る。……その時、ジェリーはどういう反応をするのかしら。そして、ソフィアさんはどうするのだろうか。精霊学科に、ジェリーも参加するのだろうか——……いろいろなことを考えながら、授業の課題と予習を先に済ませておく。目の前の問題に集中していると、心が落ち着く気がする。

それに、イヴォンやジーンと一緒にいられるこの時間がとても大切だから、大事にしたい。

イヴォンがハリスンさんと結婚することになれば、アカデミーはどうするのか……聞きたいけれど、聞くのが怖い。教えてくれるとは思うのだけど、そこまで踏み込んでしまってもいいのか悩むところよね。だから、私は私ができることをしよう。イヴォンの背中を、いつでも押せるように。

そして、幸いなことに……といっていいのかわからないけれど、約一ヶ月間、平和だった。ジェリーの周囲の人たちが、私に対して敵意を向け続けているくらいで、そこそこ楽しくアカデミー生活を過ごしていた。

問題があるとすれば、ジェリーが誰とも離れないこと。話すことすらままならない。

時々、戸惑ったような表情を浮かべていたから、その時はマザー・シャドウではないのだろう。声をかけようとすると、周囲の人たちに阻《はば》まれる。

ジェリーの瞳が、私に助けを求めているように見えた。

「なにか悩んでいるの？」

中庭のベンチに座って考え込んでいると、後ろから声をかけられた。びっくりして肩を跳ねさせると、くすっと笑い声が耳に届く。

「ヴィニー殿下！」

「一人でいるの、珍しいね。隣に座ってもいい？」

「もちろんですわ」

ヴィニー殿下は「ありがとう」と微笑むと私の隣に座り、もう一度「悩みごと？」と聞いてきた。

私は眉を下げて緩やかに首を左右に振る。悩んでいるわけではないから。ただ、思考を止めたくなくて、考えていただけ。

「そう？　あまりにも真剣な表情だから、気になって」

「……私、そんな顔をしていましたか？」

すっと自分の頬に手を添えると、ヴィニー殿下は「鏡、見てみる？」と鏡を取り出した。……鏡を持ち歩いているのね。ポケットにそのまま入れていて、大丈夫なのかしら……と少し考えつつ、差し出された鏡を覗き込む。

鏡を見ることが怖くなくなったのも、成長の一つ、かな。火傷痕《やけどあと》を見たくなかったのもあるけれど、今思えばファロン家のお母様に似ていないのもコンプレックスだったのかもしれない。

「綺麗な子が映っているでしょ」

「まぁ、ヴィニー殿下ったら。……でも、ありがとうございます」

社交辞令かもしれないけれど、綺麗と言われて嬉しくないわけもなく……。小さく笑みを浮かべると「ほら、綺麗だ」と一緒に鏡を覗き込む。……私よりも、ヴィニー殿下のほうがよっぽど綺麗だと思うのだけど……。キラキラと透き通るような金色の髪も、輝きを増すアメシストの瞳も。ただ、男性に綺麗と伝えるのは良いのかしら……？

「どうしたの、また真剣な表情になって」

「え？　ええと、その……私よりもヴィニー殿下のほうが綺麗だと思ったのを、口にしても良いものかと……」

「……いや、それもう口にしているよね？」

呆気に取られたように目を瞬《また》かせて、それからおかしげに笑うヴィニー殿下に、「あっ」と短く言葉を発して口元を片手で塞いだ。思わず口にしてしまったことで、彼の気分を害してしまったかも……とおそるおそる様子を見ると、気にしていない……どころか、面白がった様子で、腹を抱えて肩を震わせていた。

「きみは不意打ちをするよね」

「不意打ち、しているつもりはないんですよ……？」

「うん、そうだと思う。でも、ぼくにとっては不意打ちだよ」

笑いすぎて目尻に浮かんだ涙を指で拭う姿を見て、私は表情を綻《ほころ》ばせた。

「授業は終わり？」

「ええ。なので、ちょっと休憩しようと思って」

「そっか。……ついに、明日からだね、精霊学科。思っていたより準備に時間がかかったみたい」

「そうなのですか？」

ヴィニー殿下が首を縦に動かす。マザー・シャドウと対決するための準備なのか、それとも、ただ単に精霊学科の授業のためなのか……。ソフィアさん、クリフ様に教えていたくらいだから、きっと教えるのが得意、なのよね。

「彼女、人に教えるのは苦手らしいから、準備にも手間取ってしまったのかもね」

「えっ⁉」

さっきまで考えていたことと真逆のことを言われて、思わず変に高い声が出た。

「エルフと人間の感覚は、結構違うみたいだよ」

「……そうだったんですね。では、私たちに教えるの……本当はいやだったのでは……？」

「それはないと思う。僕はクリフ様の弟子だから、彼女と結構長い付き合いだけど、嫌なら嫌ってきっぱり断る人だよ、あの人」

「……なら、良かったわ」

嫌なことを強制しているのではないかと不安になったから、ヴィニー殿下の言葉を聞いて安心した。それと同時に、過去のソフィアさんってどんな人だったのだろうと……そして、クリフ様とヴィニー殿下とはどんな付き合い方をしていたのか、興味がわく。

ちらりとヴィニー殿下を見ると、昔を懐かしむような……いえ、あまり思い出したくないのか、遠い目をしていた。彼らの過去に興味はあるけれど、あまり踏み入れてはいけないのかもしれないわね。

そして翌日。精霊学科には思っていたよりも多くの人たちが集まっていた。その中でも、やはりヴィニー殿下とアル兄様の二人は傍目《はため》からでもよくわかる。二人がこちらを見ると、一気に視線が私たちへ流れた。……人に注目されることにも、だいぶ慣れてきたような気がするわ。

人波をかき分けるように私たちのもとに来ると、二人は安堵したかのように息を吐く。それを見ていた人たちは、残念そうに肩を落としたり、悔しそうに睨んできたり……なんというか、これを機にアル兄様たちに近付きたい人たちが精霊学科を取っていたのかも、と考えて眉を下げて微笑む。

「なんだか、騒がしくなってしまってごめんね」

「アル兄様たちのせいじゃないよ」

とりあえず、教室に入ってそれぞれが好きな席につく。一番前の席に向かいディア、ジーン、私、ヴィニー殿下、アル兄様の順に座った。学生全員が座り、ソフィアさんを待つ。

ソフィアさんがツカツカと早足で入ってきた。そして、ぐるりと学生たちを見て、「ふぅん」と呟き、出席簿を取り出す。学生たちの名を呼んで出欠を取ると、にこりと微笑んだ。

「うん、出席簿通りのようね。良かったー、初日から誰か欠席するんじゃないかと不安だったのよ！　ええと、わたしはソフィア。今日から精霊学科を担当するの。よろしくね！」

すっと頭を下げてから、睨むように眼光を鋭くしてある一点を見つめる。精霊学科にはジェリーも参加していたから、おそらくそちらを見つめているのだろう。

「とりあえず、今日は精霊を見てみましょうか。ヴィンセントちゃん、エリザベスちゃん、前へ」

「はい」

名前を呼ばれ、返事をしてから立ち上がる。ソフィアさんの隣に立つと、彼女は私たちの肩を叩いた。

「見たことがある子たちもいると思うけど、今日は二人の精霊を見せてもらいましょう」

ぱちんとウインクをして、私たちの肩をもう一度叩いた。

「おいで、ソル、ルーナ！」

「……ちょっとでも良いから顔を見せて、シェイド」

私とヴィニー殿下の呼び声に、ソルとルーナはぴょこんと飛び出し、シェイドは彼の影からそろりと出てきた。人見知りのシェイドにとっては、苦痛の時間かもしれない。

わぁ、と学生たちの声が聞こえた。アカデミーでもソルとルーナを呼び出すことをあるけれど、こんなふうに紹介することはないものね。入学初日にクラスメイトに紹介したくらいだったたから。

「ソルは太陽の精霊」

「ルーナは月の精霊」

「シェイドは闇の精霊」

ソルが翼を広げながら、ルーナが二本足で立ち片手を上げながら、シェイドが恥ずかしそうにヴィニー殿下の背中に隠れながら、自身の属性を話した。闇の精霊だから、シェイドはヴィニー殿下の影に隠れていたのかな？

「さて、問題です。どうして精霊が目に視《み》えると思いますか？」

ソルとルーナ、シェイドに視線を巡らせてから、ソフィアさんが尋《たず》ねる。みんな考えているようだ。もちろん、私も考えたけれど……わからなかった。

「アルフレッドちゃん、答えられる？」

指名されたアル兄様はかたんと音を立てながら立ち上がり、私たちに視線を巡らせふわりと微笑む。

「精霊と契約した者が傍《そば》にいるか、精霊自体が姿を見せても良いと判断したから、でしょうか」

「正解！　精霊って、この世界の至る所に遊びに来ているのよ。目には視《み》えなくても、ね。この子たちがこんなにハッキリと姿を見せているのは、近くに契約者がいるから。……逆のこともできるのよ、精霊って」

「そうなのですか？」

「できる」

「でもしない」

「契約者を不安にさせることは」

「絶対ダメ」

　つまり、私やヴィニー殿下を不安にさせないために……？　呼べばすぐに姿を現してくれるのは、そういう理由があったから？　……確かに、呼んでも姿が見えなかったら不安になるもの。今までそんなことがなかったのは、ソルとルーナが気を使ってくれていたから、なのね。

「ちなみに契約していても、精霊界でのんびりしている精霊もいるわ」

「マイペースな精霊なんですか？」

「のんびりするのが趣味なのよ、きっと」

　どっと笑う学生たち。……良かった、なんだかみんな楽しそうに授業を受けている。

　精霊学科のスタートは、こんなふうに穏やかに始まった。希望者にはソルとルーナ、シェイドと触れ合ってもらい、その日の授業は終わった。ちなみにジェリーは精霊たちと触れ合おうとはせず、ただひたすらソフィアさんを睨んでいた。

　精霊学科の最初の授業が終わり、私たちはほっと安堵の息を吐いた。ソフィアさんとジェリーが睨み合っていたくらいで、彼女は授業の邪魔をしなかった。精霊に興味があったのか、それとも別の目的があったのかはわからない。

「エリザベスちゃんたち、ちょっといい？」

　教室を出ようとした私たちを呼びとめるソフィアさん。ディアとジーンは「先に戻るね」と軽く手を振って教室から出ていった。

「ソル、ルーナ、お願いできる？」

「もちろん」

「いいよー」

ソフィアさんが精霊たちに声をかけ、教室に防音と結界を巡らせる。他の学生たちには聞かれたくないこと、だろう。

「……確かに、『ジェリー・ブライト』の体にマザー・シャドウの気配を感じたわ」

「じゃあ、やっぱり……」

「ええ。よく耐えていると思う。あの子は完全にはマザー・シャドウに屈《くっ》していない」

あの日、私に助けを求めたジェリー。彼女はずっと、一人で耐えてきたのね。そう思うと胸がちくんと痛くなった。だって、一人は怖いもの……

「……ジェリーを助けたいの。一刻も、早く」

「そうね。あの子は被害者だわ。……まったく、カナリーン王国にどれだけ未練があるんだか」

呆れたような物言いに、私は軽く頬をかいた。マザー・シャドウがカナリーン王国に執着している理由は、やっぱりわからないのよね。ヴィニー殿下とアル兄様は、なにかを考えるように目を伏せて、それから互いに視線を交《か》わした。それだけで、互いがなにを言いたいのかを理解しているみたい。……なんだか、羨ましい。どちらが、と問われると……どちらも、ともいえるかな？

「マザー・シャドウと決着をつけたいのなら協力するけど、アカデミー内で大きなことはできないわね。校舎が壊れても困るし……そもそも、ジェリーの精神を引っ張りださなきゃいけない。彼女の精神を引っ張りだす方法なんて、わたしには想像がつかないわ」

「確かに、今の状況ではあまり手が出ませんね……」

「ジェリーの『血の記憶』を見ても、動じなさそうだしね、マザー・シャドウって」

ジェリーの精神はあとどのくらい耐えられるのか、私たちにはわからない。刻一刻と時間だけが流れていくのを感じて、もどかしさを覚える。マザー・シャドウがファロン家に関わっていなければ、彼女はもっと自由に生きられたはずだ。

「とりあえず、女子寮にはわたしが目を光らせているわ。重苦しい魔力なんて、このソフィア様が何度でも吹き飛ばしてあげる。だから、エリザベスちゃんは魔力を温存しておくこと」

「魔力を、温存……？」

「そうよ。敵はマザー・シャドウ。半端な魔力じゃ返り討ちになっちゃう。それだけは絶対ダメ。……ジェリーちゃんよりも、エリザベスちゃんのほうが魔力高いしね」

見ただけで相手の魔力の高さを見抜くのは、ソフィアさんがエルフだから？

「……エリザベスちゃんを傀儡《くぐつ》にすることはできなかった。なら、次はどうすると思う？」

「……まさか……」

「そのまさかかもしれない。禁忌魔法を使うような精神を持つヤツなのよ。エリザベスちゃんは、今後絶対に一人でジェリーちゃんに会っちゃダメ、良いわね？」

「は、はい」

いったい、アル兄様たちはなにを考えたのだろう。その考えを、教えてはくれなかった。

「大丈夫だよ。きみのことは、ぼくたちが守るから。ね、アル？」

「もちろん、可愛い妹のことを守るのが、兄の役目ってね」

ぱちんとウインクするアル兄様に、目を瞬《またた》かせてからくすくすと笑った。まだ、なにも解決できていないのだけど、こんなふうに私のことを守ってくれる人がいる。それだけで、私……救われているの。

だからこそ、本当の意味で平和を取り戻したい。マザー・シャドウの脅威に怯《おび》えることなく過ごしたい。……私だって、大切な人たちを守りたいもの。ぐっと胸元で拳を握り、私はみんなに真剣な表情を向けて、あることを提案した——……

私の提案に、ソフィアさんは考え込んでしまったけれど、「ちょっと相談してみるわ」と提案自体は蹴らなかった。そのことにホッとしつつ、心配そうにこちらを見る二人に気付いて、勝気な笑みを浮かべてみせる。

「……僕も、本気で護衛の精霊を見つけないといけないかなぁ……」

「アル兄様はどうして、精霊と契約しなかったのですか？」

「リザ、敬語」

「あ」

口元を隠すように片手で覆うと、アル兄様が肩をすくめた。次の授業にはまだ時間があるから、ソフィアさんと教室で別れ、テラスでお茶を飲むことにした。アカデミーでは男女別々の寮だけど、テラスや中庭などで男女が会話することができる。社交ダンスの授業では中央の大きなホールで練習するし……こうやって改めて見てみると、みんな仲良く話しているのがよくわかる。

「僕がどうして精霊と契約しなかったかって聞いたよね。時期じゃないと思ったから」

「アル兄様の勘は確かだもんね」

「巫子の力のおかげでね。ヴィーが契約したのはいつだっけ？」

「幼少期、だったかな。寝込んでいたところを、ソフィアさんに連れていかれた記憶がうっすらと……」

あまり覚えていないみたい。シェイドが少しだけ顔を出して、じっとヴィニー殿下を見つめていた。きっと、シェイドは覚えているんだろうな。

テラスに着いて、日陰になっているところを見つけ、そこの椅子に座ることにした。ヴィニー殿下が「お茶を持ってくるね」とお茶をもらいに行った。止める間もなく……私とアル兄様は顔を見合わせて小さく笑みを浮かべた。

「ヴィーはアカデミーで自由に過ごすのが楽しいみたい」

「ヴィニー殿下は、王城でそんなに息苦しい生活を……？」

「クリフおじい様の弟子になってからは、マシになったんじゃないかな。今度、ヴィーの夢を聞いてみるといいよ」

にっと口角を上げるアル兄様に首を捻《ひね》る。ヴィニー殿下の夢……？

私が口を開く前に、ヴィニー殿下が三人分のお茶を用意して戻ってきた。それぞれにカップを渡して椅子に座ると、私たちを見てにこにこと笑っている。

「なんの話をしていたの？」

「そのうち、リザから聞いて」

「わ、私？」

アル兄様は受け取ったお茶を一口飲み、「美味しい」と小さく呟く。

「そういえば、クラウディア王女も精霊に興味があったの？」

「……精霊は古くからいるみたいだから、話を聞きたいんだって」

「へえ、そういう理由で精霊学科に参加する子って珍しくない？」

精霊はずっと昔からこの世界のことを見守っているとかいないとか……人間よりはずっとこの世界にいる存在だから、もしかしたらディアにはぴったりな授業かもしれない。アル兄様が彼女のことを口にするのは珍しい気がして、じっと見つめると「どうしたの？」と問われた。

「アル兄様は、ディアのことが気になるのですか？」

「いや、別に。留学生って大変そうだなぁとは思うけど。……ただ、舞姫、引き受けてくれたんだろう？　無理させていないかと……」

「大丈夫ですよ、今はみんなと、どんなダンスにしようか考えています」

「それならいいけど。どうせなら、たくさんの思い出をアカデミーで作ってほしいよね」

「それをいうなら、ぼくらもじゃない？　アカデミーに在籍できるのは限られているんだから」

確かに、とアル兄様が頷《うなず》いた。アル兄様はアンダーソン家の跡継ぎだし、ヴィニー殿下は王族だ。アカデミーでどのくらい過ごせるのか、あらかじめ伝えられていたのかもしれない。

研究職の人たちはアカデミーに残る……という話は聞いたことがあるけれど……私がアカデミーに在籍しているあいだに、二人は卒業しちゃうのよね。

「みんなでたくさん、思い出を作ろうね」

「はい！」

「……で、アルは舞踏会のパートナー決めたの？　言っておくけど、エリザベス嬢はダメだよ」

「さすがに妹をパートナーに選ばないよ。……って、まさか！」

「入学祝いのパーティーの時に、ぼくはもう申し込んだからね」

がくりと肩を落とすアル兄様に、声をかけようか悩んだけれど、ちらりと見たヴィニー殿下の表情が柔らかいのを見て、とりあえずお茶を飲むことにした。

「まぁ、舞踏会までまだ時間があるし、ゆっくり決めたら？」

「でもなぁ、ギリギリだとパートナーって大体埋まっているんだよね。……去年はウエイターだったから良かったものの……」

アル兄様とヴィニー殿下のウエイター姿は、ちょっと興味がある。言ったら早速とばかりに服を着てくれそうな気がして、軽々しく口にしていいものかと悩んでしまう。でも、絶対に似合うと思うのよね。……だって、二人とも格好良いもの。そう考えながらお茶を飲んでいると、次の授業の時間が迫ってきた。

「それでは、授業に向かいますね」

「途中まで一緒に行くよ」

その申し出をありがたく受けて、次の授業を受けるために歩き出す。校舎まで送ってもらい、お礼を伝えると今度は精霊たちがぴょこんと現れて、教室までガードしてくれた。……ルーナの後ろ姿って、可愛いのよね。もちろん、前から見ても可愛いのだけど。ぴょこん、ぴょこんと跳ねている姿はやっぱり可愛い。ソルも可愛い。たまに甘えるようにすりすりと頬擦りするところが、余計に可愛いなって思ってしまう。

みんなにも、自分にぴったりな精霊が見つかると良いな。

そして、すべての授業を終えてから、ディアとジーン、私で建国祭のダンスを考える。練習する時間もほしいから、そろそろ決定しないと。この国の伝統的なダンスと、ディアの故郷のダンスを混ぜ合わせた構成になっているけれど、今一つインパクトがないとディアが頭を悩ませていた。インパクトは大事なのかしら？

「一度踊ってから決めるのは？」

「そうね……曲はもう決まっているし、合わせてみないとわからないこともあるわね」

ジーンとディアの会話を聞きながら、私は必死にダンスを覚えていた。それなりに体力はついたと思うけれど、建国祭までに動きを叩き込まないと。……あまり得意分野ではないから、二人に迷惑をかけちゃう気がして……

二人にはあらかじめそう伝えてはいるの。ジーンは「大丈夫よ、私もだから」と励ますように私の肩に手を添え、ディアは「あまり難しくはないと思うから、ゆっくり覚えていきましょ？」と微笑んだ。

一度だけ、ディアが故郷のダンスを見せてくれた。「祖母に習ったの」と少し誇らしげに胸を張って、レーベルク王国の伝統的なダンスを舞った。その時の衝撃は、今でも忘れられない。頭の天辺から足のつま先まで、ううん、むしろ動くたびに揺れる髪でさえ、彼女を引き立たせる。指先の一本一本まで繊細な動き。それをそうと感じさせないダンスだった。あまりにも綺麗で、踊り終えたディアに何度も拍手を送ったのは記憶に新しい。

「ダンスに小道具を使っても良いのかしら?」

「小道具?」

「動きをより綺麗に魅《み》せるために」

ディアがワクワクとした表情を浮かべて問う。ジーンに顔を向けると、彼女は肩をすくめた。知らないみたいだ。もちろん、私も知らない。「あとで聞いてみるね」と答えると、ディアはぱぁっと明るく笑った。

「このダンス用の服も考えないといけないわね。ドレスだと大変そうだし……」

今は制服だから踊りやすいけれど、と呟くディア。彼女はこういう創作ダンスを考えるのが好きなのかもしれない。

「レーベルク王国では、どんな踊り子の服ってどんな感じだったの?」

「えっと、ちょっと待ってね。……こういう感じだったわ」

ディアは紙とペンを取り出すとさらさらと描いていく。彼女の絵に視線を落とすと、なかなか露出が激しかった。さすがにこの国の建国祭でこの格好は勇気がいる。二人ともそう思っているのか、別の紙にまた別の絵を描き始めた。今度はとても愛らしい服装で、「こういうのはどうかしら？」と絵を持ち上げて見せる。

「うん、こっちのほうが好きだわ。動きやすそうだし、可愛いし」

「でも、こんな衣装見たことないわ。特注になるのでは？」

「物は試し、今度デザイナーに頼んでみましょう」

服装に関しても、建国祭ということで陛下からの援助がある。援助というか、代々舞姫の衣装を担当していた人たちが協力してくれる、らしい。ヴィニー殿下からそう伝えられている。全力でサポートしてくれるらしいので、衣装はその人たちにお願いする予定だ。

「それにしても、ディアって絵がとても上手いのね」

感心したようなジーンの声に、同意の頷《うなず》きを返す。

それから私たちは創作ダンスを修正する話し合いをして、建国祭のことについても話し合う。

——でも、心のどこかでジェリーのことが引っかかっている。早く、彼女を救いたい、と——

ソフィアさん、協力してくれるかしら？　窓の外に視線を移し、風に揺れている木々を眺めながら、ぎゅっと拳を握る。

日が沈み、夕食を摂るために食堂に向かう私のことを待っていたソフィアさんから、「許可が出たわ」とこっそり教えてもらった。

「気をつけるのよ」

「はい、ありがとうございます」

ソフィアさんは心配そうなまなざしで私を見る。彼女を安心させるように微笑み、小さく頷《うなず》く。

——あの人と、向かい合う覚悟はできている。

その後、次の精霊学科の授業までにアル兄様たちと対策を話し合い、ヴィニー殿下から一枚の紙をもらった。丁寧に折りたたまれた紙を開くと、魔法陣が描かれていて、彼を見上げると使い方を教えてくれた。

ヴィニー殿下の巫子の力と、自身の知識を合わせた魔法陣。ありがたく頂いて、対決に備える。

そして……精霊学科の授業の日が……対決する日が、きた。

教室に入ると、学生たちは楽しそうに談笑している。その光景を眺めて、絶対に壊しちゃいけないと感じた。みんなが笑い合えるこの場所を、守りたい、と——

席につくとすぐにソフィアさんが入ってきた。教壇の前に立ち、みんなの顔をぐるりと見渡す。

それからこほんっと咳払いをすると、笑みを浮かべて両腕を広げた。

「今日はね、みんなを精霊界に招待します！」

歌うように明るい口調で、みんなに伝える。ざわざわと学生たちがざわめき始めた。ディアとジーンも驚いたように目を大きく見開き、こちらを見る。

「この学科に来たということは、精霊たちと仲良くなりたい子が多いってことでしょう？　だったら、みんなで一度精霊界の空気に触れてもらおうと思ってね。滅多に行ける場所じゃないから、堪能するように！」

左手を腰に当て、右手の人差し指を立ててウインクするソフィアさんに、学生たちは歓声を上げた。精霊学科を選んだ人たちだから、精霊界に興味があるのもわかる。……ただ一人、ジェリーだけがうかがうような視線を向けていた。それでも反対しなかったので、精霊界には興味があるのだろう。

「それじゃあ、全員目を閉じてね。先生が『良い』と言うまで目を開けちゃダメよ。目を開けたら、戻ってこられなくなっちゃうかもしれないからね！」

声を低くして脅すようなことを口にするソフィアさん。その言葉に、ごくりと唾を飲み込む学生たち。みんな目を閉じて、ソフィアさんが私に目配りをした。小さく頷《うなず》いて、私も目を閉じる。私の膝の上には、精霊たちがいる。その温かさを感じながら、深呼吸を繰り返した。

――パチン、と指を鳴らす音が聞こえた。教室から、まったく別の場所になったことがわかる。鼻腔をくすぐる草の香り、土の匂い。教室では感じない、自然の香り。そして、川のせせらぎが聞こえる。

「――気をつけてね」

「ありがとうございます、ソフィアさん」

無関係の学生たちを巻き込むわけにはいかない。静かに目を開けると、隣にはアル兄様とヴィニー殿下がいてくれた。――そして、目の前にはジェリーも。ただ、彼女はこうなることを予想していたようで、小さく息を吐いてから目を開けた。そして、じっと私たちを見る。

「シェイド、手筈通りに」

しゅるり、とヴィニー殿下の影が動く。シェイドがジェリーに向かい、その影に入り込む。それを見ていた彼女は、くすりと笑った。

「なんの真似ですか、あなた方」

「……ジェリーの体を返して。マザー・シャドウ」

ジェリー……、いえ、マザー・シャドウは、真っ赤な口紅を引いた唇を吊り上げる。

とても綺麗な笑みだった。妖艶《ようえん》とは、このことを言うのかもしれない。……それでも、『ジェリー』には似合わない表情だ。私たち学生には、そんな笑い方、似合っていない。……こんな、すべてを憎んでいるような笑みは。

「……イヤだわ、なんのことかしら？」

「ジェリーの体に、マザー・シャドウの魂が宿っていることは知っているわ。そして、それに彼女が苦しんでいることも！　どうして、あなたはそんなことができるの……っ！」

マザー・シャドウは笑みを浮かべたまま、なにか魔法を使ったようだった。じわり、じわりとジェリーの体から黒いもやが立ち上がる。――二年前に感じた、あの魔力。

「ソル、ルーナ！」

「わかっている！」

「任せて！」

精霊たちの名を呼ぶと、心得ているとばかりに叫ぶソルとルーナ。私も魔法で対抗するように、魔力を練る。いつでも防御できるように。アル兄様とヴィニー殿下を守るように、前に出た。二人には、やってもらわないといけないことがある。黒いもやが私たちを覆うように大きくなっていく。広がらないようにそのもやを魔力で包み込み、ソルとルーナが弾き飛ばす。

「……へぇ……ふふっ、随分と魔力のコントロールがうまくなったのね、『ジェリー』」

「……私の名は、エリザベスよ。エリザベス・アンダーソン！」

「ええ、知っているわ。だけど、あなたの出生までは変えられない」

くすりと彼女の赤い唇が弧を描く。ぴくり、と肩が震えた。

「そうでしょう？　あなたに流れているファロン家の血。そして私の血。これだけは変えることができないもの。……だからこそ……」

払ったはずの黒いもやに、手足を取られた。

「エリザベス！」

ソルの焦ったような声に、「大丈夫！」と叫ぶ。……本当は、すごく痛い。でも、このくらいの痛みなら耐えられる！　耐えるだけの十年間も、こんな時に役立つのね。小さく笑みを浮かべる私を、マザー・シャドウは不気味そうに見ていた。

「あの頃のあなたなら、感情の色も見えないほどだったのに……」

「……ぐっ」

黒いもやが首に巻き付いて締め上げる。精霊たちが駆け寄りそうなのを、目で制した。ソルとルーナには、アル兄様とヴィニー殿下を守ってもらわないといけない。深く、深く——彼女の内部に、入り込むために。

「わ、たしは……っ、みん、なっに、たすけられて……、変わったの……ッ！」

魔力を体の中に蓄えるイメージ。太陽と月の属性を持つ、私だからできることを――……。首を絞められて苦しい。苦しいけれど……負けるわけには、いかない……っ。息ができなくて、段々と意識が薄れていく感覚。――でも、ようやく、掴めた――……

私が合図を送る前に、ヴィニー殿下がシェイドを使ってマザー・シャドウを誘《いざな》う。それに気付いた彼女は、シェイドの暗闇を払おうとしたけれど、今度はアル兄様の魔法で辺りが白くなった。まるで、濃霧のような……そんな魔力。濃い霧は視界が悪くなる。だからなのか、拘束していた黒いもやが多少力を弱めた。

アル兄様とヴィニー殿下の共同魔法――これは、巫子の血を引く二人にしか、きっとできないこと――……。私は意識を黒いもやに集中させる。目に魔力を宿し、彼女の姿を見据える。音もなく、黒いもやが斬られた。二人が拘束から解《と》いてくれたようだ。マザー・シャドウに駆け寄り、彼女の手に触れる。その瞬間、どこかに飛ばされた感覚があった。

――真っ暗な、暗闇の中。光を灯すように魔法を使う。攻撃するわけではないから、ただの灯りだ。きょろきょろと辺りを見渡して、それから目を閉じる。……危険なことだとは、わかっている。だけど、賭けてみたかった。

アル兄様とヴィニー殿下の共同魔法。彼らはこれに、悪夢《ナイトメア》と名付けた。アル兄様の『血の記憶』、ヴィニー殿下の闇の魔法。シェイドが闇の精霊だから、契約者である彼も使えるのだろう。

「……ジェリー？」

ぐすぐすと泣き声が聞こえてきた。声のするほうに駆け出す。あの黒いもやはマザー・シャドウの魔力だ。糸のように細く、私に絡まっている。糸で結ばれているから、彼女の場所がわかる。彼女もきっと、私の場所を把握しているだろう。これは本当に賭けだった。私とマザー・シャドウが親子だから、できたことなのかもしれない。

彼女の言う通り、私に流れる血は変えられない。……だからこそ、受け入れて、その先に進むの。

「……なんの真似かしら、こんなことをして……」

一人の体に二つの魂が宿っている。茨のような棘のある植物に、雁字搦《がんじがら》めになっているジェリーを見て、息を呑《の》んだ。その隣には、ぼんやりとした人影が見える。……あれが、マザー・シャドウ？

「ジェリーの体から出ていって！　カナリーン王国は、もう滅亡したの！」

「いいえ、いいえ。私がすべて、元通りにしてあげるの。そのために、高い魔力を保持する体が必要なのよ……」

声は歓喜に震えていた。――やはり、彼女の狙いは私のようだ。女子寮をあの重苦しい魔力で満たしていたのは、私の力を試すためだった？

「……私はあなたの道具ではないのよ、マザー・シャドウ」

「子は親のものでしょう？」

「……あなたは、悲しい人ね……」

子どもを産んでも、王族の影として命を落とす人が多かっただろう。宝石眼を持たない人たちは、実験材料にもされたのだろう。自分の子を、彼女は何度……見送ってきたのだろうか。

「……まさか、自分の子に同情されるなんてね」

「……同情ではないわ、ただの感想よ。たとえどんな過去があったとしても、あなたのしたことは許されることではないもの」

ゆっくりと息を吐く。同情はしない。彼女の苦しみは、彼女にしかわからないことだから。

「ジェリーを返して」

「あなたがその体をくれるのなら、この子を解放してあげる」

咄嗟に嘘だと思った。彼女のやり方は理解できないけれど、彼女なら私の体を奪ったうえで、ジェリーの魔力までも奪い取ってしまう気がした。

「私の体で、なにをするつもり？」

「カナリーン王国を、正しい道へ戻してあげるの」

滅んだ国への、ねっとりとした執着心。なぜそんなにカナリーン王国にこだわるのか、わからない。ジェリーへ視線を移すと、茨が彼女を縛り上げている。ぐすぐすと泣く声は聞こえるから、意識はあるのだろう。私に対して友好的に接してきていたのは、きっと本来のジェリーだ。

「ジェリー！　聞こえているわよね？」

ぴくり、と彼女の手が動いた気がした。そして、顔を上げて私に気付くと驚いたように目を大きく見開き、その瞳から涙がこぼれる。

「エリザベス様……」

彼女の声に反応するかのように、茨が少しだけ緩んだ気がした。……もしかして……

「助けに来たわ！　あなたのことを！」

「……っ、だめ、です……！　逃げてください……っ」

怖がるような声だった。きっとこの暗闇の中で、ずっと泣いていたのだろう。マザー・シャドウになにを言われていたのかもわからない。ただ、彼女はずっと苦しめられていたとは思う。

「そうよぉ、逃げなくて良いの？」

背後から、抱きしめるように私にまとわりつく感覚があった。

全身を強い力で締め付けられて、骨が折れるんじゃないかというくらい、ミシっと軋《きし》む音が聞こえた。……もちろん、このジェリーの精神の中で折れるわけではないと思うけれど……

そう、私が入り込んでいるのは、ジェリーの心の中。魂が宿っている場所。マザー・シャドウとジェリーの魂を切り離すには、この方法が早いと思った。

私の体に宿るカナリーン王国の血。それを道標にして、マザー・シャドウの魔力を掴み、ここまで来たのだ。もちろん、私一人では無理な計画だったけれど……アル兄様とヴィニー殿下の魔法、ソフィアさんの精霊界への協力要請、そして、なぜか力を貸してくれた精霊界の精霊たち。

——みんなの力で、ここにいる。

「ソル、ルーナっ！」

私の呼びかけに応えるように、ソルが大きくなって翼を広げ、私ごと包み込む。暗闇の世界から、辺り一面白い世界へ。マザー・シャドウは怯《ひる》んだのか、締め付ける力を緩めた。それを狙ったかのようにルーナも姿を大きくして、マザー・シャドウを払う。ルーナの体にぶつかるように解放された私は、息を整えて魔力を解放した。――ヴィニー殿下から頂いた魔法陣を展開させる。

「――っ」

マザー・シャドウの前に人影が二つ。

私には、彼女がどんな人たちを見ているのかわからない。精霊たちから、少しずつ魔力をもらって、現状を維持するように心がける。

「――なんの、真似だっ！」

激昂するように叫ぶマザー・シャドウ。ゆらゆらと彼女を包む黒いもやが晴れていく。――そこにいたのは、涙を流しこちらを睨んでくる一人の『女性』だった。

「――あなたが求めている者を、見せているの」

「私が求めている、ですって――……？」

ヴィニー殿下の魔法陣と、私の魔力をかけ合わせた魔法。対象者の本当に求めているものを見せる、幻影の魔法。

「あなたの望みは、この世界にはもうないの。カナリーン王国は滅び、近付くことさえもできない！」

「いいえ、いいえっ！　ジェリー、あなたの体があれば近付ける。そしてやり直すの、歴史を、いちからっ！」

「――無理よ。終わった歴史を、やり直すことなんて……誰にもできない！」

過去に戻ることもできない。人は前に進むことしか許されていない。それでも求めてしまうのだろう。失ったものが多すぎる、あなたは……

「あなたが見ているのは、あなたがずっと求めていた人たち。この人たちは、もういない！」

「黙れ！」

今までの余裕はどこにいったのか、マザー・シャドウは声を荒げた。ゆらりと人影が揺れて、彼女になにかを話しているようだ。大きな人影と、小さな人影。……きっと、彼女が求めていたのは……愛する人たち。

自身が望んでいないのに、影を産み続けるのは……女性にとって、とても悲しいことだ。

「あなたの心は、本当に『やり直し』を求めていたの？」

ずっと考えていた。彼女が本当に望んでいたことはなんだったのか。国の歴史をやり直す、なんて……普通に考えれば無理だということがわかる。……だから、私は思ったの。この人はとても疲れていて、なにかに執着することで、ようやく立っていられるのではないか、と――……

「……そうよ、やり直さないと、あの人たちに……私の愛する人たちに会えないもの！」

やり直したとしても、愛する人たちに会えるはずがない。彼女の愛する人たちは、もう……いないのだから。

「――バカなことを……」

ソルの言葉が響いた。ルーナも「会えないよ」と呟く。

「いいえ、いいえ、私は、絶対に……っ」

諦めない、と言うつもりだったのだろう。人影が、彼女を包み込みように抱きしめる。まるで、慰めているかのように。……誰かの体を奪ってでも、彼女はこの人たちに会いたかったのね。ゆっくりと目を閉じて、精霊たちと魔力を合わせて祈りをささげる。彼女の愛する人たちの姿へ、変化するように――……

「あ、ぁ、ぁあ……うそ、うそよ、わたしが……わすれるはずなど、ないのに……!」

ゆらりゆらりと変化した人たちが揺れる。そして――それは砂のように崩れ去った。消えていく人影を追い求めるように、彼女の手が伸びる。しかし、彼女に触れることなく、淡く消えていった。

「……あなたも、本当は気付いていたのでしょう……?」

「――っ」

「もう、愛する人たちの顔や姿を思い出せないということに――……」

マザー・シャドウが私を睨みつける。憎悪で人が殺せるのなら、きっと私は死んでいた。……そのくらい、憎しみのこもったまなざしだった。魔力をほとんど使い切ったことに気付いたけれど、まだ、大丈夫。立っていることができる。

「私の子どもだというのに、反抗的ね」

「あなたの子どもだから、反抗的なのよ」

国の歴史をやり直そうとする、あなたの子どもだから。

「汚い手を使ってでも、やり遂げようとするあなたの気持ちがまったくわからないわ」

「失うことを知らない子どもに、わかるわけがないわ!」

——失うことを、知らない？

そんなことはない。私はファロン家の両親も、妹も失った。なにかが胸の中で渦巻く。それはきっと、怒りだった。なにも知らない私たちを、地の底へと落とした人への、怒り。

「——あなたが、壊したのに……？」

自分でも驚くくらい、冷たい声がでた。にやり、と彼女の口角が上がる。ソルとルーナが「飲み込まれちゃダメだ！」と叫ぶ声が、耳に届く。

人の神経を逆なでして、操り人形のようにするのが、彼女のやり方なのだろうか。そう考えたら、頭が急激に冷めて、悲しくもなった。——この人はいったいどれだけの時間を、そうして生きていたのだろうか、と。

「……ぁ」

ペンダントが淡く光りを放つ。ヴィニー殿下からもらったアミュレット。パンっと私にまとわりつこうとした黒いもやを弾き飛ばした。魔力をほとんど使い切ったから、マジックバリアも解《と》けかかっているのだろう。

「……どうして、私を産んだの？」

「利用するために決まっているじゃない！　カナリーン王国の王族と影の私の血を引く子ども……これほどまでに、カナリーン王国の玉座に相応《ふさわ》しいものはいないのではなくてっ？」

咆哮のように叫び、彼女は魔力を練っていく。おかしくなっているように見えるけれど、この人はきっと、冷静だ。ただ——、自分が何者であるのか、忘れかけているようにも見えた。

「私の体を奪って、自分が玉座に座ろうとしていたのなら――それはもう、歴史のやり直しなんかじゃないわ！」

私がそう叫ぶのと同時に、白い光がマザー・シャドウを照らす。彼女は表情を歪めた。光に気を取られている彼女に近付いて、がばっと抱きつく。彼女は避けようともせずに、抱擁を受け入れる。たぶん、チャンスだと思ったのだろう。ここで私の意識を乗っ取れば、体を手に入れられるという思惑があったのだろう。――でもね、私の体も、意識も、簡単に渡すことはできないの！

私を助けてくれた人たちのためにも――……！

『……そうね』

どこからか、優しそうな声が聞こえてきた。――誰の声なのか、わからない。わからないけれど、この声の主は、マザー・シャドウを憐《あわ》れんでいることがわかった。

『――憐《あわ》れな魂に、祝福を』

声に導かれるように、残りの魔力が解放される。蒼《あお》い炎がマザー・シャドウを包み込む。

「アアァぁあああああああっ！」

苦しそうに叫ぶ彼女の声。魂さえも燃やしてしまう蒼《あお》い炎の正体を、私は知らない。なにが起きているのかわからずに、精霊たちの名を呼ぼうとした。でも、ソルもルーナもなにかに驚いたのか、ただその炎を見つめている。

「うそ、うそよ、こんなおわりかたなんて、ありえない――っ！」

魂が、燃えていく。蒼《あお》い炎に包まれて――本当に、この炎を、私が出しているの――？

「イヤァァあああぁッ！」

悲鳴を飲み込むように、蒼《あお》い炎がマザー・シャドウを包み込み……私を道連れにしようと腕を掴む。でも、その炎は私には通じずに、彼女の目が大きく見開かれた。段々と、体が灰になっていく。

「……あなたをこう呼ぶのは、最初で最後よ。――さようなら、お母様」

あなたが私を産んでくれて良かった。優しい人たちに、出会えたから。マザー・シャドウはなにも言わず……ただ、消滅するのを選んだかのように、掴んでいた手を離した。蒼《あお》い炎は、彼女の魂を燃やす。私はそれを、じっと見ていた。

最後にどうして彼女が抵抗をやめたのかは、わからない。精霊たちがいつもの大きさに戻り、「ジェリーのもとに急ごう」と声をかけてきた。頷《うなず》きを返して、ジェリーへ駆け寄った。

「エリザベス、さま……」

弱ったような瞳で私たちを見るジェリー。

「……ジェリー、その茨は……あなたが感じている、罪の重さ……なのね？」

彼女は小さく首を縦に動かす。やっぱり、と呟いた。彼女は自分がマザー・シャドウを受け入れたから、ブライト家が崩壊したのだと考えていたのだろう。彼女の気持ちを想像して、そっと茨に触れる。

「自分を許すことは難しいかもしれない。……だけど、私はあなたに生きていてほしいの、ジェリー」

「でもっ、わたし……みんなに……めいわくを……！」

ポロポロと大粒の涙を流すジェリーに、緩やかに首を左右に振る。マザー・シャドウに体を乗っ取られていたのに、よくあれだけで済んだ。

「きっとあなたの心が抵抗を続けていたから、アカデミーは無事だったのよ」

魔力の濃さに具合を悪くしていた人たちもいるけれど、みんな回復している。

「……ねえ、だから、私と一緒に帰ろう？」

ジェリーに手を差し伸べる。彼女は泣きながらも、私に手を伸ばした。

触れ合った指先から、私たちの魔力が溶け合う。茨は燃えていき、ふらりと彼女が倒れ込んできた。倒れないように抱きとめて、「よくがんばったね」と頭を撫でる。ジェリーはずっと泣いていた。マザー・シャドウに体を乗っ取られた以降、なかなか表に出られなくて、自分の体が自由にできないもどかしさがあったらしい。

「――帰ろう、ジェリー。そして、初めからやり直そう？」

「エリザベス、さま……」

顔を上げて私を見るジェリーに、にこりと微笑みを浮かべて見せる。……ああ、本当にジュリーにそっくり。幼い頃のジュリーを思い出して、胸が少し痛んだ。ジェリーは涙を拭いて、それからとびきりの笑顔を浮かべてこくりと頷《うなず》いた。

きゅっと、彼女と両手を握る。身長は彼女のほうが高いから、なんだか不思議な感じだ。目を閉じると、首元から小さな温かさを感じる。アミュレットが作用しているみたい。

――私の愛する人たちのもとへ、帰ろう。

そう願うと同時に、まぶしい光が私たちを襲った。白い光に包まれて、浮上していく感覚。

次に目を開けた時、ちかちかと目の前に星が散らばった。

「……ヴィニー、殿下……？」

キラキラと輝く金色の髪に、心配そうに涙の膜を張った紫の瞳。私の声に、彼はホッとしたような、少し怒っているような、不思議な声色で私の名を呼んだ。

「エリザベス——良かった……ずっと、目覚めなかったから……」

ずっと？　と視線を巡らせると、私とジェリーは手を繋いでいた。手を繋いだまま、地面に横になっていた。精霊界ということはわかる。あれから、どのくらいの時間が経ったのだろう？

「……エリザベス、さま……」

弱々しい声が聞こえてきた。ジェリーに顔を向けると、彼女は涙を流しながらも、ぎゅっと私の手を強く握る。もう大丈夫よ、と安心させるように微笑むと、彼女はそのまま目を閉じた。

「ジェリー！」

「……大丈夫、気を失っているだけみたい。……もう、傍観者はこりごりだな……」

アル兄様の言葉に、小さく笑う。そして、私も魔力を使いすぎて、意識を保つことが難しそうだ。

「……アル兄様、ヴィニー殿下……ありがとう、ございま……」

最後まで言い終える前に、意識を失った——……

数時間後、私とジェリーは保健室で目覚めた。ソフィアさんが保健室に顔を出して、懇々《こんこん》と説教

された。無茶しすぎ、と。私とジェリーは顔を見合わせて、彼女に対して頭を下げて謝る。彼女は私たちをまとめて抱きしめ、「心配したのよ！」と泣きそうな声で叫ぶ。

「本当に、無事で良かった。今、みんなを呼んでくるからね」

ソフィアさんは保健室を出ていき、すぐにみんながここに集まった。息を切らして駆け寄って来てくれたみんなに、目頭が熱くなる。

みんなの目に涙が浮かんでいた。ジーンが私に抱きついてくる。彼女の体が震えているのを見て、「心配かけてごめんね、ありがとう」と腕を背に回した。

「もう、大丈夫なの？」

イヴォンが私とジェリーを交互に見ながら尋《たず》ねる。こくりと頷《うなず》くと、イヴォンはジェリーに近付いて「あなたも大変だったわね」と労わるように優しい声をかける。

「……ごめんなさい、私、みんなにご迷惑を……」

「それはあなたが気に病むことじゃないわ」

緩やかに首を左右に振るディア。ジェリーは目を数回瞬《またた》かせてから、「ありがとう」と柔らかく微笑んだ。彼女は、こんなふうに笑えたのね……

マザー・シャドウの脅威は消え去り、これからはきっと、平和に暮らせるだろう。

誰にも脅かされることなく、友人たちと一緒に。

少し遅れて、お兄様たちとヴィニー殿下が保健室に駆け付けた。三人とも急いで来てくれたのだろう、息が上がっている。私たちを見ると、ほっとしたように表情を綻《ほころ》ばせた。

「リザ、もう大丈夫なの？」

「うん。もう平気！　心配かけてごめんなさい。そして、ありがとうございます」

私を信じて待っていてくれて。

ジェリーの精神に入り込む時、肉体は無防備になる。マザー・シャドウに狙われないように、アル兄様とヴィニー殿下が守ってくれていたのだ。そして、私が彼女と決着をつけ、ジェリーを救うまで待っていてくれた。

「——ねえ、みんな。いろんな話をしたいわ。これからの建国祭や舞踏会のこと、アカデミーのことを！」

未来を語れることが、こんなにも嬉しい。みんなはぱっと表情を明るくして、たくさんの未来を語り合った。その中には、ちゃんとジェリーもいる。私は、これからも前に進んでいく。きっと、立ち止まることも、過去を振り返ることもあるだろう。

だけど——私は前に進んでいける。だってここには——私を支えてくれる人たちがいるから。これからのアカデミーの生活を想像すると、胸の中が温かくなる。そっと首元のペンダントに触れて、目を伏せた。

私を守ってくれる人たちがいる。そのことに胸の奥が熱くなった。だから私も、大切な人たちを守れるようになりたい。このアカデミーで、様々なことを学んで、身につけよう。

——愛する人たちを、守れるようになるために。

この作品に対する皆様のご意見・ご感想をお待ちしております。
おハガキ・お手紙は以下の宛先にお送りください。

【宛先】
〒150-6019 東京都渋谷区恵比寿4-20-3 恵比寿ガーデンプレイスタワー19F
（株）アルファポリス　書籍感想係

メールフォームでのご意見・ご感想は右のＱＲコードから、
あるいは以下のワードで検索をかけてください。

アルファポリス　書籍の感想　検索

ご感想はこちらから

本書は、「アルファポリス」（https://www.alphapolis.co.jp/）に掲載されていたものを、改稿、加筆のうえ、書籍化したものです。

そんなに嫌《きら》いなら、私《わたし》は消《き》えることを選《えら》びます。2

秋月一花（あきづき いちか）

2024年 6月 5日初版発行

編集－本丸菜々
編集長－倉持真理
発行者－梶本雄介
発行所－株式会社アルファポリス
〒150-6019 東京都渋谷区恵比寿4-20-3 恵比寿ガーデンプレイスタワー19F
TEL 03-6277-1601（営業） 03-6277-1602（編集）
URL https://www.alphapolis.co.jp/
発売元－株式会社星雲社（共同出版社・流通責任出版社）
〒112-0005 東京都文京区水道1-3-30
TEL 03-3868-3275
装丁・本文イラスト－池製菓
装丁デザイン－AFTERGLOW
（レーベルフォーマットデザイン―ansyyqdesign）
印刷－中央精版印刷株式会社

価格はカバーに表示されてあります。
落丁乱丁の場合はアルファポリスまでご連絡ください。
送料は小社負担でお取り替えします。

ISBN 978-4-434-33938-7 C0093